[美] 莱斯莉·贾米森 著

高语冰 译

52
蓝

Make It Scream
Make It Burn

Leslie Jamison

广西师范大学出版社
·桂林·

致我的父亲

迪安·特库姆塞·贾米森

何时我们的感官对一样事物的想象，
会像在匮乏时那么彻底？

——玛丽莲·罗宾逊《管家》

目　录

I

渴望

Longing

52蓝

1992 年 12 月 7 日。惠德比岛，普吉特海湾。世界大战结束了。其他战争——朝鲜战争、越南战争——结束了。冷战也终于结束了。惠德比岛海军航空基地留存了下来。同样不变的还有太平洋，水域辽阔，深不可测。远处有个小航空站，以一位飞行员的名字命名：威廉·奥尔特。他死于珊瑚海海战，遗体至今未被找到。这就是现实。海洋吞噬人的躯体，并令他们不朽。威廉·奥尔特成了一条跑道，将其他人送向天空。

在海军航空基地里，无边无际的太平洋显现为一串有限的数据，由散布在海底的多台水下测音器收集着。最初，在冷战期间，这些水下测音器被用于监测苏联潜水艇。后来，它们便被用于倾听海洋本身，将其杂乱的噪音转换为可计量的东西：光谱仪吞吐出来的印有图表的纸张。

就在 1992 年 12 月的某一天，中士威尔玛·荣绮丽听到一种奇怪的声音。她将它单独打印到一张光谱图上，以便看得更清楚。她难以相信这种声音的频率是 52 赫兹。她去找音频技术员。他得回来，她说，他得再看一眼。那个技术员回来了。他又看了一眼。他名叫乔·乔治。威尔玛告诉他："我觉得这是一条鲸鱼。"

乔想，天哪。那几乎是不可能的。这种声音的光谱看上去是一条蓝鲸的呼唤，但蓝鲸的音频通常仅介于 15 到 20 赫兹之间——一种难以察觉的轰隆之声，处于人类听觉范围的边缘。52 赫兹完全超出了蓝鲸发声的正常范围。然而，在他们的眼前赫然是这样一段特殊的音频，它来自太平洋中徜徉着的、以独特的高音吟唱着的一个生物。

鲸鱼呼唤通常有几个原因：辨识方向、寻找食物、互相交流。对于某些鲸鱼——包括座头鲸和蓝鲸在内——来说，吟唱也能帮助它们择偶。雄蓝鲸比雌蓝鲸唱得更响亮，它们以高于 180 分贝的音量成为世界上发声最响亮的动物。它们会咂舌、咕哝、发出颤音、低声哼唱并且呻吟。它们的声音听起来像是雾角般。它们的呼喊声可以穿越海洋数千英里。

因为这条鲸鱼的音频前所未见，一连好几年，惠德比岛的人都在他从阿拉斯加向南游至墨西哥的洄游季节里追踪他。他们判断这是一条雄鲸，因为只有雄鲸才在交配季节歌唱。与众不同的并非他的路径，而是他的歌声，以及，他们从未发现他身边有任何同伴这一事实。他似乎永远形单影只。这条鲸鱼高声呼喊着，却似乎没有任何呼喊对象——至少可以说，似乎没有得到任何回应。那位音频技术员将其称为"52 蓝"。一份科学报告最终确认，从未有任何记录显示，还有其他鲸鱼发出类似的呼喊声。报告承认："这或许令人难以接受，在如此宽广的海洋里，他或许是仅有的孤种。"

* * *

从西雅图开车到惠德比岛的沿途让我看到了华盛顿州那毫不遮掩的壮阔：大堆切割木材；河流被树干阻塞，就像是鱼被困在围栏中；斯卡吉特港口附近糖果色的集装箱堆成高塔，欺骗海峡大桥旁是一堆脏兮兮的白色筒仓，大桥的钢梁赫然仁立在普吉特海湾之上，海水在桥的 200 英尺 ① 之下折射着太阳的光芒，像闪光的玻璃碎片。在桥的另一头，惠德比岛给人以世外桃源的感觉，一派乡村风光，几乎带着戒备。一块告示牌上写着："乱扔垃圾，必将受罚。"另一块告示牌上写道："空间加热器需要空间。"惠德比岛往往自诩为全美国最长的岛，但严格说来，这并不属实。2000 年，《西雅图时报》曾写道："惠德比岛很长，但我们也不必夸大其词。"它长到足以举办风筝节、贻贝节、年度自行车赛（惠德比环岛自行车赛），可以涵盖四个内流湖，并开展一年一度的谋杀疑案游戏，届时该游戏会将人口为 1 035 的整个兰里城变成犯罪现场。

第一个识别"52 蓝"的音频技术员乔·乔治依然住在惠德比岛北边距离航空基地约 6 英里 ② 的一所靠山而建的小房子里。我到访时，他微笑着来开门。他是个魁梧的男人，头发银白，有一说一，但很友好。虽然他已有 20 年没在航空基地工作了，但还是可以用他的海军证件让我们通过安检。他告诉我，他每次回基地丢弃可回收垃圾时，都用这张证件。军官俱乐部外，穿着飞行套装的人在木甲板上喝鸡尾酒。远远看去，海岸线此起彼伏，动人心魄——海浪冲向黯淡的沙，海风吹过常青树。

乔解释说，他在航空基地工作时，他的团队——那个负责解析水下测音器所收集到的音频数据的团队——跟基地的其他人员几乎没有交集。他说，那事关安保。当我们来到他从前工作的那幢楼时，我便明白了他的意思。它的外围是两层带刺的钢丝围栏。他告诉我，基地的其他军人一度以为他所在的那栋楼是个监狱。他们一直不知道它的作用。当我问他，在 1992 年他们意识到那些奇怪的声音是鲸鱼的呼喊声前，他以为那是什么声音时，他说："我不能告诉你。这是机密。"

我们来到乔的家中。他拿出当年追踪"52 蓝"时留下的一捆纸，

① 1 英尺合 0.3048 米，200 英尺约合 61 米。
② 1 英里约合 1.609 千米，6 英里约合 10 千米。

是电脑绘制的地图，记录下了这条鲸鱼在近十年中的洄游路径。每一季的路径都以20世纪90年代中期电脑制图那粗糙的线条，以不同颜色——黄色、橙色、紫色——标注。乔给我看了"52蓝"的发声图表，并解释了那些线条和指标，以便我可以将其特征和更典型的鲸鱼的声音相比较：普通蓝鲸较低的频率，座头鲸高得多的频率。蓝鲸的歌声中有各种声音——长长的轰隆和呻吟，保持不变或有所转变。虽然"52蓝"的歌声呈现出同样的特点，却是在全然不同的频率上，这个频率比大号的最低音仅高出一点。他给我播放了一小段"52蓝"的歌声录音。为了便于聆听，那段录音已被调快了速度。它听起来令人毛骨悚然：尖利刺耳的、震颤的、探寻的声音。想象在一个月夜，一束光透过厚厚的雾隐约可见。这段录音就像是这幅画面的有声版本。

乔显然很喜欢解析他的图表和地图，那似乎跟他热爱整理和秩序有关。他还骄傲地向我展示了他各种（有点令人讶异的）兴趣爱好的成果：他所收集的不容小觑的一系列食虫植物，以及他所养殖的、用来喂食这些植物的蜜蜂；他为了重现18世纪毛皮猎人会面而用成套工具制作的火枪。他在展示时，同样流露出了对养护和勤勉的热衷。对于所从事的一切，他都极尽追求准确和一丝不苟。当他给我看他最喜欢的植物——眼镜蛇瓶子草——时，他向我解释它们多汁的叶冠如何让苍蝇上当，让它们一直向着亮光扑腾而最后筋疲力竭。他显然很敬佩这种构造的经济性和独创性。之后，他又小心翼翼地用一片防冻布盖住它们卷曲的绿色后背，以保护它们不致受寒。

我能感到乔喜欢把过去的鲸鱼图表拿出来。那令他回到过去，"52蓝"的故事还在发生的时光，而他是那个故事的核心人物之一。乔告诉我，他在来到惠德比之前先在冰岛的一个基地待了几年，执行一项严格来说被分类为"艰巨"的任务。不过他说那些年并不算特别艰苦，他的孩子们还在蓝湖①边堆过雪人。乔很适合去惠德比，他已

---

① 蓝湖，位于冰岛西南部雷克雅内斯半岛的一处地热温泉，是冰岛旅游胜地。

经是一名训练有素的音频技术员，已经为在那带刺钢丝围栏背后的小地堡中开展工作做好了准备。

这个水下测音器——也被称为水下监听系统，或 SOSUS[①]——追踪计划有点像是个"私生子"，乔这样告诉我。冷战结束后，海军不必再监听苏联的潜艇了，便需要更确凿的理由保留水下测音器昂贵的配置。最后的成果让即使是最初参与其中的人都感到吃惊。跟乔在惠德比共事过的一位音频技术员达雷尔·马丁是这么说的："我们原本是追踪大型武器的专家，却转而要追踪活生生的动物。"他说，"你能从海洋听到无限多的声音。"如今，一个男人坐在自家厨房的餐桌旁，将那些饱经风霜的文件夹拿出来，指着那超凡的歌声看似平凡的图表，这条鲸鱼的神秘故事便流传了下来。

2007 年 7 月，纽约哈勒姆。莉奥诺拉知道自己即将死去。不是说未来某一天，而是很快。数年来，她一直因为子宫肌瘤和出血而受苦。有时候，出血量多到她不敢出门。她开始对血产生痴迷：思考着关于血的问题、做梦梦见血、写跟血有关的诗。她放弃了从事超过10 年的工作——市里负责发放福利的个案经办主管。当时，莉奥诺拉 48 岁。她一直自力更生，从 14 岁就开始工作。尽管有人向她求过婚，但她一直没结婚。她喜欢自己养活自己的感觉。然而，病情令她更为孤立。一个亲戚告诉她，"你身处黑暗的境地"，并说她不想再跟她见面了。

到了夏天，情况进一步恶化。莉奥诺拉觉得自己病入膏肓：持续恶心，严重便秘，全身酸痛。她手腕浮肿，胃肠胀气，视线模糊，眼前的世界浮现为各种颜色的锯齿状螺旋。躺着时，她几乎不能呼吸，也因此睡得很少，一旦入睡，又做很诡异的梦。有一晚，她梦见马拉着一架灵车在另一个世纪的哈勒姆的石板街上穿行。她拿起马的

---

① SOSUS，全名为 Sound Surveillance System。

缰绳，与它四目相对，便知道它是为她而来。她如此确信自己就要死了，以至于打开了公寓门的锁，这样邻居搬走她的遗体时便不会太麻烦。她打电话给医生时也是这么说的——"我相当确信我快要死了"——她的医生则很恼火，说她应该打电话给急救护理人员，告诉他们，她快要死了。

当急救护理人员用轮床把莉奥诺拉从公寓里推出来时，她要他们掉头回去，让她把门锁上。正是这一举动让她明白，自己对生命重拾了信心。如果不会马上就死的话，她不想把家门敞开着。

那个让急救护理人员掉头的请求是莉奥诺拉所记得的她持续昏迷 2 个月之前的最后一件事。那个 7 月的夜晚是一段艰苦治疗的起点——5 天的手术，7 周的昏迷，6 个月的住院治疗。而这场旅程最终在适合她的时间，以适合她的方式，让她与"52 蓝"相遇了。

＊　　＊　　＊

在追踪"52 蓝"的那些年里，乔和达雷尔在比尔·沃特金斯手下工作。沃特金斯是从伍兹霍尔来的一个音频专家，每几个月就会来一次惠德比岛，看看他们都发现了什么。每个跟我讲起沃特金斯的人都用几近神秘主义的词汇描绘他。他所掌握的语言门数在不同人的说法中总在变：六门、十二门、十三门。一名前研究助理声称是二十门。他出生于法国殖民时代的几内亚，一个基督教传教士家庭。达雷尔称，沃特金斯曾在幼年跟他的父亲一起捕猎大象。"他真的可以听到 20 赫兹，而那对于人类来说是极其低的频率，"达雷尔告诉我，"你和我都没法听到……但他真的可以听到远处有大象。他还会告诉他父亲该怎么走。"

沃特金斯在从事这项工作的过程中开发了一套技术和方法，让记录和分析鲸鱼歌声成为可能：鲸鱼标签、水下回放实验、定点方法。他研发了第一台可以收录鲸鱼发声的录音机。

对于乔和达雷尔来说，"52蓝"不寻常的音频之所以有趣，主要在于他因此变得易于追踪。你总能辨识出他的呼喊，因此你总是知道他在穿行。其他鲸鱼则不那么容易被识别，它们的行踪更难辨。这种独一无二的可能性——所有鲸鱼中，就只有这一条——让人类持续关注"52蓝"，而其他的鲸鱼则隐入一个匿名的群体之中。

"52蓝"的独特性，以及他看似孤独的样子，让他有了一抹个性之光。"我们在追踪他时，总是会笑，"达雷尔告诉我，"我们说：'或许，它正游向下加州，追寻雌蓝鲸。'"达雷尔的玩笑让人联想到令人熟悉的那种亲昵的傲慢，就像兄弟会的会员们谈论入会班中最弱小的那个家伙的那种口气，因为他从来没追到过任何女孩："'52'出击了，又看了看，又试了试。'52'一直在唱那首歌。"这已经不单纯是一份工作。达雷尔在追踪"52蓝"的那些年里给他的妻子买了一条鲸鱼项链，如今她依然戴着它。

乔有他自己的执念。"有一次，他消失了一个月。"他这样讲起"52蓝"，语调的变化流露出一种显然至今还放不下的疑惑。在那个月接近尾声的时候，当他们最终又找到他时，他已经游到了太平洋的远处，他过去从未游过这么远。为什么会有这么一段空白？乔琢磨着。在那段时间里发生了什么？

沃特金斯是对这条鲸鱼开展追踪工作的主要推手，但他无法让这项工作无限期持续下去。乔解释说，在"9·11"事件后，所有的经费都彻底用完了。

然而，结果是，"52蓝"的漫长故事才刚开始。伍兹霍尔的研究人员第一次——于2004年，也就是经费彻底耗尽的3年后——发表有关"52蓝"的发现后，就收到了无数关于这条鲸鱼的信。比尔·沃特金斯在这篇论文被录用的1个月后就去世了，因此他的前研究助理，一个名叫玛丽·安·达海尔的女人，收下了这些潮水般涌来的信。它们并非一般的专业人员来信，就像《纽约时报》记者安德鲁·列夫金当时写的那样，它们来自"为一条处于茫茫鲸目世界却孑然一身的鲸鱼感到悲痛的鲸鱼热爱者",以及因为其他原因而认同这条鲸鱼的人:因为他看似漂泊不定,或者说特立独行,也因为他唱着自己的歌。

当列夫金的新闻报道在那年12月以《海洋之歌——得不到回响的阿卡贝拉 ①》为题被刊登出来后,更多信笺涌至伍兹霍尔。(报道中引述了海洋哺乳动物研究者凯特·斯塔福德的话,那或许不小心煽了风点了火:"他在说:'嘿,我就在这儿呢。'然而,没人通知他家里人。")这些信来自那些心碎的人和聋哑的人,来自单相思的人和单身的人,来自一次被咬下次胆小、两次被咬终身胆小的人——那些认同这条鲸鱼或为他而感到心痛的人。不论他们投射了什么感情到他的身上,他们都在为此心痛。

一个传奇就这样诞生了:世界上最孤单的鲸鱼。

在后来的数年之中,"52蓝"(爱好者们给他起名为"52赫兹")启发了众多伤感故事的标题:他不仅仅是"世界上最孤单的鲸鱼",还是"因为其独特的呼喊而令他无法找到真爱的一条鲸鱼";"有一条鲸鱼,没有任何其他鲸鱼可以听到他的声音,他很孤单:这是全世界最悲伤的事情,应该用科学尝试帮助他"。出现了充满想象意味的报道,讲述一个孤独的单身汉来到墨西哥海滨,游荡着,寻找世界上现存最大的哺乳动物却未果,"它求爱的歌声在海洋最深处的黑暗中响彻数小时……哼唱着一长串从心中流淌出来的曲调"。

新墨西哥州的一位歌手不喜欢自己在科技领域的正职,为"52蓝"写了一整张唱片的歌;密歇根的另一位歌手写了一首跟这条鲸鱼的困境有关的儿童歌曲;纽约州边远地区的一名艺术家用旧塑料瓶造了一尊名为"52赫兹"的雕塑。洛杉矶的一位音乐制作人开始在车库甩卖中购买磁带,并在上面录制"52蓝"的歌声,这歌声正迅速成为某种感伤的地震仪,显示多条故事线的可能性:疏离和决心;自

① 阿卡贝拉(a Cappella),源于欧洲中世纪天主教堂唱诗班的无伴奏合唱。

主和渴望；不仅仅是无法与外界沟通，还有在失败面前的顽强坚持。人们设立了多个推特账号为这条鲸鱼发声，其中一个叫作 @52_Hz_Whale[1]，说的话简明扼要：

> 你好?! 哟吼! 有人吗? #悲哀人生
> 我好寂寞。:'(#寂寞 #永远寂寞

* * *

2007年9月，莉奥诺拉在圣卢克罗斯福医院醒来。她刚刚经历了7周的昏迷，但那只是这场令她与"52蓝"相遇的医疗长征的开始。在5天的手术过程中，医生为她切除了将近3英尺的肠子，目的是切掉在一处严重的肠阻塞周围腐烂坏死的所有组织。然后，他们让她进入了昏迷状态，以帮助她更好地康复。然而，她的康复才刚刚开了个头。她无法走路。她想不起词，几乎讲不出话——在昏迷的过程中，那些插在气管上的管子留下了太多伤痕。她只能数到十。她甚至连十都数不到。然而，她伪装着。她没有泄露秘密。她不希望让别人看到她在挣扎。

莉奥诺拉一直在挣扎中成长。小时候她是由祖母带大的，那是一个果决、机智的女人，4英尺11英寸[2]高，因为糖尿病而失了明，从清奈[3]经由特立尼达来到美国。她一直告诉莉奥诺拉，她在印度的亲友都以为美国遍地黄金。然而，莉奥诺拉记得自己度过童年的那个哈勒姆——靠近布莱德赫斯大街的一个社区，20世纪70年代中期她上

---

① 意为52赫兹鲸鱼。
② 1英寸合0.0254米，4英尺11英寸约合1.5米。
③ 清奈（Chennai），印度东南部泰米尔纳德邦首府，印度第五大城市。

高中的时候，那里就像是一个城市战乱区，有驻地特派警察，谋杀率极高。一年夏天，莉奥诺拉开始对摄影产生兴趣，人们开始称她为死亡摄影师，因为她所拍摄的很多人物最终都成为暴力的受害者。

莉奥诺拉下定决心要离开，最终靠当酒吧调酒师存够了钱，跑到了巴黎。她在巴黎度过了记忆模糊的一年，手里拿着一只瓶塞钻，在圣米歇尔大道上来回走；她和一个朋友去到了卡普里岛，遇到了两个好色的救生员，闯进一间被遗弃的别墅，并在布满灰尘的厨房餐桌边吃面包和果酱。回到纽约后，莉奥诺拉遇到了一个男人，差点儿就嫁给了他，但当他们一起来到法院大楼时，她胃痉挛得严重，以至于不得不跑到厕所里，她随后意识到，这是身体在告诉她：不要这样做。她听从了自己的身体，一直待在厕所里，直到办公室都关了门，警察不得不把她带出大楼。

她找到一份工作，当了市里的福利个案经办，协助客户在食物券或救济方面的工作，然而，她的个人生活却越来越孤独。2007年7月开始入院治疗时，她早已一个人生活惯了，住院不那么像是突然的改变，而更像是沉沦的继续。

对于莉奥诺拉来说，康复过程最困难的部分在于失去自我独立性，意识到她无法再独立生活或照料自己。重新恢复说话能力后，她才开始渐渐愿意就其所需寻求帮助。当她最终发现自己一直闻到的一股臭气的来源——她自己的头发，缠结着干了的血——时，她要求一位医生帮她把头发剪掉，效果还挺好。他们开玩笑说，这位医生或许可以转行成为一名专业理发师。

在医院和康复诊所度过的6个月里，莉奥诺拉感到自己被世界抛弃了。没有多少人来看望她。似乎生命中的所有人都在逃避她的毁灭，把她推开，不愿意看到她的疾病。她设想自己的病令他们感到不自在，因为它令他们想到自己的生命亦有期限。当有人来探访时，她感到探访者带着一种黑暗的力量，令她恶心。当她的父亲来看望她时，他不断地跟她说，她长得很像她的母亲——那个他已多年未提及的女人。她觉得自己的病带出了他心中埋藏已久的愤怒和失落感。

莉奥诺拉被从他人的世界切除，也被从整个世界切除。她连电视都看不了，因为那让她头疼。一个深夜，独自一人的她在网上闲逛，偶然间看到了"52蓝"的故事。那时候"52蓝"的故事已经在网上流传好几年了，然而这个故事让莉奥诺拉特别有共鸣。"他所说的语言不为人知，"她告诉我，"而我则无法诉诸语言。我无法描述发生在自己身上的这一切……我就像他一样。我一无所有。无人可以诉说。无人懂我。无人懂他。因而我想：我懂你。我希望你可以懂我。"

她感到自己就像那条鲸鱼一样，失却了自己的语言。她无法找回自我，更别提描绘自己的想法和感受了。世界似乎在远去，而这条鲸鱼似乎在经历同样一种困境。她记得自己当时这样想：我希望我能说鲸鱼的语言。她产生了一种奇怪的希冀——"52蓝"或许知道自己并不孤单。"我感觉他就在这里。他在说话。他在说着什么。他在歌唱。没人明白，但是有人在倾听。我敢打赌，他知道有人在倾听。他肯定感受得到。"

对一条无处可觅的鲸鱼的追捕是美国文学史上最著名的故事。"你见过那条白鲸鱼吗？"[①] 然而，《白鲸》所描绘的既关乎对一头动物的追寻或报复，也关乎对隐喻的寻求——试图理解那些无法理解的。以实玛利将那条鲸鱼的白称为"愚蠢的一片空白，饱含深意"。饱含多种意义，的确如此：神性及其缺乏，原始力量及其所拒绝的，报复的可能性和毁灭的可能性。"那条患白化病的鲸就是这一切的象征，"以实玛利解释说，"对它的追捕还有什么可感到奇怪的呢？"

着手研究"52蓝"的故事时，我找到了身在伍兹霍尔的玛丽·安·达海尔，希望她可以帮助我理解这条鲸鱼的故事为何可以超越科学的边界而更像是某种精神号召。她在这个故事中的角色令人好

① 出自美国作家赫尔曼·梅尔维尔的长篇小说《白鲸》。

奇。她无意之间成了一个日益壮大的鲸鱼爱好者团体的告解对象，而这纯粹是因为她曾经是一个项目的研究助理，她的名字出现在了一份详细叙述这一项目的报告上。"我收到过各种各样的电子邮件，"她当时这样告诉一位记者，"其中一些非常感人——确确实实如此；其中一些信真让人心碎——问为什么我不能到海洋里去帮助这个生物。"最终，媒体的关注开始令她气恼。"这件事相当令人痛苦，"她在2013年这样对另外一位记者说，"只要你说出一个国家的名字，我就接到过来自那里的电话，来打听鲸鱼的消息的。而我从2006年左右起就不再从事这项工作了……而且……天啊，说得客气点，（沃特金斯）会感到很错愕的。"

无论如何，我还是很想跟达海尔说上话。我想象着我们俩在伍兹霍尔见面，坐在海边，四目相对，在海风中小心地捧着咖啡杯。收到那些信是什么感觉？我会问她。而她则会告诉我每次收到信时心头的那一紧，她的收件箱如何成了告解亭。或许她会背诵其中的一封信——最令她感动的那一封："他同时代表着希望和失落。"我会听到她声音里的哽咽，并记录下她所说的原话。我还会记下那哽咽。我会记下她科学的中立立场是如何摇摇欲坠，几乎被一个孤独的陌生人那无助的惊喊扯裂。

事情可以是这样的。或许在另外一个世界里是这样的。然而，在这个世界里，她一直拒绝回复我的邮件。伍兹霍尔的媒体关系代表说得很清楚：达海尔不会再谈论这条鲸鱼了；不会再花时间拒绝就这条鲸鱼进行猜想了；不会再纠正别人对这条鲸鱼的猜想了。她已经说了要说的一切。

达海尔最后接受其访谈的记者是一个名叫基兰·马尔瓦尼的作家。他们之间对话的笔录流露出了她的谨慎和烦恼。当被问到"52蓝"奇怪歌声的缘由时，她说："见鬼，我们不知道那是怎么一回事。""他孤单吗？我不知道。人们想要想象这头生物孤单地在外游来游去，唱着歌却无人聆听。但是，我没法这么说……他能繁殖后代吗？我怎么会知道。没有人可以回答那些问题。他寂寞吗？我讨厌这样附会上人类的感情。鲸鱼会寂寞吗？我不知道。我甚至都不想触及这个话题。"

达海尔一直没同意跟我对话。她一直没同意把她收到的、来自被这头动物感动的人的信给我看。于是，我便决定自己去寻找。

起初只是网络上的一些声音：波兰某小报的一名记者，爱尔兰某农场合作社的一个雇员，将"52 蓝"和先知尤努斯联系在一起的一个美国穆斯林女人。他们集结在"脸书"有关这条鲸鱼的某个专页上，上面大多数的留言都集中于两大主题：为"52 蓝"感到难过和想要找到"52 蓝"。丹尼丝在一个早晨将同样的一条信息——"找到'52 蓝'"——发了一遍又一遍：8:09、8:11、8:14（第二次），以及 8:16。一个名叫珍的女人写道："只想抱抱他。"

来自英国肯特的 22 岁的肖娜告诉我，"52 蓝"的故事让她找到一种方法来理解自己 13 岁时哥哥被杀害后所感到的那种孤独——恒久坚信她的悲伤没有任何人可以理解。她的家人不想谈及此事。心理医师不停向她灌输她应该作何感受。这条鲸鱼从来没跟她说她应该作何感受，他只是让她明确了自己已有的个人感受——"她跟别人无法沟通"。19 岁的朱丽安娜是多伦多大学的学生，主修英语。她告诉我，她将这条鲸鱼视为"所有那些感觉自己太奇怪而不配得到爱的人的缩影"。对于她而言，他代表着任何"独自游荡"的人，或是包括她自己在内的那类人，他们"试图去找到可以接受我们的弱点和缺陷的人"。

26 岁的兹比格涅夫是波兰最大的每日通俗小报的图片编辑。他在结束一段为期 6 年的恋情后，决定在自己的背上文下"52 蓝"轮廓的刺青：

    我深爱着她。然而，结果呢，她却视我为恋爱关系中的二等公民……我身心交碎①，主要因为②我已经竭尽所能为她付出了一切，且我以为她也会为我付出一切。（因为）她，我和重要的朋友们失去了联系。一想到浪费掉的时间，我就伤心……"52赫兹"的故事让我快乐。对我而言，他是充满正能量的独处代表……他就像是一段声明③，即使孤身一人，也要活下去。

对Z（他自称为Z④）来说，"52蓝"代表的是分手后的寂寞日子，独自在家和两只猫——彪马和富加——一起看伤感电影。"在很长的一段时间里，我在用与众不同的频率'歌唱'。"他写信给我说。然而，在他看来，这条鲸鱼也代表了不屈不挠："这就像是我过去两年生活的写照。我在自己的海域里慢慢游着，试图寻找跟我一样的人，很耐心，过着日子，确保我不被压垮，保持那个正面的、特殊的我。"

Z通过那个刺青向这条鲸鱼带给他的意义致敬，并表达那层意思——以一种或许会被懂得的频率歌唱。刺青一直延伸到他的上背，那是"我身体上唯一足够大的地方，可以让他显得很了不起"。在一幅勾勒细致的白鲸图（Z对《白鲸》中的莫比·迪克也很着迷）后面，是这第二条鲸鱼，若隐若现：仅仅是以肌肤作为负空间，用墨水勾画出他的轮廓而已。Z的刺青并没有具体画出"52蓝"，而是让人联想到，他甚至都未曾露过面。

住在密歇根的萨金娜28岁，是个模拟病人⑤。她将"52蓝"与另一种失去联系在一起——一种更高的精神上的挣扎。我第一次看到

---

① 原文将 devastated 写成了 devastadem。
② 原文此处还有两处笔误，将 mainly 写成了 mainy，because 写成了 becose，为便于理解起见，未在译文中体现。
③ 原文此处有一处笔误，将 statement 写成了 steatement。
④ 取兹比格涅夫（Zbigniew）的首字母。
⑤ 模拟病人，在医学院中扮演病人的演员，按照"标准剧本"表现所患的各种"疾病"，以对医学院学生进行考核。

她是在 Youtube 视频里。她戴着头巾，描述"52 蓝"的故事如何立刻让她想起了先知尤努斯——他被一条鲸鱼吞食了。"最孤单的鲸鱼感到孤单是合情合理的，"她说，"因为他曾经跟一位先知在一起，他就在他体内，而如今却只剩下他了。"我在安阿伯市中心的一间咖啡店里和她见了面。她告诉我，"52 蓝"的故事让她想起了儿时的几段寂寞时期。（她在新墨西哥州长大，是穆斯林。）不过，她觉得他追求的倒不是爱，而是使命感，渴望吞下一位先知或是实现一个预言。她思忖着："他是在渴望神性吗？"

爱尔兰人大卫是两个孩子的爸爸。在为沃特福德水晶公司效力超过 20 年后，他被解雇了，并因此与"52 蓝"产生了更深的共鸣。他写了一首歌，哀叹自己"像'52 赫兹'鲸一样追随着悲伤"，并和妻子一起搬到了戈尔韦 ①，以期开始新的生活。"所有人都告诉我，戈尔韦很适合我。"当时他写信这样告诉我。47 岁的他加入了一个歌唱小组，并重返校园。"我把科学家对这条鲸鱼的发现视为人生低谷传来的信号，我也即将有所发现……我只知道'52 赫兹'鲸在远处歌唱，而那令我感到不那么孤单。"

6 个月之后，大卫写信告诉我，在结婚 25 年后，他的妻子离开了他。他们几乎零交流。戈尔韦的生活跟他期待的并不一样。他的歌唱小组失败了。然而，他依然能从这条鲸鱼身上找到慰藉。"我知道她依然在远处，"他写道，并把他想象成一位女性，或许是一个灵魂的伴侣，"我看到人们在寻找。或许我不会再寂寞太久了。"

大自然一直都将自己作为人类投影的屏幕。浪漫主义称其为拟人谬化。拉尔夫·沃尔多·爱默生称之为"与天地合欢"。我们将自己的恐惧和渴望投射到一切非我上——每一只野兽，每一座山。正因如此，我们似乎与它们亲近了。这种行为同时结合了卑微、渴望和断言

---

① 戈尔韦，爱尔兰西部的沿海城市。

一切。我们常常甚至都没意识到自己在这样做。业余天文学家珀西瓦尔·洛厄尔声称观测到过火星上的运河和金星上模糊的"辐条",并将这两大发现都解释为外星生命的迹象。数十年之后,一位验光师发现洛厄尔望远镜上的设置——其放大率和狭窄的光圈——意味着它只是将其眼球内部投射到了所观察的星球上。金星上的辐条不过是他血管的阴影,它们因为高血压而肿了起来。他并没有看到其他生命;他看到的是自己的凝视的印记。

当爱默生声称"自然之中所有的表象都对应着某种心境"时,他明白这种对应是一种完成。他提出"自然历史中的所有事实本身都没有价值,且是不育的,就像单性",言下之意是人类的投射实际上令卵子受精。爱默生提出,它不仅赋予自然历史"不育"的身躯以意义,更为人类本身提供了食粮,成为"他的日常饮食"。

虽然爱默生赞颂这个过程,但他也质问其后果。"我们因此在表达特定的意义时,变得需要仰仗自然界的事物,但能表达这种胡椒粒般的信息的,是多么伟大的一种语言啊!"他写道,"我们就像用火山余烬来烤鸡蛋的旅行者。"他在想,借用自然界进行比喻是否会令其失真:"是否山峦和波涛和天空本身都没有意义,不过是我们用它们作为我们思绪的象征时,下意识地赋予了它们意义?"在一堆火山余烬上烤鸡蛋或许聪明地描绘出了如何用一条巨大的鲸鱼象征住在宿舍里的想家之情或分手后的无聊。"它寂寞吗?我讨厌这样附会上人类的感情。"

那种喜欢讲有关动物的荒诞故事的人曾一度有个称号:自然造假者。泰迪·罗斯福本人曾尖锐地公开谴责他所谓的"森林的黄色新闻 ①"。这些对自然界添油加醋的描述为动物行为赋予人类逻辑,编

---

① 黄色新闻,原指 19 世纪末美国纽约两大报纸——《世界报》和《纽约新闻报》惯用煽情主义手法进行报道以刺激、吸引读者的新闻作品,泛指渲染凶杀、色情、犯罪等社会现象,用虚假新闻、标题党文章和花边新闻来博人眼球的手法。

造飞禽给自己折断的腿上了泥捏的模子，或是乌鸦在教室里开家长会。"我知道，作为总统，我不应该这样做。"他写道，但还是批评了他们。"他完全不是大自然的研究者，他的观察并不敏锐，而是谬误的，他的想象也没有被用在阐释事实上，而是被用在了虚造上。"令罗斯福特别担忧的是"对事实视而不见"：讲述有关自然的虚假故事或许会令我们对真实故事视而不见。这就是让鲸鱼寂寞或是渴望先知，让鸭子为自己的断腿做一个泥模子的危险——对我们所虚构出来的自然产生太多敬畏反而令我们无法看清其真面目。

罗斯福的观点在一个名叫 @52 Hurts[①] 的推特账号上找到了奇特的现代共鸣，这个账号替这条鲸鱼抗议自己被人们符号化："我不是一个标志，也不是一个隐喻。我不是在你心里翻江倒海的那种形而上的理念，也不是你痴迷之物的替身。我是一条鲸鱼。"他发的很多推文都是不知所云的乱码——"lvdhggv ahijhd aihlkihds"——但其中蕴含着某种真实。这才是一条不知道自己为什么会出现在推特上的鲸鱼会发的推文，他用他杂乱无章的语句抗议强安在他身上的那些言论。他的胡言乱语更有兴趣展示混沌不明，而不是将未知改写成一种虚假的可读性。它们更着意明示其中的隔阂，而不是吐露我们投射在他身上的幻想。

我第一次联系莉奥诺拉，她立刻就回应说欢迎我加入那"巨大的震动池般的""52 蓝"爱好者群。冬春之交的 3 月，一个下午，我们在哈勒姆的河岸州立公园见了面。哈得孙河上飘来的风还带着寒意。莉奥诺拉举止小心，说话也带着同样的慎重。河岸公园对她而言显然意义非凡。她迫切地解释着这座公园建造于一处下水道污水处理场之上，她似乎对于它如何令丑陋的基建设施转化为某种可能性而感到骄傲。河岸公园对于她的康复过程也殊为重要，那是她在苏醒后练习走

① 52 Hurts，意为"52 很受伤"，其中与"Hurts"与"Hertz"（赫兹）谐音。

路的地方。一想到家庭护理助理会把她每一步的踉踉跄跄都看在眼里，她就感到很窘，因此来到了公园。公园不会对你评头论足。它任由她练习。

当我们走过一排枯萎的苗圃时，莉奥诺拉告诉我，多亏她服用的维生素，她在那一整个冬天都没得过感冒。起死回生后，她服用了"一连串"的维生素。她就是这样来描绘她的疾病和昏迷的：先死去再恢复知觉的过程。"我的回程票是附带条件的。"她说。她不得不学会照顾自己——因而有了那些维生素、艺术课程和今春开始种植自己的蔬菜的欲望。公园协会准备在夏天到来前拍卖掉一些小苗圃，她想要买一块。这些苗圃在靠近跑道的位置，满是冬天残留下来的痕迹：枯萎的枝干，落叶枯成了薄脆，弯曲的格子框架上曾经种满番茄，并还会再种满番茄。莉奥诺拉说，她想要种一些甜椒和欧芹，在污水处理厂上方种一些小蔬菜。那就像是在说，我们因地制宜。从昏迷中苏醒过来后，她已支离破碎。她还在用所有的碎片拼凑出新的生活。

一只红肚皮的知更鸟当着我们的面跳过其中一片苗圃。莉奥诺拉无法相信我们目睹了这一幕。她告诉我，我们得就此许个愿。这是她"三天法则"的一部分：她向宇宙发愿，总会在三天内得以偿愿，要么在梦中，要么上帝显灵——或许是一只动物，或许是薰衣草的香味这样简单的东西。她在任何时候都愿意聆听来自万物的讯息，它们的语言甚至都无法被辨识为语言。

我们走到室内，并在小吃吧坐了下来，那里比邻溜冰场，场上有一支小学曲棍球队在训练——"年轻人"①。莉奥诺拉告诉我，这是纽约最后一个你花1美元依然可以买到一杯咖啡的地方。这是她的主场。这里的人在她还没点东西时就知道她要什么了。一个坐着自动轮椅经过的人向她问好。一个静候在收银机边上的人想要她在一份请愿书上签名，让某人选上公园负责人。

① 此处指球队名称。

莉奥诺拉拿出一本大笔记本，放在我们的小桌上，给我看她用钢笔和铅笔为"52 蓝"所作的素描。"他令我着迷，"她解释说，"我想要感受一下他大致的模样。"不过，她告诉我，她起初的画稿"一团乱"。因此，她端详起了其他鲸鱼的照片。"然而，我还是捕捉不到**他**。他如此渺茫。"尽管如此，她还是一直在画他。她在公园的娱乐中心上绘画课，并正在为课程的结业展览画一幅"52 蓝"。

莉奥诺拉告诉我，她第一次听"52 蓝"的歌声时，回放了至少五十遍。她曾经做梦梦见自己跟他一起游泳：他跟一群鲸鱼在一起，不再孤单，而她则跟他们一起游泳，那速度感觉有每小时 100 英里——她的头非常大，她的身躯光滑无毛。她从昏迷中逐渐醒来的梦都跟水有关，总是有河与海，而不是湖与池。那水必须是在流动的，而非死水或是静止的。在梦见"52 蓝"后，她讶异地醒来。"我为此而感动，"她说，"我所能做的就是躺在那里，并想，那是怎么回事？那是怎么回事？"

莉奥诺拉与"52 蓝"的紧密感一直都同时与两样东西有关：交流和自主。他象征着她在康复过程中遇到的困难——她试图讲话却失败了——但也同时象征了这些困难所带走的独立性。其他人都觉得这条鲸鱼很伤心，因为他无法找到伴侣，但莉奥诺拉则觉得他不需要伴侣。他象征着她独自生活的能力。那是她所珍视的能力，也正是疾病所危及的。

莉奥诺拉厌烦人们将"52 蓝"的独来独往与孤独混为一谈。她厌烦人们将**她的**独来独往与孤独混为一谈。不甚相关的是，她告诉我："我从上个世纪起就没再恋爱过。我没有约会过。"她说，这一点令她身边的人——那些试图给她介绍对象的朋友和亲戚——担心。"仿佛女人如果没有男人，就不完整。"然而，她不在乎。"我从未觉得孤独。我不会考虑孤独这个问题。我是一个人，但我并不孤独，不行吗？我会到朋友家里去，我会买成箱的葡萄酒，我会请别人来我家做客，我会下厨。"

不过，她的反复强调难掩此地无银三百两。然而，我也从中领悟了谦卑的重要性：不要假设别人的内心世界是怎样的。不要假设其欲求。不要假设独来独往就是孤独。莉奥诺拉告诉我，她希望"52 蓝"永远不被找到。"我祈祷他们找不到他。我想要相信，我会在梦里见到他。"

　　"我就是不能理解对于这条鲸鱼的迷恋，"当我和乔·乔治坐在他家的餐桌边时，他这样告诉我，"对我而言，那只是科学。"而那也令放在我们中间的那盘曲奇更加吸引人——它们都是鲸鱼形状的，尾巴上有糖霜，颜色是各种浅浅的绿、粉和紫，上面还有相同颜色的"52"字样的糖衣。这是乔的女儿为我们做的。他很乐于把这些饼干端出来，但又显得有些不好意思。它们搅和在一个匪夷所思的现象里，而他不是很明白。

　　他告诉我，这感觉很奇怪：追踪这条鲸鱼的资金被如此突然且彻底地切断了，感觉就像是没有人关心他们在做什么，然后，在许多年后，竟然又看到他的鲸鱼以一种奇怪的、被折射的方式重新出现。突然，所有人都很关心他。然而，个中原因在乔看来完全没道理。他更看重做好自己的工作，而非寻求隐喻。

　　乔告诉我，从某一刻起，那条被称为"52 赫兹"的鲸鱼便不再用 52 赫兹的频率发声了。他们最后一次追踪他时，他的呼喊更接近于 49.6 赫兹。那或许是迟来的青春期，再不然就是跟他的成长有关——他长得越大，发声频率就越低。

　　那是有关谦卑的又一课——有那么一种可能：一头难以捉摸的动物或许会停止使用他从前的名片，那头活生生的动物或许会让我们所有为之杜撰出来的推测变得悬而未决，仿佛我们满心投入了一个已经消失了的信号。也就是说，我们无法找到我们一度在追寻的那个生物，而或许只能追寻这个生物如今的样子。

在花了一个春天的时间认识莉奥诺拉后，我再次来到河岸州立公园参加她课程的结业展览。在巨大的米色工业电扇下，键盘初级班弹奏了《当圣者迈步前进时》。一群年老的妇女和着青少年流行乐表演了一支齐舞，她们挥舞着统一的扇子，穿着白色的七分裤和明亮的蓝色以及珊瑚粉的衬衣。一位公园工作人员靠过来，对着我的耳朵小声说："这就是我们的老年人。他们喜欢跳劲舞。"

莉奥诺拉穿着紫罗兰色的裤子，戴着粉色的布发圈，一边拍照，一边推着放满了她的艺术作品的购物手推车。她带我去看了她的那幅"52蓝"的画作，就挂在门廊的一面墙上：用丙烯颜料画的一条鲸鱼，从海洋腾空而出，越过彩虹。一个剪影状的女人正骑在他身上——或是跟他在一起飞，不甚清晰——莉奥诺拉说，那是她多年前照的一张照片，不过她将脸模糊化了，这样就不仅仅是**她**了，可以是任何人。那个女人低下头靠近那条鲸鱼，仿佛在聆听他所说的话。"有人问我：'这条鲸鱼是在吻你吗？'"莉奥诺拉告诉我，"我说：'或许是的。'"

当一位穿着公园职员绿色服装的年轻女士走过来时，莉奥诺拉全然没有不好意思，也没做任何介绍，直接告诉她："这是'52赫兹'。我所想象的他的样子。"仿佛所有人都知道这条鲸鱼，或者应该知道——仿佛想象遥远的他是我们所有人都应当熟稔的事。

从之前几个月的对话中，我已开始理解莉奥诺拉的一路艰辛为她对这条鲸鱼产生的感情做了铺垫。如果说她的危急病情像是一个高潮——肠内的阻塞就像是她人生中各种精神创伤的积累，那些她忍受下来却从来不允许自己为之哭泣的经历，直到它们塞满了她的肠道，并最终令她病倒——那么，这条鲸鱼则似乎给她提供了另一种容器：一个或许可以承载她有生以来所有渴求的载体。她认定自己的人生建立在一些固定模式上，掺杂着征兆、信号和声音。她想要找到一种逻辑，或许可以将她经历的所有零星的点串起来，变成一个清晰的星座。在我们的一次对话中，她告诉我，每当她看到知更鸟时，她就会想到我，因为我们曾经一起看到过一只。我告诉她，在我们看到那只知更鸟两周之后，我遇到了我想要嫁的那个人。虽然那不符合她的"三天法则"，但还是很神奇。

有一次，我们一起去休闲中心的小吃吧，莉奥诺拉告诉我，她相信这条鲸鱼或许是他这一种类的最后幸存者——就像从某个角度说，她是她这种人当中的最后幸存者，因为她没有孩子。她讨厌别人将没有子女视为她的缺陷。她的艺术作品就是最接近她的后裔的东西了，她觉得这挺好。当她描述昏迷和之后的事情，以及我们不断地回到孩子这个话题——要，还是不要孩子——时，她使用了"复活""重生"和"第二次诞生"，而这似乎并非意外。"诞生"在她对于所有这一切的理解中扮演了至关重要的角色，而这并非偶然。她多年来一直在流血。在流了那么多血以后，当她起死回生时，那就像是她自己把自己生了下来。

我最后离开河岸州立公园的那天，莉奥诺拉送了我一幅小小的画作：一只知更鸟，它有红色的胸部、小小的爪子，露出一只发亮的眼睛。她说它胸部的红色代表着激活。我想起了我在见到这只知更鸟后遇到的那个男人。我感受到了灵念的感染力。生活成了一连串的征兆。我希望这意味着这世上有某种神灵在安排这一切，或至少是在编一个故事。

"与上帝同行，"莉奥诺拉告诉我，"你将来应该有个孩子。"

当爱默生抱怨"物质的腐朽早于精神"时，他是指我们"将自然改装进我们的头脑里，让一切成为被抛弃的尸体"。当我们的粉饰装扮作罢之后，"52 蓝"的躯体也就成了被抛弃的尸体。这种炼金术既带有暴力，又蕴含美好。爱默生看到了这两面。"每一个生灵都为自己建造了一座家园，在家园之外又建造了一个世界，在世界之外又建造了一个天堂。"他写道，"我们是什么，只有我们自己能看清。"

莉奥诺拉曾经这样对我边想边说："你怎么知道他不是被派来治

愈我们的，他的歌不是治愈之歌？"

　　如果在恰当的心情下，我们听到的每一首歌都可以是治愈之歌——在那恰当的 7 周之后，或者说是在最糟糕的日子之后，那些我们永远失去了的东西。或许欲望和需求不过是以不同的频率来播放同样的歌。有一次，莉奥诺拉告诉我："这条鲸鱼就是一切。"

　　"52 蓝"所代表的不仅仅是把一条鲸鱼作为孤单的隐喻，而是以隐喻本身作为孤单的慰藉。隐喻永远在连接两个迥然不同的点；它意味着不存在孤立于他人疾苦的疾苦，不存在单独存在的困境。孤单寻求隐喻，为的不仅仅是得到定义，与亲情的承诺相比，更重要的是得到友谊的回响。如今，基于这种特殊的亲近，已经形成了一整个群体，这些人都在追逐这个迷你火车般大小的生物的心跳。你或许会说，这不过是围绕着空洞的中心形成的一个群体。当我们无比同情"52 蓝"时，我们的同情对象其实并非这条鲸鱼，我们同情的是我们以他的样子创造出来的东西。然而，那种感觉还是存在的。它还是重要的。它重要到可以帮助一个女人从 7 周的垂死挣扎中获得重生。

　　在惠德比岛和乔对话的过程中，我提到了莉奥诺拉。刚开始，我并不确定他听到了我的话，然而当我们的访谈快结束的时候，他转过身来对我说："你提到的那个女人，昏迷的那一个。"他停了下来。我点点头。"那真有点意思。"他说。

　　乔说这条鲸鱼只是一条鲸鱼，他是对的。然而，莉奥诺拉说这条鲸鱼是一切，她也是对的。如果我们还原这条鲸鱼的本色，免其于隐喻，而依然允许他的第二个自我——那个我们所创造的他——现形，承认他为我们做的一切，又会如何？如果我们将这条鲸鱼一分为二，一半是他自己原本的模样，一半是我们想要他变成的样子，那么我们就会让这两条鲸鱼分头游开去。我们会解放它们，让它们不再活在彼此的阴影里。我们会看着它们在大海中游出各自的轨迹。

我们跟自己讲故事，为的是再活一遍

2000 年 4 月，路易斯安那一个名叫詹姆斯·莱宁格尔的幼童开始做一些有关飞机失事的噩梦。每当他的母亲来到他的卧室里安慰他时，都发现他的身体扭曲着，手脚使劲摆动踢打，仿佛正挣扎着想要挣脱什么。他不断重复着同样的话："飞机失事！飞机着火！小朋友出不去！"

在之后的那几年里，这些噩梦的故事情节变得越来越清晰。詹姆斯最终告诉他的父母，这些是前世的回忆。他说自己曾经是一名飞行员，他的飞机被日军击中坠毁。他开始用到一些专有名词，令他的父母十分不解。他所驾驶的是一架"海盗式飞机"。他从一艘名为"纳托马湾"的航空母舰上起飞。他的父母从未跟他谈及过二战，也无法想象他怎么会出现这些幻觉。詹姆斯跟他们讲起了他在舰上的朋友们：有个名叫杰克·拉森的人，还有沃尔特、比利和莱昂，他们都在天堂等着他。他用这些人的名字命名了他的玩具特种部队成员。他的母亲安德烈娅开始确信詹姆斯在回想前世，父亲布鲁斯则半信半疑。

然而，当布鲁斯着手研究时，便发现有些信息让他难以再持怀疑态度。1945 年，有一艘名叫"纳托马湾"的航空母舰曾被派往硫磺岛，船员包括杰克·拉森和詹姆斯·休斯顿两位飞行员，而他们就在那一年 3 月 3 日在父岛附近被击落。纳托马湾号的船员还包括沃尔特·德夫林、比利·皮勒和莱昂·康纳，所有人都在休斯顿丧生之前牺牲。一个小男孩怎么会知道这些人？更别提他们这艘舰的名字和他们死的顺序了。

2002 年，布鲁斯参加了一场纳托马湾号船员聚会，并开始问问题。他并不准备告诉大家他的儿子所回忆起的内容，他告诉所有人他正在写一本有关这艘航空母舰历史的书。安德烈娅则对军史不感兴趣，她只想让儿子结束梦魇。她告诉詹姆斯，她相信他说的话，但是前世已经过去了，现在，他要过好今生今世。

为了让詹姆斯彻底释怀，在他 8 岁的时候，一家人来到了日本。他们计划为詹姆斯·休斯顿举行一场悼念仪式。他们搭了 15 小时的渡轮，从东京来到父岛，又乘一艘小船来到休斯顿的飞机坠毁的大致地点。就在那里，詹姆斯向海里扔了一束紫色的花。"我向你致敬，永不忘怀。"他说。然后，他抱着母亲的大腿啜泣了足足 20 分钟。

"你就在这里把一切都放下吧，伙计，"他的父亲告诉他，"就在这里把一切都放下吧。"

当詹姆斯最终抬起头并拭去眼泪时，他想要知道他的花去了哪里。有人指向水面上遥远的一点紫色：它们就在那儿，遥远但依然可见，依然在漂，在海面上越漂越远。

* * *

2014 年 1 月晴朗的一天，我来到弗吉尼亚一家名为 DOPS① 的研究所，访问一位名叫吉姆·塔克的儿童精神病医生。他花了 14 年的时间汇编了一个数据库，收集号称记得前世的孩子的资料。我见到塔

---

① DOPS，感知研究部，英文全称为 Division of Perceptual Studies。

克时，他的数据库已涵盖了逾 2 000 个家庭。不过，他把詹姆斯·莱宁格尔列为最厉害的案例。

我当时是受纽约一本时尚杂志之托采访塔克，而且我明白杂志的编辑期待我写出一篇驳斥性的文章。每当我告诉别人，我在写一篇关于 DOPS 的文章，而该研究所主要研究前世回忆、濒死体验和超感官知觉时，别人就会说："等等，**你说啥？**"它轻易就能惹来别人的嘲笑。然而，从一开始，我就有为轮回转世之说辩护之心。倒不是说我坚信它，而是说我已对怀疑论本身产生了深切的怀疑。似乎对人、对方案、对信念体系鸡蛋里挑骨头，要比建立、捍卫或至少是认真对待它们容易得多。那种预设好的不屑一顾抹杀了太多神秘和惊奇。

转世之说本身并不稀奇。我们都思忖过自己死后会如何。皮尤研究中心 2018 年的一份报告发现，33% 的美国人相信有轮回转世，而 2013 年的一份调查问卷则估算有 64% 的人相信定义更宽泛的"死后灵魂不灭"。在我居住的纽约，坐地铁时我总看见在 10 月走失的一个 13 岁自闭症男孩的照片。那个孩子住在皇后区，没有哪一辆经过皇后区的列车上没有他脸部照片的。我不理性地确信，他们会找到他，或者，不论在哪里，他都会以某种方式，安全地活着——如果那样相信让我显得愚蠢，那么我宁可做个傻瓜。

DOPS 的办公室位于夏洛茨维尔市中心一座雄伟的砖楼里。塔克来欢迎我的时候看起来并不像是一个怪人或是神秘主义者。他风度翩翩、头脑清晰，显然是个聪明人——人到中年，正在脱发，但轻盈而瘦削，就像是你高中好友那个跑马拉松的爸爸。他镇定自若，带着一丝彬彬有礼的客套。他说话很小心，却无可置辩，解释着某些媒质如何招来死者的魂灵，而胎记则可以证实前世受的伤。那有点像是在听研究酸的地质学家就事论事地描述土地的构成。

DOPS 成立于 1967 年，严格来说是隶属于弗吉尼亚大学的，但其经费主要来源于私人捐款，包括一笔来自发明了静电复印技术的切斯特·卡尔森的 100 万美元的遗赠，他的妻子相信自己有一定的超感官知觉。在弗吉尼亚大学校友杂志刊登了一篇有关该所研究的封面报道后，网络上留下评论的都是那些感到其存在很荒谬，或对研究所与该大学之间的关系感到"震惊"的读者。

在塔克带我参观那些办公室时，我在笔记本里潦草地记下了一系列奇怪的细节，都是这个地方让人轻易可以发现的与众不同之处。公告栏上贴满了写着励志言辞的纸张（"我们对于头脑和物质的认知必须经过多个尚无法想象的阶段"）和描述正在进行中的研究项目的传单（"对于声称可以提供死者信息的媒质的研究""癫痫的超凡经历"）。我们走过了"加护室"，它是为超感官知觉实验而设计的：一个看似阴森的洞穴，里面有一张活动躺椅，参加实验的人坐在上面等待接收"发信者"从大楼另外一个地点发出的信息。塔克解释说，这间房间的设计是后来才完善的——墙壁上都覆盖了金属薄片，以防止用手机作弊——似乎默认我可能已经知道超感官知觉实验室的构造了。

在参观 DOPS 时，我老觉得自己像是个青少年，在性教育课堂上试着忍住不要吃吃傻笑。然而，我幽默的反应似乎并不那么自然，那似乎更像是跟随某种集体判断的、内化了的感觉，某种说不出来源的"明智"的看法——它告诉我，如果我相信这些东西，我就是个傻瓜；要不然那就像是面对我们无法全然理解的东西，而爆发出的紧张笑声。

DOPS 图书馆里有一只巨大的玻璃箱，里面装着来自世界各地的武器——尼日利亚短剑、泰国匕首、斯里兰卡剑——它们对应着据说会转世的伤痛。一把缅甸大头槌下面的标牌上写着一个故事，说的是一个僧侣遭精神错乱的访客击中头部，据称在几年后转世投胎，成了一个头颅骨异常扁平的男孩。在附近的一条走道里，放着一堆堆介绍各种 DOPS 研究的小册子，其中有一本的标题是"与泰坦尼克号沉船事件有关的另外七段超自然经历"。我们走过一面墙，有两把勺子被固定在墙上，其中一把是弯的，仿佛它曾被扔进火里熔化。当我向塔克问及这两把勺子时，他的回答很是若无其事。"那些么？"他说，"弯曲勺子实验。"

还有就是那把锁了。DOPS 的首任所长伊恩·史蒂文森在 2007 年去世时留下了一把锁，锁的密码只有他一个人知道。他想，如果他的灵魂可以超生，就会想办法回来，揭晓密码。塔克和他的同事接到过好几个电话，建议他们尝试某些密码，但至今都没能把锁打开。在跟我谈及这把锁时，塔克的声音里终于流露出一丝揶揄的淘气。不过，在我们参观的过程中，他对于讲转世投胎的笑话表现得非常节制。当晚晚餐时，他告诉我他曾经尝试写小说，但当我问他是否考虑过再次写作时，他却笑了。"或许来生吧。"

塔克告诉我，一边当持证执业的儿童精神病医生，一边在 DOPS 任职，让他颇觉自我分裂。"就像克拉克·肯特 ① 那样，从事儿童精神病工作的一直是那个更温和的我，"他说，"然而，我还有个秘密身份，全然关乎另一个世界。"他简单介绍了数据库的构成：他的大部分案例都是 2 到 7 岁的孩子，以及他们的回忆。这些回忆以生动丰富的梦为主，并充斥着各种情绪——恐惧、爱、悲伤。大部分孩子都来自外国，有许多孩子是塔克尚未谋面的。不过，当有新的家庭找上门来时，他会定期对他们进行访谈。当似乎可信的前世身份得到辨认（通常是家族中的某个人），他便会将其列为"已解决"案例。不过，也有个别像詹姆斯这样的案例，其前世是个陌生人。

塔克看上去是个理智、坦诚的人，却不知为何成了哈姆雷特对霍雷肖 ② 所言的："天地间有很多事，你的睿智无法企及" ③。他在北卡罗来纳长大，从小就是南浸信会会员。在第二段婚姻前，他从未想过转世投胎的问题。他的第二任妻子克里斯也接受过学术训练，却相信

---

① 克拉克·肯特，超人变身前的原型。

② 霍雷肖，莎士比亚悲剧《哈姆雷特》中的角色，是哈姆雷特的好友，哈姆雷特请他将自己的故事告诉世人。

③ 语出《哈姆雷特》，是哈姆雷特对霍雷肖说的话。

超自然能力和轮回转世。因为跟她在一起，他开始愿意思考一些以前从未想过的事。塔克最终认定自己儿童精神病医生的工作"有意义但没有太大成就感"。看到孩子们在治疗后有所好转，这令人欣慰，但最终不过是"一次又一次的门诊，看不到全局"。他对前世记忆的研究工作似乎更广阔，那像是追随照片上模糊的图案，它们远远超出了他自己视线的范围。

数周之后，当我聆听我们访谈的录音时，我很尴尬地听到自己不断地向塔克宣称自己"对神秘事物抱有开放心态"。我那么说是认真的，但我也能听到自己声音当中刺耳的自我说服、过分积极的语调，还有策略上的精明。从某种程度上来说，我在试图说服塔克我并不是另一个怀疑论者。珍妮特·马尔科姆①出了名地将记者描绘成"欺诈者，针对人们的虚荣、愚昧或是寂寞下手，赢得他们的信任并毫无悔意地背叛他们"。在对塔克的访谈中，我可以听到自己事先就对他坦承："你永远都没法像本人讲述自己的故事那样，讲述他人的故事。"

在我拜访塔克时，我已经参加十二步骤戒酒复原计划3年多了。我发现，要实现这种复原必须同时彻底放下（至少是暂时放下）许多怀疑：对于教条，对于陈词滥调，对于有洞见的计划和预先伪造的自我意识，对于其他人对自我人生看似刻板的、表面的描述。在复原过程中，我们被要求避免"在调查之前就予以蔑视"，而写一篇有关转世投胎的文章——参观DOPS及其弯曲的勺子——就像是另一种测试，看我是不是愿意保持开放心态。

写作多年，我一直很喜欢琼·狄迪恩的散文《白色专辑》。这篇文章的开头很出名："我们跟自己讲故事，就是为了活下去。"它的结尾不那么出名，不过几乎是同一个意思——狄迪恩重申了她对于所有

---

① 珍妮特·马尔科姆（Janet Malcolm），美国记者，新闻伦理学经典著作《记者与谋杀犯》的作者。

这些"故事"及其虚假的连贯性的怀疑，仿佛她还没将这一观点反复强调好几遍似的。最终，我开始对她的怀疑产生怀疑。我讨厌其沾沾自喜——她如何在一个充满自欺的世界里，将自己说成看破一切的怀疑论者。我开始相信，怀疑论本身就带着伦理上的失败，那就像是在复原会议上拒绝陈词滥调，或是完全驳斥他人对自己人生过于简洁的陈述的冲动背后的势利。

在自己的作品中，我越来越痴迷于描写一些或许在他人看来很可笑的人生和信仰：有人声称患了一种大多数医生都不相信它存在的皮肤病，有人自称与世隔绝却跟一条难以捉摸的鲸鱼产生了精神共鸣。然而，坦白地说，这种偏爱也带有一抹自以为是。或许我喜欢告诉自己，我在为弱者辩护。又或许那是怯懦。或许我太害怕了，对于人们为了继续活下去而跟自己讲的故事，没有办法予以拒绝。

这次，倒不是说我被塔克有关投胎转世、貌似"围绕物理学"的解释完全说服了：这套理论基于从物理学历史中选取的一系列实验，而我采访的一位物理学家说这些实验是"精心筛选过的"，并且被选择性地予以错误阐释。无论如何，塔克是一个精神病医生，而不是一个物理学家。重要的是，我在情感上、精神上和理智上都排斥某种表示自己知道得更多，知道何为可能、何为不可能的轻蔑语气。假设我对意识本身——它是什么、来自哪里，还有，一旦我们用不着它了，它又去向何处——有多么深的理解，似乎是一种傲慢。

在弗吉尼亚，我陪同塔克对两个家庭进行了访谈。两个家庭中都有从小就记得前世的青少年。在一座看出去都是光秃秃的冬季森林的大房子里，一个名叫亚伦的 20 岁大学生告诉我，他小的时候就记得自己前世是一个烟草农。他曾经多次梦见一个农场、一个刻薄的姐姐、一场大火。什么都被他拿来假装抽烟：树枝、吸管和棒冰棍。他迷恋刺青和摩托车，且只愿意穿牛仔靴。他甚至穿着牛仔靴到游泳池去，身上除了泳衣什么都没穿。

他的母亲温迪告诉我，了解亚伦"过去的灵魂"让她得以更好地解释为何他难以跟同龄人交朋友。她总是想给他办生日派对，却不知要请谁。"我无意让你难过，儿子，"她告诉他，"但是你到哪儿都无法融入。"亚伦则将自己近期恋爱过程中的不如意归结于那个过去的灵魂。他解释道，身边的女孩子都只是想寻欢作乐，而他却想安定下来，建立一个家庭。就在我们谈话的当口，我们可以看到窗外有个男人站在森林边，跟三条狂奔到毛都竖起来的狗扔棍子玩。当他转过身往回走时，温迪让我不要提及投胎转世。她的男朋友是一个喷气飞机修理师，她解释说，他觉得这一切都很荒谬。

另一个家庭的房子更小一些，所在的住宅区更工薪阶层一些，草地上都是漏了气的塑料麋鹿。母亲名叫朱莉，她解释说，女儿卡罗尔学说话有些晚，而开始说话后也一直没说太多。卡罗尔四五岁时，朱莉终于问起她为何如此沉默，卡罗尔才提及她的另一个家庭：长发飘飘的父母，他们种植草本植物，拥有一台薄荷绿的转盘拨号电话。卡罗尔感到困惑，不明白自己为何不跟他们住在一起。她想念他们。朱莉回忆道："我觉得必须要告诉她'我真的是你的亲生母亲'。"她担心卡罗尔会在学校的"讲与演"班会活动中分享自己的前世经历，并被嘲笑。

十多年以后，年近二十的卡罗尔告诉我和塔克，她最近开始上烹饪学校，学习如何为患有食物过敏的人装饰蛋糕，而朱莉则猜测她女儿喜欢这些创意或许跟她的前世有关。她解释说，卡罗尔记得最牢的前世经历就是在厨房餐桌上绘画。这种关联仿佛受到星象意志的驱使：只要你愿意，几乎一切都能成为你人生拼图的一部分。

过了几秒，卡罗尔温和地纠正了她的母亲。在她的记忆中，她并没有在厨房的餐桌上绘画，而是在一栋四面都是玻璃的摩天大楼里，在画架上作画。对话戛然而止。我们都停留在一片灰色地带，它介于卡罗尔的回忆和朱莉基于这些回忆跟自己讲的故事之间——在那里，厨房取代了摩天大楼，纸上绘画则取代了画架，回忆的万花筒重新排列了里面闪光的碎片。

　　我的回程航班因为弗吉尼亚一场罕见的暴风雪而被取消了，我便在机场附近的一家行政酒店住了两晚，在大堂酒吧里一杯接一杯地喝气泡水打发时间。随着电视里不断播报各种预示着世界末日的新闻，酒吧侍者和我痛苦地四目相对：腐败、性骚扰、死去的海豚血染日本一秘密海湾的海水。在我心灵深处某个未被提及的部分，我已经说服自己，不可知论和忍受本身是美德，但实际上，我并不确定。假装我的信仰体系足够宽容，视一切同等合理，这或许并没有帮到任何人。或许有些经历是我无法理解的，有些事情是我无法相信的。

　　既然如此，我到底为何要为这些前世故事辩护呢？倒不是说我想要证明投胎转世是真的，而是我想要弄清楚为什么这些故事会吸引人们去相信。如果我们跟自己讲故事，为的是活下去，那么从让我们再活一遍的故事中，我们又得到了什么？那不止是缓和了死亡的可怕终局，它让我们意识到，我们受到无形的或无法理解的力量的影响。

　　暴风雪还在继续，就在快要上床睡觉时，我在机场酒店酒吧的电视屏幕上看到了亚冯特·奥肯多，那个走失的皇后区男孩。他的尸体被从东河里打捞上来。当警方以为还可以找到活着的他时，他们放过一段他母亲录制的录音，以便帮助他信任他们："亚冯特。我是你的母亲。你是安全的。向着灯光的方向走。"

　　几周后，我沿着路易斯安那的乡间小路驱车驶向莱宁格尔位于拉斐特的家，沿途经过了一片又一片森林，里面布满了一处又一处闪光的水塘、不堪自身重量而在倒塌中的狩猎小屋。我租来的这辆车的广播里在讲有关恶魔的故事。"我相信精神上的敌人，"一个男人这么说，"他通过替代而得逞。"

　　来之前，我访问了一位名叫艾伦·拉维茨的儿童精神病医生，向他询问人拥有前世回忆的可能性，而他并没有像我想象的那样，立刻就表示不屑一顾。"鬼知道呢，"他说，"一切皆有可能。"他承认塔克找到了"某种真的是难以解释的现象"，并强调这些被报告的前世回忆中，有许多都不是一般的孩子能编出来的那种幻想故事。然而，拉维茨假设此类的"前世"也可能产生于一个微妙的强化过程。如果一个孩子讲了个故事——或叙述了一段奇怪的回忆或一个怪异的、感觉像是真人真事的梦——并因此引起了注意，那么这个孩子继续讲这个故事也就是自然而然的事了。

强化的作用力——或许既作用在家长身上，也作用在孩子身上——正是我对这些案例感兴趣的原因之一。我们讲故事，解释自己为何孤独，或是被什么纠缠不清，而这些不复存在的故事可以像我们现今正在经历的一切一样，完整地定义我们。孩子们围绕鬼故事建立自我身份。一位母亲相信她的儿子交友困难是因为他心里住着一个老男人的灵魂。前世的故事可以解释现世，它们断言，在人生平凡的土壤之下，有一个非凡的根部结构。它们承认，离我们最近的现实——我们生活的节奏、我们最爱的人——受到我们无法看见的力量影响。这令人兴奋且惧怕。它既是一种扩张，又是一种屈服。

在路易斯安那，我在阿诺维尔租了一间小屋。它位于 49 号州际公路沿途，过了那家得其利汽车餐馆和那间摩托车手沙龙，过了那个写着"耶稣是个拥抱者"的教堂帐篷，以及那个"出售二手糖盆"的手写标牌，过了那些短小的街道，车速限制是用亮紫色标明的：每小时 7½ 英里。这是一间木头棚屋，坐落在一片山核桃树和木兰树中间，厕所上挂着一个老旧的木牌，上面写着"基尔默医生的沼泽根基"，床边有一盏铜灯，我在床上躺着，想象自己跟不再与我亲热的那些人在一起亲热。他们的鬼魂挤满了这间小屋，成了曾经的那些我的载体。

莱宁格尔一家住在一栋简朴的房子里，掩映在河边被西班牙苔藓覆盖的白桦树树荫之下。当布鲁斯来应门时，他端来了一杯咖啡和一片香蕉蛋糕，然后——几乎是立刻——又主动提议带我参观他的枪支藏品。我看得出来，他看我做笔记的时候非常警惕。"我不是一个枪迷。"他一边说，一边两只手里各拿了一支枪。从洗手间出来后，我发现他的被子上撒了一堆子弹藏品。我不想去碰它们，但在心里把它们标记为"透露真相的细节"。我手臂上的刺青在对这个男人、这个时刻和这些子弹提出疑问：Homo sum: humani nil a me alienum puto，它这样说。"我是人：但凡人性，皆非陌生。"我是否一直很愚蠢，不愿意承认有些人于我而言确实是陌生的？我需要认同这个世界上所有热爱枪支的人吗？相信我应该跟所有人都产生某种共鸣是很天真的想法，或是不负道德责任的行为吗？甚至，其本身有任何可能吗？

布鲁斯为了迎接我的到来，事先拿出了关于纳托马湾号及那些飞行员的材料——十多年的调查成果。餐桌上放满了笔记本和文件夹，但他说，相比柜子里收起来的，这"只是一部分"。他给那艘舰上每一位死去的士兵都准备了单独的笔记本，上面记满了他所能收集到的所有关于此人的生理信息和行动后军事报告。他有一个木质的香槟箱，里面装满了研究这艘舰的历史学家寄来的微缩胶卷。布鲁斯大方地承认："我很痴迷。"一切都标有"布鲁斯·莱宁格尔所有／有关'幸运之船'的调查材料©"。布鲁斯正在撰写一本有关纳托马湾号的书，书名就叫《幸运之船》。多年前，他为了打进老兵圈而一度跟他们讲的那个故事终于可以借此圆说。如今，他会给牺牲的飞行员的家属发送所有他收集到的信息——他们如何战斗又如何死去。他们几乎从来未从军方获得此类详情。布鲁斯告诉我，他相信詹姆斯·休斯顿以他儿子的身躯复活是有原因的——这样他和安德烈娅就可以重现这一段宝贵的美国历史，如果不是这样的话，这段历史或许就石沉大海了。

布鲁斯让我参观一处办公室式壁橱，詹姆斯曾把这个橱当作他的驾驶舱，背着一只帆布购物袋跳出来，就像在跳伞一样。之后，布鲁斯又拿出多年来收集的历史遗物，包括一小瓶硫磺岛的沙土，还有1945年冲撞纳托马湾号的神风特攻队自杀式飞机烧熔了的引擎的一部分——一大块被熔化的柏油包着的金属，以及那艘舰的甲板上的一些红木。布鲁斯视之为圣物。

经过多年的调查，布鲁斯终于找到了安妮·休斯顿·巴伦，也就是詹姆斯·休斯顿的姐姐。刚开始，他借助他一贯讲述的那个故事和她交上了朋友。然而，相识 6 个月后，他和安德烈娅决定告诉安妮他们对她弟弟感兴趣的真正原因。他们很紧张，给她打电话的开场白是让她考虑是否先给自己倒一杯葡萄酒。他们手上攥着她所在地方的紧急医疗救援服务电话，以防这消息对她的打击太大。随着布鲁斯和安德烈娅分享这些细节——那杯葡萄酒、紧急医疗救援电话——我听到了《灵魂幸存者》的回音，那是他们所写的有关詹姆斯往生回忆的书，他们风趣的旁白成了一个老掉牙故事的一部分。即使是其中的自我贬低也让人颇不自在——这些话不过是经常性的精彩表演的一部分。

至于安妮，她一开始并不确定要如何理解他们所说的故事——她震惊了。然而，最终，她欣然接受了这个故事——他们的儿子就是她投胎转世的弟弟。或许她的詹姆斯并没有全然逝去的这种可能本身带有一丝安慰作用。布鲁斯给我看了一封她写来的信。"所有这一切依然令人难以置信，"她写道，"我们会读到这样的故事，但从来没料到会发生在自己身上。"她以工整的印刷字体明确地作出了肯定："然而，我相信。"

当我见到詹姆斯时，他让我感觉他是一个调适得相当好的青少年。他似乎很有礼貌，但又略显漫不经心，似乎对于跟我谈话完全没有兴趣。我不过是又一个陌生人，对他近年（在那场海上丧礼后）都没再想起的往生回忆感兴趣。别的话题更容易让他开口：他对于柔术的投入、他就如何知道你的鳄鱼肉是否被恰当地烹调过给出的建议。他毫无戒备之心，但我也感到他对往生回忆的这场戏码有些厌倦，且对这些回忆带来的沸沸扬扬的宣传闹剧——那本书和那些访谈——感到有些不好意思，就像是你或许会温和地容忍一个令人难堪的弟兄在公开场合的古怪表现。他不再想成为詹姆斯·休斯顿那样的空军战斗飞行员了；如今，他想成为一名海军。然而，他也花了接近一下午的时间玩一个从模拟机舱进行扫射的电动游戏，他卧室的天花板下依然吊满布鲁斯给他搭的飞机模型。

跟莱宁格尔一家共处最让人难堪之处在于我对他们的喜爱之情。我们在当地的一家克里奥尔餐馆吃饭，一起坐在一条 12 英尺长的鳄鱼标本之下，我知道自己并不准备写下那个他们想要我写的、有关其家庭的故事。珍妮特·马尔科姆又一次在我自觉之前就清晰地表达了我的负疚感："就像是一个容易上当的寡妇有一天醒来，发现那个充满魅力的年轻男子带着她所有的积蓄远走他乡，非虚构作品的主人公向记者提供了素材，却在文章或书出来的时候吸取了**他的**教训。"然而，将莱宁格尔夫妇说成是在推销低级悬疑，将他们的儿子所谓的往生变成类似家庭手工小作坊产品那样的东西——一本畅销回忆录和另一本正在筹备当中的书、一连串电视专访节目和演讲——那也太过简单了。我从不觉得他们有投机的动机，那更像是他们在儿子身上遭遇了一件真的很神秘的事——一种他们无法解释的力量——而他们的解释本身成了一架叙述机器、一个给予他们使命感的故事：开掘人类历史被遗忘的一角，且从更广的意义上向世人证明，灵魂可以从一个躯体飘移到另一个躯体。

当然，儿子的故事也让他们有机会变得与众不同：可以出书、上电视节目。我开始注意到伴生在转世投胎的故事中挥之不去的反讽意味。甚至当他们用可替换性这一概念——示意你的灵魂在属于你之前曾经属于别人——来取代个体独一无二的信条时，他们也为非常平凡的事情提供了非凡的解释：一个害羞的女儿、一个没有朋友的儿子、一个做噩梦的小男孩。他们将司空见惯的经历变成了不可思议的存在主义现象的征兆。

访谈接近尾声时，莱宁格尔夫妇主动提出给我看一些他们参与的电视专题片。我们一起看了《我孩子内心的鬼魂》以及《灵魂科学》。我们还看了一集日语节目，其旁白始终没有译文，莱宁格尔夫妇依然不知道其内容。正是这个节目为他们的父岛之行以及宣泄内心的告别仪式提供了经费。我们看了幕后剪辑片段，莱宁格尔一家在船上坐了好几个小时，等待仪式的开始。詹姆斯的父母向我保证，我会看到他哭泣。这听起来几乎像是一个含蓄的挑战：在你看过他哭得有多厉害之后，再试试看拒绝相信这一切。

　　安德烈娅在我们观看影片的时候走开了，坚持说她需要去给打印机买一只墨盒，不过也承认，看着詹姆斯哭会让她情绪泛滥。布鲁斯想要跳过他在船上讲的那段“傻兮兮的发言”，但是我让他不要这样做。结果，内容其实是布鲁斯在向詹姆斯·休斯顿的勇敢以及休斯顿最终长眠之地的美致以敬意——辽远的日本小岛四周蔚蓝的海水之上，布鲁斯对着镜头说：“我儿子的旅程开始了。”

　　节目组的人一直在问詹姆斯他感觉如何。“还行，”他说，“挺好。”

　　我不禁遐想，这些最初的回答是否令他的家人或是节目制作人感到失望——跑到世界另一端，搞一场精心策划的悼念仪式，主人公却没有流泪。

　　不过，在影片里，布鲁斯并没有表现出任何失望。“我很高兴，你没有什么感觉，”他对他的儿子说，“这事你已承受如此之久。”

　　直到念悼词、向死者致敬都结束后，当安德烈娅最后说是时候跟詹姆斯·休斯顿说再见了时，她的儿子才开始哭起来。他一直哭。他停不下来。

　　在镜头之外——数年后，在他家客厅的沙发上——布鲁斯安静了起来。他告诉我，每次想起儿子那天的内心活动，他就感到不安。一个摄影师突然跑到镜头里，给了詹姆斯一个拥抱，然后又抱了一下布鲁斯。

　　“他们都彻底心碎了。”布鲁斯说。他指的是那个节目的所有日本工作人员。那个时候，他们的眼泪成了这个故事无法分割的一部分，证明着他们的投入和信念。然而，我却在想，对于他们而言，在一个似乎是由曾对他们国家作战的士兵转世投胎而来的人身边，那会是什么感觉。

后来，安德烈娅又回来了，和我们一起看了其他的纪录片。她说她尤其喜欢没把她拍成一百万岁那么老的那部。莱宁格尔家的四只猫中最友好的那只爬上了沙发，跟我们坐在一起，却把脸别了过去，没看电视。我感觉它也看过这片子太多遍了。

在屏幕上的自己说话之前，布鲁斯就已经用唇语讲出了那些话。"胡扯！"在屏幕上的自己对着镜头大喊之前，他对自己如此私语道。他在为采访者重演他曾经的怀疑，演绎曾经那个不相信詹姆斯的回忆的自己。布鲁斯喜欢再现自己曾经的不相信，因为这和他如今所相信的并没有冲突：它其实是同一叙述弧中必要的一部分，向其他怀疑者昭示，他们的怀疑完全有理由，但最终是错误的。

相形之下，安德烈娅则对别人跟詹姆斯的回忆之间的关系并不感兴趣，而是更在意詹姆斯自己如何受这些回忆的影响。她给我看了一叠他童年的画作：象征发动的螺旋桨的乱糟糟的圆圈，象征高射炮的胡椒粒似的点，一切都毁于一旦，埋没在红色马克笔所画下的一摊摊血迹之下。她给我看了他用粗线条画的跳伞者，他们从天空中坠落，其中一些人的降落伞打开了，成了他们身躯上方的弧线；其他的则没那么幸运，他们的降落伞坍成他们身躯上方的直线。

布鲁斯还在房间的另一头看电视。他说，根据他找到的一份行动后的军事报告，詹姆斯·休斯顿曾击落过一名正在跳伞的日本飞行员。安德烈娅很震惊，她对此并不知情。"我都打寒战了，"她说，"那或许就是詹姆斯总在画他们的原因——因为他曾经击落过其中一个。"

与此同时，节目里的布鲁斯坐在一艘小船上，把手搭在了儿子的背上。"你的灵魂和精神如此勇敢。"他说。

在那一刻，在转世投胎那轰动性故事的背后，一个更简单的故事在展开：一位父亲试图安慰他的儿子。在那些无法解释的东西和尽管如此他们还是试图去寻求的解释之间，存在着一道缺口。然而，这对父母相信，他们的爱可以对此做出弥补。人类对于讲故事有一种饥渴，而爱对此是没有免疫力的。这是我自己长久感受到的一种饥渴。我的生计也正是基于这种饥渴。对于这个家庭来说，这种饥渴创造出了一个错综复杂且自我维持的故事，所有内容都基于对一个身处黑暗之中的小男孩的关爱。

在我离开以前，安德烈娅递给我一篇作文，那是詹姆斯在七年级时写的，名为《噩梦》：

> 五年来的每一晚，我都饱受烈火和浓烟的折磨……这些噩梦并不是梦，而是实际发生过的事情：詹姆斯·M.休斯顿的死。他的灵魂又转世投胎了。他借我的身体回到了这个世界，而他选择这样做是有原因的：告诉人们，生命是真正永恒的。

怀疑的幽灵出没于此类高潮，而詹姆斯对此自有巧妙的应对：

> 你可以因为我对此知情、相信这些事而把我当作傻瓜。然而，当我的父母写下那本关于我和我的故事的书后，一些病入膏肓的人、患了不治之症的人给我发电子邮件说："你的故事帮助了我，让我不害怕死亡。"

在詹姆斯这篇作文的后面，他的老师用红笔把同一个字重复写了三遍："哇！哇！哇！"

* * *

我从路易斯安那回来几个月后，收到了姑姑的一封信——她刚跟我的祖父度过了一下午。祖父曾是一名化学工程师，再过几个月就要过百岁生日了。那天，他们在谈论转世投胎的可能性。祖父是家族之中第一个上大学的人，终其一生都非常理性。对他而言，随之而来的将是什么已经不再抽象。正当他和姑姑吃着三文鱼和土豆——有分量的食物，它们提醒你，身体还是自己的——的时候，他大致描述了对生和死的看法："我们出生的时候，捎带上了一点意识，随着我们死去，这点意识也就物归原主。"

就在那一周，杂志的一位事实核查人每天都在给我发邮件提出质疑。他告知我，不止一艘二战航空母舰上有叫沃尔特、莱昂和比利的船员，那或许只是巧合，且从来没有海盗攻击机飞出过纳托马湾号。我有点想要反驳他，告诉他或许确实没有海盗攻击机飞出过纳托马湾号，但在战争初期，曾经有一支实验性队伍，其二十名飞行员驾驶过海盗攻击机，而詹姆斯·休斯顿就是其中一员。"有照片为证！"我想这样大声喊出来，就像是布鲁斯·莱宁格尔的追随者那样。然而，我的防御心从来跟事实无关，而是关乎想象。

我最想问的问题从来都不是"转世投胎是真的吗"，而一直是"转世投胎让我们想象出怎样的自己"。对我而言，它所暗示的那个自我是有吸引力的：可互渗的，并非独一。这跟我热爱的戒酒复原有着密切的相关性——复原也要求我将自己理解为可与他人互换的，把我的窘境看作是许多人所共有的，而我的身份则奇怪地、不可逃避地跟遥远的陌生人联系在一起。归根结底，复原是另一个转世投胎的故事：清醒的自己从烂醉的过去中重生，转世投胎仿佛道出了复原背后的哲学构想。如果复原说"你的灵魂并不是什么特别的东西"，那么，转世投胎则说"你的灵魂都不属于你"。如果复原说"你可以成为另外这个人"，那么，转世投胎则说"你实际上就是另外这个人"。

如果说转世投胎只是人们寻求安慰的故事，那么可以说灵魂同样不过是个故事：我们每个人都有的必不可缺、独一无二的自我这一信念。转世投胎既保护了这一信念，又打断了它：我们所谓的灵魂是不死的，但或许它从来都不属于我们。最终，这就是转世投胎的故事吸引我的地方：它让我相信一个没有严格边界的自我——它在我之前曾经存在过，之后也还会存在。这样看来，它就象征着我努力想要接受的有关生存本身的信条：我们的生命经历毫无独特之处，在某种程度上，我们一直在重复生活。

转世投胎是对可能发生之事的断言：我可以是任何人。或许我曾经是一个护士、职业杀手、刻薄鬼、英雄。或许我曾经是一个殖民地探索者、被殖民的对象、女皇、水手。它谦逊，却又与谦逊相反，就像人们可以将我的文身视为同理心或傲慢："但凡人性，皆非陌生。"我在面对转世投胎这一大议题时，一直在找一种方式，谦虚地面对人的意识世界，成为那个写下"哇！哇！哇！"的老师，而不是给予一个评分。

对我而言，转世投胎是一个连接，将自我的信念一下子变成了某种可转换且绵延不灭的东西——在戒酒过程中，在爱里，在陌生人的身体里。这种信念认为，皇后区的 13 岁男孩或许并没有全然消失。这种信念说："回来。"回到拉斐特、弗吉尼亚、缅甸。带着伤痕回来，面对一草地的塑料麋鹿、一座看出去都是光秃秃的冬季森林的大房子、一个跟狗扔棍子玩的喷气飞机修理师、一个拒绝相信你曾经是长岛市走失男孩的人，来讲述一个无人能懂的故事。回到州际公路外的某个郊区、某间公寓、某栋排屋。带着回忆回来，这样你可以告诉我们，你去过哪里。我们想要知道。我们看着一个小男孩穿着牛仔靴去游泳池。我们看着一个困在飞机里出不来的小孩。我们看着过去像浓烟一样填满现在：有关姐姐、降落伞和火焰的回忆。我们说，哇。我们又说了一遍。我们保持谦逊。直到尸体被从河里打捞上来之前，我们都不确定。即使到那时，这个灵魂或许依然没有终结。我们向着灯光的方向走。我们要么安全，要么不安全。我们活着，直到死去。我们归来，除非我们无法归来。

滞留的故事

这是一则关于滞留的故事。谁会讲这种故事呢？我现在就讲给你听。1月的一个傍晚，我飞离路易斯安那的航班延误了（我在那里做采访，关于采访对象的前世经历），导致我错过了从休斯敦出发的转机航班，不得不逗留一夜。要想在休斯敦机场附近缔造一段旅行经历，就像用酵母包装上的说明文字写一首诗。别试图美化它。就让它自然发酵。让高速公路像线团上松开来的线，抛向深夜。对着连锁店的霓虹招牌眨眼。随遇而安。

我被送往一家鲑红色的酒店，并在那儿随遇而安了下来。在开往酒店的机场接驳车上，我听到前排一个难以取悦的女人的声音。她不敢相信第二天早上开往机场的接驳车每小时才一班。她不敢相信晚餐券才那么点钱。她需要有人帮忙把行李袋拿到酒店大堂。她还需要明早有人帮忙来取行李。后来，在酒店餐厅里，她的声音又出现在我身后的那张桌子：她要把包放在视线可及的范围内。她要不加冰的水。她不愿令人厌烦，但她真的需要知道这份蔬菜卷是否绝对是百分百的素食。她想认识坐在我们周围的、其他被困在这里的人，特别是德国人马丁和那个宾夕法尼亚州立大学的数学系本科生。那个数学系本科生热爱圆周率日。那个有话说的女人想知道她是否会在圆周率日做馅饼①。不，她只会在圆周率日吃馅饼。她喜欢哪一种馅饼？所有馅饼。她喜欢哪一种数学？所有数学。好吧，这么说吧，她特别喜欢数列及其规律。那个有话说的女人想知道她怎么看 i 的 i 次方。那个本科生不知道 i 的 i 次方为何。"哦，女同学，"那个有话说的女人说，"去搜搜 i 的 i 次方。"

她终于转向了我。那个有话说的女人其实是个有着黑色鬈发的女人。她问我从事什么职业。对于我的作家身份，她表示大悦。其实，她刚从墨西哥卡波圣卢卡斯度假回来。其实，她会跟我搭同一班飞机飞往纽瓦克机场。她建议我们一起为每小时只有一班接驳车进行抗议。凌晨 4 点出发的那班太早了，但凌晨 5 点的那班又太晚了，赶不上我们的班机。我们应该要求 4 点 40 分有一班，或是 4 点 45 分。她是一个难对付的纽约女人，并试图说服我，我们应该一起成为难对付的纽约女人。但是，我并不是一个难对付的纽约女人。我不是任何一种纽约人。我只是碰巧住在那里。我只想坐凌晨 4 点的那班车，并且不再谈及此事。跟她的要求、她的特权感以及那些理由——"我受到的伤害更多，我需要更多"——有所关联让我感到尴尬，因为我在其中看到了自己。

我跟那个女人一起走到前台询问有关接驳车的事时，才注意到她走路的样子。这个有话说的女人也是肉体凡胎。她瘸了。一旦注意到她瘸了，我便不忍心让她独自提出有关接驳车的要求——仿佛在她需要的时候拒绝陪伴她构成了一种抛弃行为。她告诉酒店职员她需要人帮忙拿行李，早上也需要人帮忙。她解释说，在机场，她得坐轮椅。我确信，她感受得到那种模糊的、一直在转移的疼痛。我确信，她甚至在感到疼痛以前，就觉得自己是个受害者了。而我则正是那个曾经义愤填膺地描述这个世界如何基于这些原因、用这些方式贬低女性痛

① 圆周率 Pi 的发音与馅饼 Pie 相同。

苦的人。

无法安排 4 点 40 分的接驳车。她准备去找一位经理理论，她告诉我。等她解决问题后会打电话给我。她记下了我的号码。我们彼此交换了姓名。

回到房间后，我在网上搜了一下她给我的姓名。这个名字相当不寻常，包含了某身体器官。排在前十的搜索结果都关于同一名色情明星；下一个搜索结果是一篇文章，写的是发生在纽约的某连续持刀伤人事件，一名流浪汉持半把剪刀向几个陌生人猛扑过去。那个有话说的女人的脸就在这五张脸之列。我在电脑屏幕上把她的放大。我试图回忆她的瘸腿，她哪里受了伤。"在嫌犯长达 9 分钟的横冲直撞后，五名受害者，包括一名 2 岁的男童，被紧急送往医院……"我想象着那个有话说的女人，剪刀插进她的大腿，也可能是她的膝盖或脚，割断了她的神经或静脉，令她在一年之后仍旧瘸着。

第二天早上见到她时，我不会告诉她我已经知道了这件事。按照这个时代的规矩，我们得假装对彼此一无所知，尽管她知道我或许上网搜索了她，而我也知道她或许上网搜索了我。然而，我发现自己在重新看待她的所作所为——所有抗议，所有要求，所有令人厌烦的想要闲聊的企图——仿佛一个受害者无法同时成为一个唯我论者。如今，我想要更宽容地解读她的一切，为的是对让她成为我故事中的角色——"那个有话说的女人"——进行补偿，因为她早就已经在另一个故事里担任了完全不同的角色。

*　　*　　*

第二天早上，我全力以赴帮助那个有话说的女人。在休斯敦机场，我一路帮她拿行李。我主动提出陪她等轮椅。她粗鲁对待机场工作人员时，我几乎面无表情。她被捅了。她叫我一起提前登机并把她的行李放到座位上方的行李舱中。她问我，在我们抵达后，是否能把她从纽瓦克送到市中心——是否能陪她去新泽西的机场火车站，穿过新泽西中转站，然后再穿过纽约的宾夕法尼亚站——所有的那些楼梯和电梯和站台和过道和人群和挤满的行李架。我说"行、行、行"。一切都行！她有她的故事，而如今我成了故事的一部分。我的美德让我膨胀。我膨胀到难以置信，当航班上坐在我旁边的那个人想要跟我说上话时，我想，他不明白么？我的美德已经找到了它的施恩对象，已经没有空间再跟陌生人闲聊了。那个有话说的女人坐在机舱前排，或许正让某人恨不得可以坐到后排。

坐在我旁边的男人开始讲他开车送姐姐去得克萨斯。她是一个旅行护士，因为工作需要得搬到那里。他们驱车穿越了亚特兰大的一场冰暴。我对此真的毫无兴趣。这人只是个小孩，抱怨休斯敦机场没有足够的自动贩卖机。我觉得自己像是他的妈妈，仿佛我应该拿出点什么零食给他。我们头顶上的小屏幕在播放一部有关自然的纪录片：一只小野牛被一群狼围攻。接下来会发生什么？只有一种可能，我们都知道。当我回到布鲁克林的家中，无人在守候。我刚刚分手，三十好几，在沙发的靠垫间留下了很多饼干屑，是我把饼干当晚餐的结果，虽然那并不像是一个成人的晚餐。

这会儿，这个人正谈论他在伊拉克的任期。他说他习惯了沙漠里的天空。哦。他的生活跟我想象的有所不同。我不知道该怎么问他有关战争的事，但我还是问了。我问他，跟他在一起的那些人如何——那似乎是安全的，有可能。他摇了摇头：世上最好的一帮人。"如今，我却在这儿，"他一边说，一边轻轻推了推他的圆筒包，"带着一军用包的寄居蟹壳飞回家。"我问里面有多少。大概有五十，他说。他有个女儿，她有四只宠物寄居蟹。我问它们是否有名字。"它们的名字太多了，我都记不得了，"他说，"它们的名字一直在变。"目前，有一只名叫推子，其他都叫桃子。三只都叫桃子？对，就是桃子和桃子和桃子。他说，它们对于壳的需求就像是没完没了的自助餐。它们一直在成长，所以一直需要新的壳。

因此，他包里的壳之所以是寄居蟹的壳，并不是因为它们**由寄居蟹**所造，而是因为有一天，寄居蟹或许会用到它们？是的，他说。没错。

或许，这个故事里有某种深刻性。我们声称拥有某样东西，并不是因为我们创造了它，而是因为能使它物有所用。我们偷藏在内心的东西可以成为我们的一部分。现在他又在说别的了，在说他给推子和桃子搭建的新水族馆。他从他的建筑公司拿来了一些旧淋浴门。他说他有二十多块大玻璃片，还有五十多块小玻璃片。我也试图搞清楚这样做有意义的逻辑为何："我们有大的、小的玻璃；我们有用不完的玻璃。"不过，那都是徒劳的；话锋又全然转回了休斯敦。那么，他的寄居蟹水族馆会有多大呢？一整个街区吗？这个人无法决定是否要做个有意思的人，就像某个总是迟到却偶尔有那么一两次毫无理由地准时的人。不过，我又凭什么觉得他要让我觉得有意思呢？他人的生活不过是一些壳，只在我心情好、这些壳足够吸引我的时候，我才会四处搜寻它们。

现在，我只想知道这些寄居蟹吃些什么。他说，它们吃颗粒饲料，不过更喜欢新鲜水果。什么水果？菠萝，他说。它们超爱菠萝。他解释说，它们有很多偏好。举个例子，它们需要盐水以及淡水。

那它们在海洋里生活的时候怎么办？我问。它们如何获取淡水？

他不知道。他说："我也在想办法搞明白这一点。"

这个人让我感到自己被戳穿。在他说他是一个父亲前，我一直觉得自己像是他的母亲。我想象着他感受到的所有恐惧——负疚、失落和无聊——以及我如何对此一无所知。我通过这些有限的趣闻接收着他无限的话题：宽广的沙漠天空、一个小女孩戳着寄居蟹。有时候，我觉得我对一个陌生人毫无亏欠，但之后，我又觉得欠了他一切，因为他去参了战，而我没有，因为我对他嗤之以鼻或是误解了他，因为我有那么一刻忘记了，他的生活——就像所有其他人的一样——所包含的，远远超过我所能了解到的。

这让我想到大卫·福斯特·华莱士那篇名为《这就是水》的毕业典礼演讲。几乎所有人都觉得这篇演讲很有启发性，但也有人觉得老生常谈得让人无法忍受，并为其他人都如此受其启发而感到可笑。我很受其启发。华莱士讲到了站在超市收银台前的无聊，排着队的其他人如何令他讨厌，"他们看起来多么愚蠢，像牛一样，眼神呆滞，缺乏精气神"。然而，他说，你可以选择用不同的眼光看待他们。对于一个刚刚骂了她小孩的女人，你可以选择性地认为，或许她连续三天都守夜陪伴她因为骨癌而奄奄一息的丈夫。或许她刚刚在车管局帮你的爱侣解决了他的麻烦事。或许公交车上那个恼人的女人刚刚在晨跑的时候被一个疯了的陌生人刺伤了。他说，只要你学会留意，"事实上，你可以在拥挤的、闷热的、缓慢的、消费者地狱般的情形之中，不仅仅体会到其中的意义，还能发现其神圣之处，令其如此炙热的，正是点燃星星的力量"。

* * *

暴风雪中的纽瓦克机场火车站并没有点燃星星的力量让它炙热起来。我一路帮助那个有话说且身体有伤的女人搭上去市中心的火车。我们在狭小的车站咖啡店喝了热巧克力，并在新泽西寒天下雪的当儿在露天月台等待着。我已经厌倦了善行，只想回到我自己的公寓。她告诉我，她受伤的事很愚蠢。那是她自己的错。

我有点迷惑。这是在承认特权的负疚感么？对于成为压迫了刺伤她的流浪汉的那个系统的一分子而抱有负疚感？她是不是准备告诉我，他也有他的故事？因为他确实有故事：未得到治疗的精神疾病，一辈子都颠沛流离，从一家收容所搬到另一家收容所。他被判监禁 23 年，而在牢里，他的精神病也很可能得不到医治。他所刺伤的受害人中，有一名纽约芭蕾舞团前首席舞者，他带着他的婴儿出门散步，孩子的手臂被捅了两刀。这是轻易就能区分受害者和坏蛋的那种故事，然而，事实或许并非如此简单——或许我们都是坏人，或许这就是那个有话说的女人想要告诉我的。她还告诉我，她站不动了，不过我没法给她造一张椅子出来。

是这样的，她说，她在卡波跳舞，膝盖突然痛了起来，但她还是继续跳。舞曲是《妈妈咪呀》，她怎能不继续跳呢？那就是她受伤的过程。她看着我，而我则点点头。原来如此。

不过，我内心感到被抢劫了似的，就像有人从我那里偷走了什么：我为一个被刺伤且还在康复的女人提包的故事。如今，我却走进了另一个故事，那个故事关乎一个女人在墨西哥的海滨度假胜地跳舞跳过了头。那个故事关乎将这些行李放在头顶上方的行李舱以及在新泽西的严寒中等待，关乎手里拿着三个行李箱来到世界上最丑陋的火车站，并走过它像迷宫一样的地下通道，走出来以后，再面对介于中城和韩国城之间的那炼狱般的喧嚷。

我无法解释我为何似乎开始有些亲近这个女人，居然想要保护她。仿佛我们一起经历了某段艰苦跋涉，且那跟休斯敦的一晚或是新泽西的暴风雪关系并不大，而是跟她在我内心叙述中产生的变化有关。一开始，她是一个专横的人，然后又是一个圣人，而最后，不过是一个跳着舞的旅客。

我们在出租车站道了别。那个有话说的女人感谢我如此好心。她会坐出租车回家。我会坐地铁回到空荡荡的公寓，并在那里读另一篇满是证人原话的、有关刺伤案的文章："他一路趔趄，就像丧尸一般，你懂？他有哪里不对劲儿，看他眼神明显就是疯了。他放开了那个女人，她跑了，他就开始冲我这边来。"在这个有话说的女人入镜的另一张照片里，她由一名警察抱着。她一只手臂抱着他的脖子，另一只手则按住自己的喉咙。我永远都不会听到她在光天化日之下哭喊着寻求帮助的声音，她作为一个难对付的纽约女人，要求她的城市帮助她的声音。

我们就是这样一遍又一遍地点燃星星：在其他平凡的、难对付的身躯或许需要我们的时候，以我们平凡的、难对付的身躯挺身而出。那就是意义所在——它的一遍又一遍。你不会只实践一次箴言，只面对一次陌生的局面。你必须一直乐意以大度的心去看待别人，即使当你自己的人生处于低点，且你愿意为过上不同的生活而付出一切时；当你除掉一只桃子，再除掉一只，又除掉第三只，就为了得到可供小憩的一只壳时。在休斯敦那晚，凌晨3点半的叫醒电话不是可供小憩的壳。"超级碗"后一天，新泽西的公共交通不是可供小憩的壳。暴风雪对任何人来说都不是小憩的壳，它让受伤的膝盖抽痛得更厉害。

大度是否就意味着你想帮忙——或者你不想，但还是去帮了？大度的定义是它并不附带条件。它不需要你昨晚睡得很好才能给予，也不需要你拥有无瑕的过去才能得到。它不要求任何背景故事。

你以为故事一直在转折，但最重要的部分一直没变。她一直都是一个在疼痛中煎熬的女人，就坐在你面前。有时候，一个人站着都会觉得疼。有时候，一个人需要帮助是因为她需要帮助，而不是因为她的故事足够引人入胜或够高尚或够奇怪而值得帮助，且有时候，你不过是行力所能及之事。它并不会令你变得更好，或更坏。它完全不会改变你——除了在那一瞬间，当你想象你是那个需要帮助的人的时候。

虚拟生命

　　吉琪·乌里萨住在一栋典雅的木屋里，俯瞰波光粼粼的溪水，郁郁葱葱的两岸垂柳依依。附近的草地上，萤火虫忽明忽灭地闪烁着。吉琪总是在买新的泳池，因为她总是会喜欢上新的泳池。目前的这个泳池是菱形的，蓝绿色，石拱门上有瀑布流淌下来。白天，吉琪会穿上泳衣在泳池边的露台上懒洋洋地躺着，或是盖一条镶花边的毯子，除了内衣和浴袍什么都不穿，身边的那一叠书上放着巧克力甜甜圈。"早安，女孩们，"有一天，她这样在博客上写道，"我动作慢，今早试着起床，却陷在漂亮的粉色大床里，没法像平时那样爬起来、走出去了。"

　　在另一个世界（大多数人会称其为"真实"的世界）里，吉琪·乌里萨是布丽奇特·麦克尼尔。她是一位母亲，生活在亚特兰大，在客户服务中心上着一天 8 小时的班，抚养着一个 14 岁的儿子，一个 7 岁的女儿和一对 13 岁、患有严重自闭症的双胞胎。她每天都要应对抚养特殊需求孩子的艰难：在双胞胎把他们自己弄脏以后（他们依然穿着纸尿裤，且很可能永远都要穿下去）给他们洗澡，一边烘烤苹果酱面包，一边安抚发脾气的那个，一边还要让另一个停止放慢节拍弹奏《巴尼》^①的主题曲——就像她说的，那听起来"像是恶魔的挽歌"。有一天，她带着四个孩子去自然中心，然而一个恬静的下午却因为要在一间有霉味的厕所里给一个青少年换纸尿裤而被打断。

不过，每天早上，就在所有这一切开始之前——在让孩子们做好准备去上学，并在客服中心上 8 小时的班之前，在把晚饭端上桌或是在餐桌上维持秩序之前，在给孩子们洗完澡然后瘫倒在床之前——布丽奇特会在网络平台"第二人生"上度过一个半小时。在那里，她生活在自己打造的华丽天堂之中。"早安，女孩们。我动作慢，今早试着起床。"她在早上 5 点半起身，为的就是走进一段永远不需要起身的生活。

"第二人生"是什么？简单来说，它是于 2003 年问世的一个虚拟世界，曾被许多人视为因特网的未来。说得复杂点，它是一道有争议性的风景线——可能是大胆创新，也可能无关紧要——满是哥特式城市和破旧得弥足珍贵的沙滩小屋、吸血鬼城堡、热带岛屿、雨林庙宇和恐龙家园，迪斯科球灯闪耀的夜总会和引起幻觉的超大号国际象棋棋盘。2013 年，为了纪念"第二人生"问世 10 周年，创造了该平台的林登实验室公开了一张信息图表，展示其成绩：3 600 万个账号，使用这些账号的用户累计在这里度过了 217 266 年。他们的居住地在不断扩张，已接近 700 平方英里^②，而这块土地的计量单位叫作"芯"。大家往往将"第二人生"视为一个游戏，但在它推出 2 年后，林登实验室向其雇员发放了一份备忘录，强调让大家不要这么看待它。它是一个**平台**。它的本意是要成为某种更全面、更身临其境、更包罗万象的东西。

"第二人生"没有明确的目标。其宽广的风景线完全是用户的原

① 《巴尼》，一部以一头紫色恐龙为主角的动画片。
② 1 平方英里约合 2.6 平方千米。

创内容，也就是说，你所看到的一切都是由别人——一个由真实存在的个人用户所控制的虚拟化身——建造的。这些虚拟化身会建造并购买房屋、交朋友、谈恋爱、结婚，并赚钱。他们会庆祝"纪念日"，也就是网络生日：他们加入这里的周年纪念日。在教堂里，他们无法真正举行圣餐仪式（这种仪式在不亲身参与的情况下是无法实现的），但可以让他们信仰的宗教故事上演。在他们主显节岛的大教堂里，"第二人生"的英国圣公会教徒在耶稣受难日呼唤滚滚天雷，或是在复活节礼拜仪式上，当牧师宣布"他已复生"时，让日出之光突现。就像一本"第二人生"手册里说的那样："从你的角度来看，'第二人生'让你成了上帝。"

事实上，自从在21世纪10年代中期达到巅峰后，走下坡路的"第二人生"更像是一大笑柄。当我跟朋友们透露我在写一篇相关文章时，他们一连串的面部表情几乎如出一辙：先是一片空白，然后是似乎有那么点儿印象，再后来就是有点儿茫然。"那东西还在么？""第二人生"已经不是你嘲笑的对象了，你已经好些年都懒得嘲笑它了。

许多观察者曾预期"第二人生"的月活用户数在2007年达到100万后会继续攀升，然而，那却成了巅峰值，这个数字在之后的几年都停留在80万左右，据估计其中有二至三成是不会再回访的新用户。高科技界曾将"第二人生"称为因特网的未来，但几年后就把它抛在了脑后。2011年刊登在《石板书》上的一篇文章宣称："回顾往昔，这个未来并不持久。"

然而，如果"第二人生"承诺了一个未来，让人们每天都可以花好几个小时以其网络身份展现于世，那我们不正在其中找到了自己吗？结果，它却只是在脸书、推特和Instagram的兴盛前昙花一现。随着我更深入地了解"第二人生"并花更多的时间去探究，它开始显得不那么像是过了气的老古董，而更像是一面变了形的镜子，映照出我们之中的许多人真实生活的世界。"第二人生"让人有讥讽的冲动或许不是因为它不为人知，而是因为它释放了一种人所共知的冲动，并到达了一种令人不安的、怪异的地步：它承诺的不仅仅是一个网络声音，还有一个网络躯体；不仅仅是在手机上查看推文，还有在网上俱乐部尽情跳舞，跳到忘记吃饭；不仅仅是你真实人生精心剪裁过的版本，而是完全不同的存在。它同时带来了巨大吸引力和羞耻感——想过一种不同的生活。

在印度教中，虚拟化身的概念指的是某个神灵在世俗现身。在"第二人生"中，它是你的躯体：一种持续的自我表达。从 2004 年到 2007 年，一位名叫汤姆·波尔斯托夫的人类学家以与真实身份相似的人种学者身份"定居"在"第二人生"，他将他的虚拟化身取名为汤姆·布科夫斯基，并为自己建造了一个家居办公室，命名为"人种学园"。他的沉浸式体验是基于这样一项假设："第二人生"的世界就跟其他世界一样"真实"，且他有理由"就其本身"研究"第二人生"，而并非必须通过别人的线下人生来理解他们的虚拟身份。他的书《"第二人生"中的成年》（其书名是向玛格丽特·米德有关萨摩亚青少年女孩的经典著作① 致敬）描绘了这个平台的数码文化。他发现"谈论延迟（'第二人生'的在线播放延迟）就像是在真实世界里谈论天气"，还访谈了一个名叫温迪的虚拟化身，她的创造者总在她睡去后才退出系统。"那么，真实世界是温迪的梦，直到她再次在'第二人生'中醒来？"波尔斯托夫回忆自己这样问她，然后又说，"我可以发誓，当温迪说'是的，确实如此'时，她的脸上露出了一丝笑容。"

一位女性向波尔斯托夫形容她的虚拟化身是她内在自我更真实的写照。"如果我拉开拉链，把她从我的内心拉出来，那就是我。"她这样告诉他。女性虚拟化身通常比较苗条，且胸部丰满得离谱；男性虚拟化身通常年轻而肌肉发达；几乎所有的虚拟化身的美都有些卡

---

① 指玛格丽特·米德的人类学研究专著《萨摩亚人的成年》。

通化。这些虚拟化身通过聊天窗口交流，或是发语音。他们可以走、飞、意念转移，还能点击"动作球"——一些飘浮着的球状物，可以让虚拟化身做出各种举动：舞蹈、空手道，以及几乎所有你能想象的性交体位。并不令人意外的是，很多用户加入"第二人生"是为了实现数码性交——没有实际躯体、没有真实姓名、没有重力约束的性交，且往往伴随着详尽的文字评论。

"第二人生"的货币是林登币，按照近期的汇率，1林登等于半美分不到。在"第二人生"推出后的10年里，用户在这个虚拟世界里的交易中累计花了32亿美元。"第二人生"的第一个百万富翁是一个人称"钟安舍"[①]的数码世界地产大亨，她曾在2006年上过《商业周刊》的封面。2007年，"第二人生"的国内生产总值已经超过了几个小国家。在它巨大的数码市场里，你可以用4 000林登（16美元多一点）买一件婚纱，或是用350林登（约1.5美元）买一件带羽翼的深红色紧身胸衣。你甚至可以用钱更改样貌：不同的肌肤、不同的头发、一对角、各种各样的外生殖器。一个私人小岛目前价值接近15万林登（价格固定在600美元），而千禧二号超级游艇则价值2万林登（80美元多一点），其床边配备了超过三百套动画片、三只热水澡盆，为的是让虚拟化身上演一系列度身定制的性幻想。

就在脸书火起来的时候，"第二人生"的势头平缓了下来。脸书的崛起所带来的问题并非品牌的竞争，而是模式的竞争。似乎人们更想要精心剪裁过的真实人生，而非另一个人生。他们更想成为自己无比讨喜的个人照片的集合体，而非成为一个全然不同的虚拟化身。然而，或许脸书和"第二人生"的吸引人之处并没有太大的区别。两者都因为可以让人选择性地展现自己而充满魅力，不论它是基于真实经

[①] 钟安舍（Anshe Chung），由德籍华人爱林·格雷夫（Ailin Graef）在"第二人生"中创立的虚拟化身，格雷夫夫妇在经营虚拟房产等获利后，于武汉成立了安舍钟（湖北）信息科技有限公司。

历的素材——露营的照片和有关早午餐的风趣评论——还是不可能拥有的"真实经历"：理想的皮囊、理想的恋爱、理想的家。

　　那位有四个小孩的亚特兰大母亲布丽奇特·麦克尼尔加入"第二人生"已经有 10 年了。她将她的虚拟化身命名为吉琪是因为高中时欺负她的人曾经这样称呼她。虽然布丽奇特人到中年，她的虚拟化身却是一个柔韧优雅的二十多岁的女孩，被她形容为"完美的我——如果我从来不吃糖也没生过孩子的话"。布丽奇特刚开始上"第二人生"的时候，她的丈夫也创造了一个虚拟化身。两个化身——一个高大强壮的金发女子和一个矮胖的银色机器人——会在"第二人生"上约会，而实际上他俩却是一起坐在家中的书房里，各自看着电脑。那往往是他们唯一可以约会的方式，因为孩子们的特殊需求令他们难以找到保姆。当我们对话时，布丽奇特将她"第二人生"的家描绘成一处给予包容的庇护所。"步入这个空间，我就可以拥有自私的奢侈，"她说，并援引了弗吉尼亚·伍尔夫的话，"那就像是我自己的房间。"①她虚拟的家里满是真实的家中无法存放的东西，因为孩子们可能会打碎或吃掉它们——盘子上的珠宝、桌上的小摆设、柜子上的化妆品。

　　除了记录其数码存在——包括大理石泳池和薄荷绿的多褶比基尼——的博客外，布丽奇特还有另一个博客，专门描绘她日常作为母亲的"真实人生"。它既诚实又滑稽，且充满了令人心碎的坦率。在回忆她和孩子们一起在自然中心度过的那个下午时，她描绘了自己看见一只秃鹰的情形："某个混蛋用一支箭射中了这只秃鹰，它因此失去了一只翅膀，不能再飞了。它被收养在这个僻静的地方，我们在几天前去了那里。有时候，我会觉得我和丈夫有点像它。被困住了。没什么大问题，我们有吃有住，有我们所需要的东西。但是，我们余下的人生就都被自闭症困住了。我们永远都无法获得自由。"

　　当我问布丽奇特"第二人生"有何魅力时，她说她轻易就会屈从

①　引自弗吉尼亚·伍尔夫《自己的房间》。

于诱惑，全身心地投入这个虚拟世界，但实际上本应该好好地过线下的生活。我问她是否沦落到那个地步。她说确实有时候会感到那种吸引力。"你苗条而美丽。没人让你换纸尿裤。"她告诉我，"但是，你可能会在那里消耗殆尽。你不想走，但是你也不想再待下去了。"

发明"第二人生"的是一个叫作菲利普·罗斯戴尔的人。他是一名美国海军航母飞行员和一名英语教师的儿子。小时候他就心怀极其远大的抱负。他记得自己站在家中后院的柴堆旁想，"我为何在此，我跟别人有什么不同？"在20世纪80年代中期，还是个少年的他使用一台早期的个人电脑聚焦放大观察一幅曼德博集合图形。这幅无限递归的分形图像随着他看得越近，就越细节化。他突然意识到，他所看的图形比地球还要伟大。"我们可以在它的表面走一辈子，却怎么也看不全。"他这样向我解释。也就是那个时候，他意识到"你可以用电脑做到的最了不起的事，就是建造一个世界"。

1999年开始设计"第二人生"的时候，罗斯戴尔参加了火人节——一场每年夏天都会在内华达沙漠举办的，融表演艺术、雕塑装置艺术和迷幻的享乐主义于一体的狂欢。他告诉我，到那儿以后，他的个性中便起了某种"不可解释"的变化。"你感觉自己即使在没有嗑药的情况下也很兴奋。你就是觉得跟别人有一种不寻常的纽带。"他跑到一台清风露营拖车里参加狂欢聚会，观看高空秋千艺术家飞跃过沙漠，还躺进一个挂了几百条波斯地毯的水烟吧里。火人节并非启发了罗斯戴尔有关"第二人生"的创意——他设想一个数码世界已经好几年了——但是，它帮助他弄清了他想要唤醒什么样的力量：在这里，人们可以随心所欲地把世界打造成他们想要的样子。

这就是他的梦想，但那难以说服早期投资者。林登实验室拟议的是一个由业余爱好者建造的世界，支撑这个世界的是一种全然不同的收入模式——基于虚拟世界里产生的消费，而非付费订阅。"第二人生"的设计者之一回想起投资者当时的怀疑："创意应该是一门幽暗的艺术，唯有斯皮尔伯格和卢卡斯①才懂。"林登实验室为在推销"第二人生"时将其定位为一个世界而非一个游戏，聘请了一名作家作为其"随行记者"。此人就是瓦格纳·詹姆斯·奥，他记录了"第二人生"最重要的早期入驻者们的数码生涯：有一个虚拟化身名叫曼陀罗蜘蛛，在线下，此人经营着一家中西部加油站；另一个虚拟化身名叫凯瑟琳·欧米茄，她在"第二人生"中是个"系着多用腰带的朋克风深发色女子"，在线下却蹲在温哥华一间废弃的公寓里。那栋楼里没有自来水，住满了瘾君子，但是欧米茄用一只汤罐头从附近的办公楼接收到了无线信号，这样她就可以用笔记本电脑登陆"第二人生"了。

罗斯戴尔跟我谈及了"第二人生"发展初期的兴奋感。当时，"第二人生"的潜力似乎是不可限量的，他和团队在做的事情是独一无二的。"我们一度说，我们唯一的竞争对手就是真实的生活。"他说，2007年有一段时间，每天有超过五百篇描写他们所创造的世界的文章被发表。罗斯戴尔自己也喜欢以他的虚拟化身菲利普·林登的身份探索"第二人生"。"我就像是一个神。"他告诉我。他想象有那么一个未来，他的孙辈会将真实的世界看作"博物馆或剧院"，而大部分工作和人际交往都发生在"第二人生"这样的虚拟世界中。"从某种程度上来说，"他在2007年告诉奥，"我觉得我们会看到整个实体世界被忘却。"

爱丽丝·克鲁格第一次留意到她的病症是在她20岁的时候。在大学生物课的实地考察过程中，就在她蹲下去观察虫子吃叶子的时候，她感到热极了。有一天她站在杂货店里，突然觉得一整条左腿都消失了——不是麻木，而是消失了。每次看医生，她都被告知，那一切都只存在于她的头脑里。"问题确实是出在我的头脑里，"47年后

---

① 斯皮尔伯格和卢卡斯，皆为美国知名导演。

的今天，她这样告诉我，"不过，那跟他们所指的不同。"

　　爱丽丝在 50 岁时最终被诊断为患有多处动脉硬化。那个时候，她已经几乎无法走路了。科罗拉多的邻里协会禁止她在自己的房子前面建坡道，因此她出门很困难。她有三个孩子，当时分别是 11 岁、13 岁和 15 岁。她没有参加小儿子的高中毕业典礼，也没去过他的大学校园。她腰部开始疼痛难忍，最终不得不进行手术，修复黏合在一起的脊椎骨，结果在住院期间受葡萄球菌感染，这种菌有多重抗药性。她疼痛不止，却又得到诊断称手术本身引起了错位——手术过程中，她像烤鸡一样被吊在手术台上方。57 岁那年，爱丽丝无法出门，也失去了工作，经常病痛缠身，基本上都是由女儿照顾。"我看着四面墙，"她告诉我，"并且想，还能怎样。"

　　就在那时，她发现了"第二人生"。她创造了一个名为"温婉苍鹭"的虚拟化身，她喜欢寻找泳池滑梯，对自己的真实躯体无法做到的事感到兴奋。随着不断探索，她开始邀请一些在网络残疾人聊天室遇到的人一起加入"第二人生"。然而，那也意味着，她感到要对他们的经历负责，并最终在"第二人生"里创办了一个"跨残疾人群虚拟社区"。这个社区如今被称为"虚拟能力"，占据着虚拟岛屿中的一个群岛，欢迎各种残障——从唐氏综合征、创伤后应激障碍到躁狂抑郁症——人士进驻。爱丽丝告诉我，让其成员团结起来的是不被世界彻底接纳的感觉。

　　就在她开创"虚拟能力"的同时，爱丽丝也在现实生活中有了新行动：离开科罗拉多——在那里，她已经不能再享受长期残疾救济金（"我不知道还会发生这种事。"我告诉她，而她则回答说："我也不知道！"）——搬到田纳西州的大烟山。当我问她，是否觉得在"第二人生"中的自己全然不同时，她强烈驳斥了我。爱丽丝并不太喜欢真实和虚拟这些说法。对于她而言，它们意味着一种等级上的区别，暗示着她生活当中的某些部分比另一些更"真实"，而她的自我意识在两者中都获得了完整的表达。她不希望"第二人生"被误解成一种微不足道的消遣方式。在我们第一次对话之后，她给我发了十五篇同行评议的科学类文章，都与数码虚拟化身和化身有关。

爱丽丝跟我讲到了成为"虚拟能力"社区重要成员的一位唐氏综合征患者。在现实生活里，他的残障显得无处不在，然而在"第二人生"里，人们可以在完全不知情的情况下跟他交流。在线下的世界里，他跟他的父母一起生活——他们对他可以控制自己的虚拟化身而感到讶异。每天傍晚吃过晚饭后，就在父母洗盘子的时候，他会充满期待地坐到电脑旁，等着回到"第二人生"。在那个世界里，他在一个名叫苍鹭角的小岛上租了一栋复式公寓。他把上面一整层都变成了巨大的水族馆，这样他就可以在鱼儿间游走，而下面那层则是花园，他在那里养了一只宠物麋鹿，并喂圈圈饼给它吃。爱丽丝说他在"第二人生"和"现实"之间并没有设置清晰的界线，而社区中的其他人也受到他的启发，在谈及要在脑海中去除界线时，援引了他的例子。

我在着手写这篇文章时，想象自己中了"第二人生"的魔咒：一个睁大双眼的观察者受到她被派去分析的文化的引诱。然而，从一开始，处在虚拟人生中就让我心怀忐忑。"第二人生"被他人以各种方式驳斥，说它不过是给那些"第一人生"并不如意的人设计的安慰奖，我一度想象自己为之辩护。然而，我却发现自己这样写："'第二人生'令我想要洗个澡。"

理智上，我对它的认可逐日加深。我跟一个法定失明的女人聊了聊天，她虚拟化身的房子有个屋顶阳台，与电脑外的世界相比，从那里她可以比现实中更清晰地看到风景（多亏了屏幕放大功能）。我听说一个有创伤后应激障碍的老兵在露天的观景亭每两周开办一次意大利菜式烹饪课。我看到了一个女人建造的优胜美地国家公园的网上版本，她在几段非常严重的抑郁期以及几次住院后，加入了"第二人生"。她创造了一个名叫杰丁·火鹰的虚拟化身，每天都会在"第二人生"上度过12个小时，大部分时间都是在完善她精心雕琢的数码仙境——到处都是瀑布、红杉和以约翰·缪尔 ① 一生中的重要人物命名的马匹。她很感激"第二人生"成就了一个脱离自身疾病的自我，而不像在网上聚焦于躁郁症的聊天室里，人们只会谈及疾病。"我在'第二人生'中有完整的生活，"她告诉我，"它让内心各方面的自我得到满足。"

然而，虽然我越来越认同"第二人生"，某种本能的厌恶依然存在——图形的虚无，夜总会、大厦、游泳池和城堡，它们拒绝所有令这个世界感觉像个世界的瑕疵和不完美。每每在试图描绘"第二人生"时，我都觉得那近乎不可能，至少不可能令其有趣，因为描述的吸引力在于瑕疵和裂缝。探索"第二人生"的世界更像是翻阅明信片。这个世界充斥着视觉上的陈词滥调，没有任何邋遢、损坏或是破旧的东西——或者即使破旧，也是基于某种精心打造的审美观。

诚然，我对"第二人生"的厌恶——以及我对真实世界里的瑕疵和缺点的欣然接受——不过证实了我个人的幸运。处于真实世界的我因为（相对）年轻、（相对）健康和（相对）自由，而幸免于诸多苦难。我凭什么妒忌在"第二人生"里找到了线下无法找到的东西的那些人？

有一天，当爱丽丝和我在虚拟世界以虚拟化身见面时，她带我来到"虚拟能力"社区其中一座小岛的沙滩上，并邀请我练太极拳。在一个长满青草的圆圈上方飘浮着若干"动作球"，我只需点击其中一个，它就能自动让我的虚拟化身动起来。然而，我并不觉得自己在打太极，我只觉得自己坐在电脑前，看我二维的虚拟化身打太极。

我想起了亚特兰大的吉琪，她早早起床，为的是坐在一个虚拟的泳池边。她并不会闻到氯气或是防晒霜的味道，也不会感受到太阳在她后背融化，或把她的皮肤烤焦成蜕皮的碎片。然而，吉琪肯定还是从坐在虚拟泳池旁得到了什么强有力的东西——那种欢愉并不存在于

① 约翰·缪尔（John Muir，1838—1914），美国早期环保运动领袖。

实际体验本身，而在于对它的期待、记录以及回忆。无论你将何种"真实"和"不真实"对应到线上和线下的世界，她从"第二人生"获得的快乐仍然真实得无可争议，不然，她不会在早上5点半起床上"第二人生"。

从一开始，我就不知道怎么玩"第二人生"。"身体部位未能成功下载。"我的界面一直这样说。"第二人生"原本是要给你一个机会令身躯更完美，而我连拼凑出完整的身躯都做不到。我选择让我的虚拟化身成为一个有朋克味的女人，穿着剪短的短裤，头发部分剃光，肩头一只雪貂。

进入虚拟世界的第一天，我在迎新岛上游荡，就像是一个喝醉的人想要找洗手间一样。岛上到处都是大理石柱子和修剪整齐的绿化，背景隐约有流水声，但它不那么像是一座阿波罗神庙，而更像是受到阿波罗神庙启发建造的企业静修中心。平面设计显得并不完整也不令人信服，动画充斥着漏洞和滞后。我试图跟一个名叫德尔·艾格诺斯的人讲话，但他不理我。他的反应令我意外地感到难为情，仿佛又回到了初中时代我那呆若木鸡的羞怯。

在虚拟世界度过的第一天，我将自己意念转移到了一座荒岛之上。照理说在那里有一幢废弃的豪宅以及一个可以通向"天上的怪诞马戏团"的秘密入口，但是，我看到的只是一座破烂的救生塔，架在海里的柱子上。在那里，我（又一次！）被一个男人无视。他沉默寡言，像是世界摔跤联盟的摔跤选手，又像是维多利亚时代的男管家，脖子上戴着有银色饰钉的狗项圈。最终，我从木壁架上摔下来，在程序编排下一直下个不停的雷雨里，在满是雨点的灰色水波中浮沉。并不像是真实生活经历的无奈，失望的感觉如此复杂，而是别的什么：简化现实的模拟带来的不完美呈现。它就像是一座舞台，暴露出来的正面由摇摇晃晃的脚手架搭建而成。

每次退出"第二人生"，我都发现自己很奇怪地想要再次全情投入平凡生活中的职责。在继女的戏剧课下课后去接她？打勾！就我系一位教员的意外离职再做聘请，回复系主任邮件？我这就写！这些职责感觉比"第二人生"真实，展现出一个有能力且必要的我。那感觉就像是在水下挣扎后，透出水面重新呼吸。我上来的时候喘着大气，孤注一掷，做好了纠缠和接触的准备：是的！这是真实的世界！其恼人的杂务如此光辉！

我为出席"第二人生"里的第一场音乐会而感到激动，那是在虚拟世界聆听真实存在的音乐。许多"第二人生"的音乐会邀请了真正的音乐人用乐器演奏或是歌唱，再用他们的电脑传送出来，从这个意义上来说，这些音乐会都是真的"现场版"。然而在那个下午，我想要同时完成的事情太多了：回复十六封一直没回的邮件；把洗碗机里洗完的碗碟清空，再把脏的碗碟放进洗碗机；给我的继女做一份花生酱黄油果冻三明治，让她吃完后可以去参加《彼得·潘》话剧表演的最后一次排练。音乐会的举行地点是个船坞，从那里可以看到一个宽广的海湾，蓝色的水面波光粼粼。我沾着果酱的手指点击了一个跳舞的动作球，我开始跳起康加舞①——却没人加入；我最后卡在一个盆栽和舞台之间，试图跳康加又跳不起来。我的难堪——而不是乐在其中——让我感到被这个世界牵连了，参与了进去。当我在思量别人会怎么看我时，我终于清楚地意识到我在跟他们共享一个世界。

当我采访菲利普·罗斯戴尔时，他坦陈"第二世界"在使用上一直给用户带来本质上的困难——人们难以自如地行动、交流和建造；"在使用鼠标和键盘方面，有一种无法简化的难处"，他的团队"永远都无法使之更容易"。林登实验室全球传播总监彼特·格雷跟我讲到了他所谓的"虚无问题"——你的自由如此泛滥，甚至到了你不完全确定自己想做什么的地步——并承认来到"第二人生"可能会感觉像是"被投在了异国他乡的某个角落"。

① 康加舞，一种排舞，常常由众多舞蹈者列队起舞。

64

然而，我在和长期用户交谈时发现，"第二人生"使用上固有的困难似乎已经成了同化叙述的重要组成部分。他们回首使用初期的尴尬时，心存怀念。吉琪告诉我，有一次某人说服她购买了阴道，结果她把它穿在了裤子外面。（她将此称为经典的＃第二人生问题。）一个名叫玛琳·奥斯的瑞典音乐家——就在我跳起失败的康加舞的那场音乐会上，她是演奏者之一——跟我讲到了她参加的第一场"第二人生"音乐会，而她的故事与我的并无二致。她试图往前排靠，却一不小心飞上了舞台。事先，她已经确信整场音乐会是虚假的，然而她对自己感到如此窘迫而讶异。这也令她意识到，实际上，她处在他人之中。我明白她的意思。如果那让你感觉像是回到了初中，那么，你至少感觉是在某个地方。

一位女用户是这么说的："'第二人生'并不会自动向你敞开大门。它并不会将一切和盘托出，交给你，并告诉你下一步去哪里。它向你展开一个世界，让你尽你所能。指导全然无用。"然而，一旦你摸清了门路，只要你想，你就会无所不能——或是设计你梦想的游艇，或是建造一座虚拟的优胜美地国家公园。罗斯戴尔相信，如果使用者可以经受住最初的炼狱，就成功和"第二人生"建立了密切关系。他告诉我："如果他们在这里度过超过 4 小时的时间，他们就会一直待下去。"

尼尔·斯蒂芬森 1992 年的网络科幻小说《雪崩》以及其中的"虚拟实境"往往被援引为"第二人生"最初的文学原型。然而，罗斯戴尔向我保证，他在读到这本小说的几年前就开始构思"第二人生"了。（"你可以问我太太。"）《雪崩》的主人公被恰如其分地命名为弘·主角 ①，现实生活中，他和室友住在自存仓的一间储藏间里，

---

① 原文为 Hiro Protagonist，是《雪崩》主人公 Hiroaki Protagonist（弘明·主角）的简称，Hiro 同时又是 hero（英雄）的谐音。

但在虚拟实境中，他是个挥舞着剑的王子兼传奇骇客。他在这里花那么多时间也就不奇怪了："这比在 U-Stor-It[1] 待着强多了。"

在一份有关"第二人生"使用者的调查报告中，研究人员的结论是，因为受访使用者对于虚拟人生和真实人生的满意度差别很大，所以有理由相信"一些人或许有很强的积极性在虚拟生活中寻求庇护，而不是试图改变他们的真实生活"。然而，如果你的"第二人生"比较幸福，真实的生活一直在追赶这个一切皆能心想事成的王国，那么，线下的你是否就更难以得到满足了呢？

弘在《雪崩》中的双重人生道出了"第二人生"最核心的幻想：它可以颠倒所有真实世界的成功标准，或是令其失去意义；它可以创造完全民主的空间，因为没有人知道别人在真实世界的地位。"第二人生"的许多居民视之为联结来自世界各地的人的乌托邦，跨越不同的收入水平、不同的职业、不同的地域、不同程度的残障。在这里，病人可以健康地活着，无法行动的人可以自由活动。变性女塞拉菲娜·布伦南在宾夕法尼亚的一个小煤矿社区长大，直到二十多岁都负担不起变性手术。她告诉我，"第二人生"让她"有机会以我内心真实的感受呈现自己"，因为那是第一个让她可以拥有女性躯体的地方。

在《"第二人生"的缔造》中，瓦格纳·詹姆斯·奥讲述了一个名叫"贝尔·缪斯"的虚拟化身的故事。这个虚拟化身是个典型的"加州金发女郎"，而现实生活中，她是一个非裔美国女人。她带领一群建筑工人搭建了奈克瑟斯普莱姆（Nexus Prime）——"第二人生"中的首批城市之一。她告诉奥，那是她第一次没有遭遇早已习以为常的偏见。她说，在线下世界里，"我不得不马上给别人好印象——我不得不第一时间就显得友好且善于表达。在'第二人生'里，我不需要这样。因为，唯有在这里，我得到了接纳"。然而，这段趣事——贝尔·缪斯在"第二人生"里的白人身份令她更容易被接受——不过

---

① U-Stor-It，自存仓公司名称。

是确认了种族主义的顽固，而非提出任何从中获得解放的可能性。虽然很多用户都觉得"第二人生"提供了一个公平的赛场，没有任何阶级和种族的限制，但是其中苗条的白人躯体——他们大多数都具备有闲阶级的特征——的优势，却又一次提醒世人那些令不平等的赛场始终存在的有失偏颇的理想标准。

非裔美国女人萨拉·斯金纳一直赋予她的虚拟化身类似她本人的肤色。她跟我讲了一个故事，描述她如何试图在一个名叫海湾城的海边小镇建造一座数码版的黑人历史博物馆。另外一个虚拟化身（扮演一名警察）立刻垒起了墙。最终，充满嘲讽意味的是，这些墙变成了一座法院，挡住了她的博物馆。虚拟警察声称，那是一场误会。然而，桩桩件件的种族歧视都拒不承认——当萨拉在"第二人生"里拒绝白人男性的追求后，他们说她是一只灵长类动物时；当某人因为她的鼻孔较宽就把她称为"卫生棉条鼻子"时；当某人告诉她，就因为她是"混种"，她遭遇偏见的经历没有参考价值时——种族歧视显而易见。她计划在别处重新建造她的博物馆。

奥告诉我，虽然他刚开始时对"第二人生"的框架，特别是其用户生成内容的可能性深感兴奋，但最终，他很失望，大多数人最感兴趣的不过是像拥有无限财富的二十多岁的年轻人那样去泡夜总会。罗斯戴尔告诉我，他以为"第二人生"的风景会是超级绚丽、富有艺术性且疯狂的——到处都是太空飞船和奇特地貌，犹如快速搭建的虚拟王国里的火人节——然而，最终呈现的却更像是马里布海滩。人们不停在建造豪宅和法拉利。"我们先造我们最想要的东西。"他告诉我，并引用了林登实验室的一项早期研究，该研究显示大部分"第二人生"的使用者都住在乡下，而非城市。他们来到"第二人生"寻求实际生活中所缺失的：城市空间的聚集度、密度和人与人联结的潜力——那种一切都在他们身边发生着的感觉，以及参与那一切所发生之事的可能性。

瑞典创业者约纳斯·坦克雷德加入"第二人生"是在 2007 年，就在他设立的企业猎头公司于经济萧条中倒闭之后。约纳斯是个头发灰白、大腹便便的中年男子，然而他的虚拟化身巴拉·荣松却是一个年轻的、留着刺猬发型的肌肉男，让人感觉深情款款。约纳斯之所以被"第二人生"吸引，倒不是因为他可以借此扮演一个更有吸引力的自我，而是因为"第二人生"给了他玩音乐的机会，那是他此前一直没能追寻的毕生梦想。（他最终和玛琳·奥斯组成了双人乐队"巴拉·荣松和自由"。）现实生活中，约纳斯或许会站在铺了格子油布的厨房柜台前，弹奏连接在电脑上的原声吉他，然而在"第二人生"中，巴拉会在一群超模和剃了莫西干发型的骑手面前大玩摇滚。

　　在某晚的一场演出之前，有个女人提前到场并问他："你弹得好么？"他说："当然好了。"并献上了自己最好的演出，就是为了证明自己。这个女人是妮克尔·博瑞利，她后来成了他（"第二世界"中）的妻子，并最终在几年后成了他（现实生活中）孩子的母亲。

　　现实生活中的妮克尔是个年轻女人，名叫苏茜，住在密苏里。他俩的恋爱如梦如幻，充满了热气球之旅、月光下浪漫的共舞，两人还在中国长城上一起骑双人自行车。他们在"第二人生"的婚礼是在双心岛上举行的。"SLT 12 点。"电子婚礼请柬上是这么写的，意思是林登标准时间正午。在婚誓中，巴拉将这一天称为自己人生中最重要的一天。他并没有明说到底是哪个人生，或者他所说的同时适用于两个人生。

　　和妮克尔结婚后，巴拉在"第二人生"的音乐道路开始越走越顺，最后他受邀到纽约录制唱片，那是"第二人生"的音乐家第一次在现实生活中拿到唱片录制合约。也就是在那次录制之旅中，约纳斯最终见到了真实的苏茜。他们的恋情在几年之后被拍成了一部纪录片。在片中，她这样描述对他的第一印象："天哪，他看起来有点老。"然而，她说在现实世界里认识他，就像是"第二次坠入爱河"。

　　苏茜和约纳斯的儿子阿尔维德出生于 2009 年。那时，约纳斯已经回到瑞典，因为他的签证已经到期了。苏茜在产房里的时候，他在"第二人生"的俱乐部里——一开始是在等消息，后来就抽起了虚拟雪茄。对于苏茜来说，最苦的莫过于阿尔维德出生的第二天，医院里都是来探访宝宝的父亲们。苏茜和约纳斯能做些什么呢？让他们的虚拟化身一起来到一块浪漫的海边飞地，做一顿虚拟早餐，端起滚烫的咖啡杯，却没法真的喝上，躺在一张虚拟沙发上，通过一台虚拟电视，观看他们真实的孩子的真实的录像。

　　苏茜和约纳斯的恋情结束了，但约纳斯依然是阿尔维德生命的一部分。他经常通过 Skype 和他们通话，并尽可能多地去美国看他们。约纳斯相信，他和苏茜能够在分手后依然保持这样紧密的关系、共同抚养孩子，是因为他们在见面前就已经在网上对彼此有了深入的了解。这样说来，"第二人生"并不是幻想，而是渠道，让他们可以比在真实世界中谈恋爱，更好地了解彼此。约纳斯将"第二人生"描绘成现实生活的稀缺版本，而非其肤浅的替代。作为一个音乐人，他觉得"第二人生"并没有改变他的音乐，但是为它"扩了音"，让他和听众之间产生了一种更直接的共鸣，而且他很喜欢粉丝们可以为他的歌填写他们自己创作的词的这种方式。他记得在翻唱 Crash Test Dummies 乐队的歌曲《Mmm Mmm Mmm Mmm》的时候，大家都在跟着唱，打下歌词的人如此之多，以至于他的整个电脑屏幕都是"Mmm"。对于约纳斯来说，他的创作——那些歌曲和那个孩子——的现实和美都超越并且完胜在虚拟世界里建造的一切。

　　截至 2013 年，"第二人生"上已开设的账号超过了 3 600 万，其中仅有 60 万人依然定期使用这个平台。（每个月大约有 20 万新用户会尝试这个平台，却不会持续使用。）这代表着有大量用户流失。这是怎么回事？奥认为，"第二人生"的停滞不前恰逢脸书的崛起，这证明林登实验室对于大众欲求的判断是错误的。"推出'第二人生'的构想是，每个人都想要有第二段人生，"奥告诉我，"但是市场走向却相反。"

当我问罗斯戴尔，他是否依然相信自己在"第二人生"初期做出的预言——我们人生的关注焦点将转移到虚拟世界，现实世界会开始变得像是一座博物馆——时，他没有公然表示放弃。恰恰相反：他说在未来某个时间点，我们会把现实世界看成一个"古代的、美好的世界"，但它不再重要。"我们不再使用办公室的时候，还要它们做什么？"他问，"我们会用它们来玩短柄墙球吗？"

我就此追问他，他真的觉得真实世界的某些部分——比如说，我们跟家人分享家园，或是我们跟朋友们一起用餐，我们将身体靠近彼此——会有朝一日不再重要么？他真的相信我们的身躯对于人性而言无关紧要么？他退让的速度令我吃惊。他说，家庭或者真实的家园永远不会过时，我们在那里跟所爱的人一起走过了岁月。"它的存在更经久不衰，"他说，"我想你也会同意这一点。"

* * *

艾丽西亚·舍诺跟她结婚 6 年的丈夫阿尔德温（阿尔）以及他们的两个女儿——艾比（8 岁）和布里安娜（3 岁，虽然她曾一度是 5 岁，而在之前是 8 岁）——住在一个名叫蓝帽的小岛上。那是一片覆盖着茂密森林的飞地。这个家庭整天过着田园牧歌式的生活，通常都以屏幕截图记录下来，放在艾丽西亚的博客上：在南瓜地搜寻可以制成南瓜灯的南瓜，飞到希腊去，在像素海水里游泳。那就像是一幅数码的诺曼·洛克威尔画作，理想的美国家庭生活——全然没有新意的幻想，不同的是艾比和布里安娜都是由成人操控的儿童虚拟化身。

当艾丽西亚在 30 岁出头时发现自己无法生育时，她陷入了长期的抑郁。然而，"第二人生"给了她一个抚育后代的机会。她的虚拟女儿艾比在现实生活中 8 岁时经历了一场严重的创伤（艾丽西亚认为个中的具体情况不必去了解），因此她把化身定位在那个年纪，以便让自己有机会可以重来一遍。布里安娜在现实生活中是由保姆带大的，但她希望自己更多地是由父母亲自抚育，或许那就是她一直想要变得更幼小的原因。

艾丽西亚及家人是"第二人生"中家庭成员角色扮演群体的成员。儿童和可能成为父母的成人通过领养中介刊登自我介绍，并参加"组合尝试"，其间他们会住在一起，看看是否适合彼此。萨拉·斯金纳——那个虚拟黑人历史博物馆未来的发起人——告诉我如何抚养一个4岁的儿子，而这个孩子是由一个被派驻到海外的军人操控的。他经常以不稳定的信号上网，就为了在断续执行任务的间隙跟萨拉一起度过几个小时。

有时候，养父母还会借助"生育诊所"或是被称为"肚语者"的插件经历虚拟的妊娠。"肚语者"是一整套工具，可以提供预产期和身体变化效果，包括可以选择是否显示生长中的胎儿以及胎儿每个动作的播报（"你的宝宝在翻身！"），并模拟一场"真正的分娩"，其中包含了一个新生儿的插件。对于在"第二人生"虚拟领养后经历了妊娠的父母来说，通常大家都清楚这个新生儿就是他们已经领养的孩子。这个过程的目的在于让父母和孩子通过经历生育过程，彼此关系更紧密。"真的会有孕吐。"其中一个产品如此承诺。"得到阵痛"意味着被告知这个并非你真实身躯的身躯会有不适。"你的妊娠完全在你的掌控之中，会完全按照你的设想进行。"这个产品如此打广告，但似乎避开了妊娠最核心的东西：让你经历一个你基本无法控制的过程。

在真实生活中，艾丽西亚和她的男朋友生活在一起，而当我问及他是否知道她在"第二人生"里的家人时，她说："当然。"很难保密，因为除了周三，她几乎每天晚上都跟他们一起待在"第二人生"里。（周三是她所谓的"真实世界之夜"，她会在那一晚跟她最好的朋友一起看真人秀。）当我问艾丽西亚她是否从两段恋爱关系中获得不同的东西，她说："当然了。"她的男朋友很好，但他总是在工作；阿尔一直在倾听她有关自己每日生活的闲谈。她和阿尔在网上认识 2 年之后才结婚（她说他的"耐心和坚持不懈"是他最吸引人的地方），而且她承认，对于他俩"第二人生"的婚礼，她是一个"彻底的控制狂"。在真实生活中，扮演阿尔的那个人比艾丽西亚年长——他 51 岁，有自己的妻子和家庭，而她则是 39 岁——她认为，他有"一辈子的历练"是件好事，可以给她提供一个"更保守、更稳妥"的视角。

在他们"第二人生"的婚礼之后，大家都开始问艾丽西亚和阿尔是否计划要孩子。（不论是在虚拟还是真实的世界里，有些东西是永远不变的。）他们在 2013 年收养了艾比，并在一年后收养了布里安娜。如今，他们的家庭关系变得亦真亦幻。当布里安娜加入这个家庭时，她说她想要的比"仅仅是一个故事"更多。有时候两个女孩会打断家庭关系扮演，谈论她们线下的成人生活：男人带来的困扰或是工作上的压力。然而，对于艾丽西亚而言，她的两个女儿都"一心一意想当孩子"是很重要的，因为这样她们就不会创造成人虚拟化身。艾丽西亚告诉我，她和阿尔会彼此分享真实生活中的照片，但是"两个女孩基本不会拿出她们的真实照片，更喜欢在我们的脑海中保留她们孩童的印象"。

几年前的圣诞节，阿尔送给艾丽西亚一个"造型底架"，让她可以为家人定制并存放造型：她和阿尔在一张长椅上拥抱，或是他背着她跑。艾丽西亚的博客里有很多照片，照片里阖家幸福，照片下方还附有一段话。其中一张上的话是这样的："顺便说一句，如果你想买我为这张照片上的我们所设计的动作，我已经把它放到了'集市'。"在另外一篇博客里，照片里的她和阿尔坐在一张长椅上，白雪皑皑的树木环绕下，他俩穿着华丽的冬装互相抱拥。艾丽西亚承认，她是在阿尔去睡觉后拍的这张照片。她让他的化身重新登录，并让他摆出这样的姿势，以便达到她想要的效果。

对我而言，摆拍同时展现了"第二人生"中家庭角色扮演的吸引力和局限性。它可以不断地被雕琢成某种诗情画意的东西，但它永远不能被雕琢成某种你没有雕琢过的东西。虽然艾丽西亚的家庭关系看起来很和谐——一长串镜头定格的瞬间——但是，就像艾丽西亚对我描述的那样，其中更深的欢愉来自遇到困难的时候：当她试图阻止孩子们不要再为服装争吵或为了放假回家而发脾气。在一篇博客文章中，艾丽西亚承认，她每晚最爱的时段是她和阿尔单独相处的"几分钟"。然而，即使是谈及这种稀缺本身——似乎为了体现个中的职责和牺牲——都让人感觉像是真实世界的为人父母者无法做到的摆拍。

一年前，艾丽西亚和阿尔又领养了两个孩子，却发现这两个孩子想要的"太多太快"了，有些难办。他们立刻就想叫艾丽西亚和阿尔"妈妈"和"爸爸"，从一开始就说"我好爱你"。他们想要得到父母无微不至、持续不变的关怀，而不是间或的角色扮演，且一直在做想要引起注意的事情——丢掉了鞋、从屋顶上跳下来、爬到树上下不来。他们的行为基本上就像是真正的孩子，而非大人假装成的孩子。这段领养关系仅维持了 5 个月。

艾丽西亚"第二人生"中的家庭有一种顽强的美——这四个人都想要生活在同一个梦中。而且，艾丽西亚和她的孩子们在虚拟世界里成就她们在现实中无法得到的亲密关系，这本身就有无可否认的意义。然而，她们上演的摩擦（争吵、大发脾气）也展现了完美家庭关系的幽闭。"第二人生"里的家庭轻易就达成了理想的家庭生活局面，实际上却绕过了家庭生活当中的许多困难。你的虚拟家庭永远不会超越你最疯狂的想象，因为它只基于你的想象。

在我刚开始上"第二人生"的那一段时间里，我和丈夫有天晚上站在一家位于曼哈顿下城的（线下）烧烤酒吧外面，我问他："我是说，为何'第二人生'不能像'真实人生'那么真实呢？"一开始，他什么也没说。他只是凑过来，掐了一下我的手臂。（说实话，下手还挺重。）然后，他说："也正因此，它没那么真实。"

他所指的并不只是肉身的物质性——我们的经历是通过身体获取的——还包括意外和扰乱因素。人生经历当中有如此之多的部分是我们无法介入和预测、无法理解也无法事先安排的。如此之多都在意料之外，在差异、在过失和无法预见的障碍以及不完美的实体：人行道上的沙粒和烟蒂，垃圾和出租车的尾气在夏日隐约发臭的味道，一只老鼠从一堆垃圾袋里窜出来的可能性，不远处的陌生人那抑扬顿挫的话语和笑声。"第二人生"承诺着另一种现实，但无法带给你令现实有颗粒感的那些缺憾。"第二人生"中的景观往往看起来像是托马斯·金凯德的画，性存在于幻想之中，就像当你选择登录的时候才需要去当家长。2011 年的一项研究发现，比起线下的伴侣，人们在"第二人生"的伴侣身上寄托了更多理想的性格特征，认为他们更加外向、勤勉、友善且开放。两个虚拟化身之间的亲密关系并非"不真实"，但是其真实性与现实世界当中两个人纠缠在一起是不同的——在现实世界中，自我不得不为她所说的话或是透露的秘密而负责，必须每天面对家里的一成不变。

看着"第二人生"完美的图景，我总会想起一个朋友曾经跟我提起的被监禁的经历。失去自由不仅意味着他无法享受这个世界上可能会有的乐趣，更意味着他无法犯下可能犯下的所有错误。或许一个完美的世界，或者说一个你看似可以控制一切的世界的代价在于，我们视为"经历"的东西很大程度上来自我们无法伪造的，以及我们最终无法放弃的。当然，爱丽丝和布丽奇特已经知道了这一点。她们每天都以此为生。

在"第二人生"中，就像在网络上的其他地方，afk①的意思是"暂时离开键盘"。汤姆·波尔斯托夫在他的人种论研究过程中，有时会听到居民们说"他们希望可以在真实世界里'afk 一下'，逃避令人难堪的情景，却知道那是不可能的；'没人会在现实生活里说

---

① 即 away from keyboard 的简写。

'afk'"。这种情绪启发波尔斯托夫提出了他所谓的"afk 测试":"如果你可以从某件事中'afk',那么那件事就是一个虚拟世界。"或许倒转的"afk 测试"是对何谓现实的妥帖定义:某种你无法"afk"的东西——至少是无法永远"afk"的东西。菲利普·罗斯戴尔曾经预言现实世界将成为某种博物馆,但怎么可能呢?现实世界与我们的人性如此息息相关,它绝对不会过时;我们那疼痛着的、不完美的肉身如此依赖在现实世界中穿梭,那如此必要。

"第二人生"是否令我惊奇?当然了。当我坐在虚拟屋顶阳台的藤椅上,俯瞰宁静海岛的拍浪,跟那个为自己建造了这一切的事实上失明的女人聊天,发现她会把"第二人生"的世界看成比我们的现实世界更美好的地方,我很感动。当我骑着马穿过虚拟的优胜美地国家公园,我知道那个带我走过松林的女人已残疾多年,孑然一身,最终才找到这样一个地方,让她不再感到被世界抛弃。那是"第二人生"最解放人心之处——不是它对现实世界的否定,而是它和另一世界的彼此交织,它们之间激烈的纠缠。"第二人生"认可那种令我们感到比在现实世界更多地被包容的方式,又不必那么循规蹈矩。

有些人将"第二人生"称为逃避主义,但"第二人生"的居民们却为此辩驳。然而,对于我来说,问题不在于"第二人生"是否带有逃避的成分。更重要的是,逃避人生的冲动是普遍存在的,并不应该加以诋毁。过任何一种人生都需要我们去面对想要弃之而去的冲动——通过做白日梦,通过讲故事,通过美术和音乐、毒品和偷情,或是一台智能手机的虚拟屏幕带来的若狂欣喜。这些形式的"出走"并不是真实存在的对立面,它们不过是存在的征候——就像爱包含了冲突,亲密包含了距离,信仰包含了怀疑。

II
追寻
Looking

北上贾夫纳

我们抵达科伦坡的时候正值傍晚。因为从纽约出发，所以跳过了一天，一切都感觉似梦非梦。我先从纽约飞到迪拜，在那一程航班上，老人们从舱壁的窗口向外眺望，寻找黎明的第一线曙光，又跪在机舱地板上进行祈祷。甜点是裹着奶油的杏子蛋糕。一个十多岁的女孩穿着一件亮粉色的 T 恤，上面写着"一路走红"。《卡塔尔海湾时报》上都是有关中东司法的报道，以及从我的祖国传来的骇人新闻：《催泪弹和警棍无法维持密苏里的和平》。

我来斯里兰卡是为了给一本旅行杂志撰文。这篇稿子的预设条件是，杂志社提供所有费用，让你到一个地方待一周，但具体是什么地方，只会在出发前 24 小时告诉你。这工作令人艳羡，但也有其可耻之处，仿佛它在记者快活玩笑一样的工作中提炼出了某种殖民的傲慢：我就这么一无所知地出现，来描绘这个地方！然而，我有没有拒绝这趟飞越半个地球的免费旅程呢？我没有。

第二天早上，我计划沿着 A9 高速公路一路北上，穿过北部瓦尼地区的灌木丛，直至贾夫纳半岛。这片地区曾长期受泰米尔猛虎组织控制，直至 2009 年斯里兰卡政府最终在南提卡多尔潟湖击败了这个组织。在那场最后的围剿中，有数千民众死去。一份联合国报告称有4 000人。

要理解北上的意义，就要大致了解引发斯里兰卡内战的几派势力——南部信奉佛教的多数民族僧伽罗族；北部少数民族泰米尔族，而泰米尔猛虎组织则为了独立而战——以及这场战争的余殃之深重：一片依然有大量兵力驻扎的土地，基础设施遭到破坏，种族之间关系持续紧张。

我临时抱佛脚，深入阅读有关这场冲突的材料。每次我自以为找到了它的开端，就发现在更早前还有另一个开端。或许这场战争始于1983年"黑色七月"的科伦坡，反泰米尔的种族暴动导致3 000人死亡；或许它始于引发这些暴动的那次突袭——在那次突袭当中，泰米尔猛虎组织杀死了13名斯里兰卡士兵；或许它始于20世纪50年代，当时僧伽罗语被认定为该国唯一的官方语言。每一个开端之前，还有另一个更早的开端，而对于很多人来说，这场内战的结局仿佛并不是个结局。有两点变得越来越清楚：政府不太愿意承认曾经发生过的大量暴行，而这个破裂的国家的人民不同意前者对于战争的表述。

到达科伦坡的第一天晚上，我跟一位斯里兰卡记者共进晚餐。他来到我下榻的加勒菲斯酒店接我。这是一家海边的老派酒店，到处都是柚木角和走廊，可以俯瞰那石板灰色的躁动海水。我的房间是杂志社为我入住首晚预订的，房间里带着一股英国权势江河日下的气息，住在那里令我有些不自在。我告诉那个记者我要北上，并问他对于政府在战后重建方面的工作怎么看。他说，一言以蔽之：他们把一切都搞砸了。政府试图调查战争时期的平民失踪案件，却不过是象征性的动作而已。泰米尔人依然承担着这场斗争带来的重负：军方监视、一大群因战争而失去丈夫的妇女。不过，他也不止一次地告诉我，把北方人视为战争唯一的或主要的受害者是危险的。他们也是幸存者，积极地重建着他们的生活和社区。

他告诉我，南方人到北方旅游的越来越多，以见识一下他们从未见过的祖国山河，军队也开始经营自己的度假村，包括一个由监狱堡垒改建的度假酒店和一处乡间庄园，它们位于南提卡多尔潟湖湖滨，就在那么多平民丧生的地方。那晚，我在那家度假村的脸书上看到："在南提卡多尔潟湖享受幽静假日和习习凉风。"

那位记者告诉我，旅客对于北方的描述，特别是对于那些沙滩的描述——"纯净""尚未被破坏""尚未被发现"——让他很不自在。他告诉我，这些沙滩并不是尚未被破坏的。沙里埋藏着尸骨。

我问他上一次去北方是何时，他只是摇摇头。他说，最近没去过。他不需要去。他已经知道了。他不会只是为了**看看**而去，他说。那会令他感到难受。他只会在他觉得自己可以发挥什么作用的时候才去。

去贾夫纳并不容易。那是斯里兰卡北部最大的城市，也是泰米尔少数民族的文化中心。虽然泰米尔猛虎组织炸掉的火车线路已经被重建，但去贾夫纳的最后那一段还没有开放。我可以花很多钱从科伦坡搭飞机，或是省很多钱去坐通宵大巴，然而我不想坐飞机，也不想连夜赶路。因为我并不只是想要看到贾夫纳；我想看到瓦尼本身，想看到从南到北的变化、战争的地貌以及战争结束后新建的东西。

我找到一名司机，他愿意连开 8 小时把我从首都送到贾夫纳。他似乎对于我北上的原因很困惑，不过他热切地向我保证，我在那里会很安全。"以前会有危险，"他说，"现在百分之百没事。"那一天，他把这句话重复了好几遍："百分之百没事，百分之百没事。"他来自南方海滨小镇安伯朗戈德，他和他的母亲在那里经历了 2004 年的海啸。他靠抓着一棵椰子树活了下来。他的母亲不幸遇难。

我们一早出发，经过了繁忙的商贸小镇库鲁内格勒和丹布勒，以及更小一些的、只聚焦于一种作业的村落：这个村里都是菠萝，那个村里都是腰果，还有一个村里都是轮毂盖。我们的车驶过那些贴着切·格瓦拉贴纸的嘟嘟车——"他爱你的叛逆"——它们穿梭在资本主义的繁忙交通之中：真爱商店、酷吧酒店、以牙还牙酒店。沿着A9高速公路向北开，经过瓦武尼亚区的首府，在那里，店铺开始变得稀少且破烂，包括用薯片包装袋连缀起来的临时棚屋。与此同时，视野变得开阔起来——不太像丛林，更像是平原。我们经过多处被炮击过的房屋，屋顶被炸飞，墙壁破烂不堪。它们之中许多都曾经是家宅。如今，它们赤裸地面对着天空。我的司机解释说，猛虎组织一度藏身其中，因此，它们被炸毁了。"百分之百没事。"我们搜寻着与之相对应的叙事。暴力是正当的，或被变成了一个度假村、一个抚慰人心的假日。

在猛虎组织从前的首都基利诺奇，我们在一座被掀翻的水塔前停了下来：废墟堆得像一座房子那么高，混凝土墙已经开裂并正在倒塌，钢筋都突出来，一边挂着一个小小的"危险"标记，像是一条缺乏品位的警语。我们经过了一片片标有骷髅标志的田野，在那里，小小的混凝土堆下有尚未爆炸的地雷。我们来到了象之通道（那是连接贾夫纳半岛和斯里兰卡整座岛其余部分的狭长地带），看到一架改装的坦克——实际上是一台装甲推土机，并在那里停了下来。它是为纪念加米尼·库拉拉特纳而保留下来的，此人在阻止猛虎组织的一次自杀式行动时牺牲。我们看着从一辆大巴上下来的游客——大概来自南方——买了兰花放在他的雕像前，而站在两边的士兵则跟铜像一样一动不动。附近的展览柜里放着加米尼的旧军装、他的盘子、他的床单。

距此几千米处有一块战争纪念碑。在那里，除了我、我的司机以及一名士兵外，别无他人。这名士兵向我解释了雕塑的含义：爆炸的弹壳绽放成一朵莲花，下方有两只手在握手言和。这些含义以蹩脚的翻译碎片化地传达，听起来很空洞。无论你对战争的中止可能会说什么——有没有战争罪行？多少罪行？何种罪行？谁犯下的？——它肯定不是一次和平的握手。它完全不是那么一回事。

在贾夫纳，到处都有士兵。带有雕塑穹顶的闪闪发亮的白色图书馆外有士兵，五金店外有士兵，板球场外有士兵。在每一个交叉路口都有士兵。那位记者告诉过我，贾夫纳最近装了第一盏交通灯，不过我没看到。我只看到士兵在指挥交通。

我住在一间白色的单人房，离娜迦神庙很近。在那座神庙里，光着脚的礼拜者沿着圆形路径走着。在那里也有士兵，不过他们也光着脚站在沙里。我不确定是否见到了别的游客。骑着自行车的女学生们放慢速度向我问好。每次离开酒店，我都会遇到同一个轮椅男孩，他总是想跟我握手。每次握手，我都会咧开嘴笑，直到我可以感觉到自己嘴角的皮肤紧绷。我欠他的不仅仅是一个微笑。我甚至说不出来我欠了他什么。我一直在想那个记者说的话："我只会在我觉得自己可以发挥什么作用的时候才去。"我一直在想伊丽莎白·毕肖普的诗《旅行的问题》："在这个最奇异的剧院里，看着剧目里的陌生角色，是否正当？"我一直在想我的文身。那是在一年前，我一心一意文下了它，把它当作一种亲密关系和好奇心的表达。然而，如今，我自己的手臂在责备我。或许我应该承认，并不是一切与人有关的东西都是我可以了解的。

像我一样的人——也就是说，有幸去旅行，并将旅行视为身份的一部分的人——经常喜欢去像我这样的人还没有去过的地方，经常喜欢将这种旅行视作更"真实"且没那么"游客"。然而，在贾夫纳，没有看到别的旅客并没有让我觉得自己**不那么像**是一个旅客。恰恰相反。当地人盯着我，试图搞清楚我的来头，猜测我的种种，他们有他们的理由——我到底来这里干吗来了？我感到了自己的无用。

我酒店房间里的迷你雪柜上放着一罐品客薯片，书桌上的篮子里则放着三只芒果。这家酒店实际的前台服务员内森热切地希望我在这里住得愉快。他一直往我的房间打电话："你用过晚餐了吗？""你用过午餐了吗？""你今天要去哪里？"内森拿出他女儿的照片给我看。他说他的印度教家庭不再理他，因为他为了妻子已经转信了基督教。

当我走过一座旧堡垒东边的建筑时，我看到了这场战争带来的最大破坏：倒塌的墙壁，空荡荡的房间里长满了灌木以及攀援植物的卷须。粉色墙壁上的油漆一条条地剥落，围绕着墙壁的梯级直指天空。一个小男孩追着小猫，跑进了废墟。河边的路像是狭窄的网格，挤满了渔民的棚屋，蓝色的渔网挂在栅栏上。一个男人蹲在尘土飞扬的路上，用一股线绳修补着其中的一张。一家小医院紫红色的门口有小山羊在吃奶。我试着带有目的性地前进，但是我显然漫无目的。我最终来到了一个死胡同，在那里有一栋七彩的房子，它随着里面手提式收录机的音响而震颤。我转过身来，依然试图刻意探索，但还是失败了。一轮鞭炮声把我吓坏了——不是因为它是什么，而是因为它不是什么。人们说"你好，嗨，你好吗？"，问我从哪里来，我是不是迷了路，我想要找什么，指着我的文身问我手臂上文着的是什么。

我绕着一处军队用地四围带刺的铁丝网走。里面是一排排营房，窗户都开着，可以看到里面空无一物的床和一排排熨烫得很整齐的军服。一个拿着机关枪的人看着我用一片打了蜡似的绿叶刮掉我鞋子上的鸟屎。他的微笑代他说出了他没有说出来的话：我从哪里来？我是不是迷了路？我想要找什么？在他身后的后院里，另一个士兵在向一只小狗扔大石头。母狗不屈不挠。士兵继续扔石头。前一个士兵继续拿着他的枪。小鸟在我的头上和所有其他地方继续拉屎。我再一次弯下腰，继续擦鞋。又过了几分钟，那只狗偷偷从铁丝网下钻出来，跑走了。

我开始觉得自己的这篇文章越来越没希望了。有人认为自发性可以带来真实性，因为那会让我们从太多背景、太多调研、太多意图所带来的负担和牵绊中解脱出来。然而，这种自发性所带来的似乎唯有无知。在不了解其历史的情况下探访此地完全无法构成任何画面。看到贾夫纳图书馆——庄严的白色尖顶，保安如此骄傲地带我参观图书馆二楼——而不知道它是在其前身的废墟上重建而成，那座旧馆在1981年反泰米尔暴动中被烧毁，那么这段经历就会相当空洞。它曾经是亚洲最大的图书馆之一。大火毁掉了世界上绝无仅有的一些手稿。我所看到的白色尖顶似乎还在被那场灾难的鬼魂缠绕。看着一座图书馆却对它建筑于其上的废墟一无所知，这能带来什么真实性呢？唯有不足。至少我知道自己所知之少。

在飞往迪拜的途中，我就开始阅读有关这场战争的资料，并在抵达科伦坡后继续阅读——在酒店的床上读着入睡；一边吃着斯里兰卡鸡蛋薄饼一边读，晃荡着的蛋黄包在酒酿做的杯状薄饼中央，我就是这样在笔记本里描述这一"当地特色菜式"的，而在那之后，我又回到了关于战争期间战地医院截肢手术的描述。我只是看了书而没有四下走走，这是否会一叶障目，令我看不懂这个地方？还是说，我在没有事先看书的情况下就四下走走，是一叶障目？前者是我一贯接受的训练教导我去相信的，然而后者开始显得更像是现实。

在开回科伦坡的通宵大巴上，坐在我旁边的那位老妇仔细地整理身上的那条橙色莎丽裙时，我一动不动地坐着。那辆大巴本来应该在 7 点 30 分出发的。我们离开贾夫纳时大约是 10 点。我们停下来，让乘客上车；我们停下来，让乘客下车；我们停下来，以便让其中一个乘客去买电视；我们停下来，以便让我们的司机走进路边的一座印度教圣殿，双手合十，虔敬地鞠躬。他回来的时候，两只手都攥满了花瓣。我在想，他是否在为我们的旅途而祈祷，我如此希望，因为我们的大巴总是尖叫着在避免撞到什么——一辆堆满了生锈机器的拖拉机，一辆开起来嘎吱作响、速度极慢却很坚定的货车。我们最终出了城，路过最后一名士兵，看到他站在天空下拿着机关枪的剪影。之后，我们又路过了一片坟墓，墓石上闪烁着月光。

大约凌晨 3 点的时候，我们在路中央停了半小时。我们的售票员打着手电照向大巴的一边。谁知道他们在修什么，或是没在修什么。我们一直在黑暗中行驶，直到黎明。我们将北方抛在了脑后：那个英雄和他的兰花，那片潟湖和其间的尸骨。最终，我看到了这一切又能如何？我依然是这一场灾祸的局外人。

这是真话：斯里兰卡是人间天堂。这也是真话：每个天堂都因为不甚了解才成为可能。

我从纽约到迪拜到科伦坡花了20小时，而从斯里兰卡北部到其最南端花了17小时：下了通宵大巴再搭一趟火车，这趟车沿海而行，经过加勒古堡——依傍着跳动的绿色山丘，不仅是一种绿，而是**多种绿**，酸橙树和薄荷和深色的鼠尾草渐变入棕色——之后再搭嘟嘟车到美蕊沙，在那里，浅蓝色的海夹杂着堆满发着光的银鱼的木架子扑面而来。

在美蕊沙，我做了杂志社想要我为这篇文章做的事——充满异国情调的游历就像以微缩的奇闻逸事当配件串起来的手链：在石砌露台的蓝绿色泳池里游泳，在树荫里闻着平底锅上煎着的印度烤饼，看一群猴子在漂满莲花的池塘边追逐嬉戏。在美蕊沙，我在雨中观鲸鱼，或者说是**找鲸鱼**，与此同时，我们的船撞上了跟房子一样高的海浪，海浪把我打得全身湿透咸透，这种刺痛让我不停眨眼。我坐在船艏，旁边的女人一手抓着扶栏一手拿着塑料袋往里头吐。在美蕊沙，我找到了你在旅行指南上看到的斯里兰卡，那洁白的沙滩和雨中飘摇的棕榈树，烛光下清新的酸橙水和撒着树上取下来的糖浆的香草冰激凌，切开的百香果展露着它们艳粉色的果肉。在美蕊沙，我吃的扁豆菜肴好吃到我想让时光倒流，告诉从前的那些个自己，那些个以为吃过扁豆菜的自己，你根本没吃过扁豆菜。算不上是吃了。

那场战争在这里是看不到的。但是它无处不在。逝者无处不在。

关于南部，我还能跟你说些什么呢？在火车上，我坐在一个男孩旁边，他要回马特勒的家。他15岁样子，或许16岁。他想要了解我手臂上的那句话的意思，它是什么意思？"但凡人性，皆非陌生。"我原本会这样对他说，然而我不能，因为有些事情对我来说是陌生的，比如僧伽罗语。他给我吃他的辣花生，还问我有没有当地的电话号码。这太逗了，因为我觉得以我的年龄，足以当他的妈了。他想跟我换位子，因为或许我想要靠窗坐。他看得出我渴望寻求美，那就是我在风景中的角色——享受它，欣赏斑斓的绿色。他笑得如此开心，都能看到他的牙床。我问他，他是不是哪里的学生？

他摇了摇头。"我是个士兵，"他告诉我，"就在贾夫纳当兵。"

他给我看了他那很小的士兵照——看不到他的牙床，只有他绿色的疲惫。我笑了，给他竖了个大拇指，又把照片还给了他。

不，他说。他希望我保存它。

无可言说

南北战争开始一年半之际，就在 1862 年 10 月 20 日，《纽约时报》评论了有关这场战争的首次公开摄影展：马修·布雷迪记录安提塔姆大屠杀的摄影展。"布雷迪先生向我们展示了战争的可怕现实和真切，"《纽约时报》这样写道，"就算他没有抬回那些尸体，把它们扔在我们门前的庭院里，他也做了非常类似的事情。"这一赞扬饱含着一种信念：摄影可以带来一种既视感。然而，这种信念令人担心，因为它总是被真实情况和表征之间持续存在的差距缠绕着：非常近似之物。摄影或许可以令我们更接近死亡，却永远不会接近到可以触摸。就像爱默生曾经这样描写他儿子的死："我无法让它更靠近我。"

"无可言说，不可想象，无法描绘我所见到的可怕景象。"一个名叫约翰·塔格特的北方美利坚合众国上尉在安提塔姆大屠杀后这样写信给他的兄弟。他所断言的无能为力与其说是在拒绝表达，不如说是一种最强烈的表达：坚称战争是无法描述的成了对其最好的描述。塔格特的意思是，那些尸体永远不能——至少不能用从前那些富有表现力的方式：文本、语言和口舌——来到我们门前的庭院。

大约一个半世纪之后，在 2013 年，一场关于南北战争的大型摄影展在大都会艺术博物馆举行，人们的态度可以用以上两种观点来概括：《纽约时报》认为布雷迪的摄影得以展示"战争的可怕现实和真切"，而塔格特认为无人可以想象战争。一种声音认定表征的潜力，而另一种却认定表征的有限性。这两种声音分别标志着这一展览的开端和结尾，就像是两个概念性的书夹，将脸颊红红的士兵人像照片和血腥的战场景象背后躲藏的问题直接提了出来：照片可以做到其他表达方式所无法企及的事吗？它们是否可以给予头脑无法全然想象的东西？是否存在一些恐怖的事，人们无法全面了解？

　　美国内战就是独一无二的例子，结合了美学实验和民族创伤：一种新的艺术形式被用于记录一场前所未有的惨剧。南北战争交给摄影一项无法想象的任务，从而改变了摄影史；与此同时，摄影也为战争做出了令人难以置信的呈现，从而改变了我们对于战争的看法。

　　大都会艺术博物馆"摄影和美国南北战争"展览的展厅里陈列的照片展现了被毁南部工厂的砖结构和挨饿士兵肋骨的轮廓。它们展现了弗吉尼亚那深邃山谷里郁郁葱葱的沟渠，和逃跑奴隶"鞭痕遍布的脊背"——那是另一种地貌，在那里鞭子鞭出了它自己的线条和沟壑。这些并列排放的照片暗示着未曾有人讲过的、令人无法承受的故事：一群年轻的新兵在营地用晚餐，围绕着篝火吃得很起劲，然后就是战场上死尸浮肿的肚子。观者可以感受到这些男孩如何很快地成了那些尸体，他们的躯体如何从一张照片跑到了另一张里。在照相馆里骄傲地拿着武器拍肖像照的士兵们在两间展厅开外变成了医学照片里看不到脸的被截肢者。列兵罗伯特·福莱尔是一个刚从战场上回来的少年，照片中的他双手放在胸前，手指少了三根，仿佛一个小男孩做了个手枪的手势，两只最长的手指充当枪管，假装是在打仗。

　　战争摄影在承认死亡的同时又对抗着死亡。准备出发的士兵在照相馆里拍的肖像照是为了让他们永生：作为护身符，照片可以保护他们不死；作为遗物，它们可以在他们死后保留关于他们的回忆。其他照片则摄于激战之中：摄影师在硝烟依然弥漫或是四处腐尸的战场上进行拍摄。技术的跃进——迫切想要使用新技巧和新效果，让一切变得越真实越好，甚至比真实**更真实**——意味着有些照片接近于超现实。士兵们的脸颊是被晕染过的、过分艳丽的红色；体视镜创造出尸体在废墟中浮现的粗糙 3D 效果。这些效果不那么像是现实主义，更像是演员用力过猛的表演，他们非常着急地请求着：这儿，拜托，看看这个死去的人吧——又一具几乎被带到门前庭院的尸体，其四肢就在一双凑近体视镜的眼睛之前。

在《关于他人的痛苦》中，苏珊·桑塔格对在恐惧之中找到美做了如下的清晰阐述：

> 血淋淋的战场也可以很美——那种极端的、或是令人惊惧的，或是悲伤的美的表达——的观念普遍存在于艺术家笔下的战争画面中。然而，这种想法与照相机拍出来的景象格格不入：在战争摄影中找到美似乎是铁石心肠。然而，毁灭的景象依然是一种景象。废墟中也有美。

这些照片当中，南北战争留下的废墟中，当然也有美。那些被毁灭的产业、被毁灭的森林和被毁灭的躯体；佐治亚州的天空下破败的工厂；遍地死尸的战场上，雾缓缓散去。然而，如果这种美转移了我们的注意力，让我们暂时忘却有关死亡的一切残酷真相以及长久以来造成这一切的结构上的暴行——奴隶制本身——那么这就是一种危险的美。

这些摄影作品的美类似某种占领道德制高点的特洛伊木马，它以惊奇引诱我们，然后就成了我们内心长久留存的恐惧。它也提醒我们，这张照片是由某人构想出来的。拍摄者阴魂不散。我们在通过他的视角观察一切。

那种阴魂不散的感觉是桑塔格所谓的"反艺术"摄影的吸引力所在:"在有关暴行的摄影作品中,人们想要感受到见证的分量,而不想要艺术技巧的玷污,因为那被视为虚伪或是纯粹的矫揉造作。"他们想要见证的分量,而不是见证的鬼魂,不想要他的指纹遮挡他们的视野。

人们不想通过任何艺术技巧见证一切,这也就是在他们知道南北战争的某些照片是经过刻意安排之后,感到被背叛了的原因:道具被布置了,躯体被移动了,四肢被摆放了。亚历山大·加德纳的《叛军狙击手的故乡盖茨堡①》成了最出名的众怒之矢。在那帧照片中,一具南方美利坚联盟国士兵的尸体躺在巨砾之间,就在具有讽刺意味的"家乡"。真相大白:加德纳很有可能将尸体从战场上挪到了更"风景秀丽"的山岩溪谷的背景中。就像桑塔格注意到的那样,"奇怪"的倒不是这张照片或许经过了刻意安排,而是"我们很惊奇地发现(它)经过了安排",且不仅仅是惊奇,还"感到失望"。我们对于绝对未经修改的照片的渴望证明了一种集体妄想:没有被移动过的尸体出于某种原因可以提供现实未经修改的原貌。

然而,显而易见的扭曲只会逼我们面对一个事实,那就是所有的照片都不可避免地被修饰过,不可避免地被构想过,不可避免地令人疏远。一旦这些尸体来到了我们的门前庭院,它们就不再只是尸体了:它们被浸在化学试剂里,它们被压扁、配上相框并装好。

如果说这些战争摄影满是艺术技巧的痕迹,那么这种沾染也是某种更真实的东西的残留物——赞美之、使之永垂不朽、留存之的愿望。有种方法可以不把修整和艺术技巧视作欺骗的痕迹——那具尸体并不**真的**在那里,那个士兵并没有**真的**用那把枪——而是将其视为竭尽所能地突出表达战争、勇气和恐惧的一种强烈愿望的真实记录。它是夸大的诚实,正是出于某种真实的欲望——引起敬畏或愤慨或同

---

① 盖茨堡战役是美国南北战争中最残酷的一战。

情——我们才会去夸大。或许，我们感到这些道具枪和被移动的尸体欺骗了我们，这种感觉和移动这些尸体的欲望本身一脉相承，而非截然相反。重新摆放及其引发的愤然反对都出于同一种对表征的有限性的焦虑。拍摄士兵的尸体——不论动过，还是没动过的——都无法传达他的生命和死亡的全部真相。

　　一旦你看清摄影并不是你所幻想的未经构造的事实，你就可以开始探索其构造的有趣过程了。"照相机是历史的眼睛。"马修·布雷迪曾经这样说。但是在照相机的镜头背后总是有一双人的眼睛（常常是布雷迪自己的），而在那个人背后，通常有一个团队，而在那个团队背后，总是有某种资金支持。正是市场激励和助长了有关南北战争的摄影：画廊竞相资助战地摄影师，渴求最好的作品，而受利益驱使的影楼则将士兵的肖像照卖给普通老百姓。被解放的奴隶索杰纳·特鲁斯出售她自己的肖像照，以便为其他被解放的奴隶筹钱。就像她说的那样："我出卖影像，让生命延续。"对于特鲁斯来说，摄影将她过去一直忍受的所属权条款都逆转了。她"曾经一度被出售，获益者是他人"，她写道，如今，她出售自己，获益者是她自己。

　　在大都会艺术博物馆陈列摄影作品的展览厅里，工作人员一直在说"禁止摄影"，但人们依旧试图拍照，偷偷地举起手机，把那些曾被相机捕捉的尸体上传到 Instagram 上。当初诱引摄影者的冲动如今又让其他人——活在一个半世纪之后的陌生人——想要再把这些照片重拍一遍：保存和拥有，将其带走并收藏的欲望。

　　在一帧名为《手持已装裱南北战争士兵人像照片的女人》的照片中，那个年轻女人的脸是隐忍的、不屈不挠的。她的两颊被画上了如此鲜亮的腮红——事后，影楼将照片染了色——感觉它们都已经不是她表情的一部分了。她拿着一个双联的相框，上面有两个人的脸：一个看起来曝光过度，另一个则在阴影里。她紧紧握着照片。她想要从那两张脸上得到些什么，而当我站在她的肖像照面前，我也想要从她的脸上得到些什么。我仔细端详她的表情，想要弄清楚那是**什么**。我想要什么？某种感觉，来自她的影像，色调早就开始褪去但还没完全褪掉的影像。一条简洁的博物馆标签无法告诉我们，我们从死者的照片中想要找到什么。我们想要记住一些从未发生在我们身上的事。我们想要感受我们从未感受过的悲伤。

跟我一起来看展览的朋友——碰巧是一个摄影师——对战争摄影毫无感觉。他感到疑惑：你为什么会为那些就是要让你悲伤的照片感到悲伤？难道这种预设没有减弱它的效果吗？我们怎么会为一种我们明知应该要有的感情而崩溃？而且，当我在参观过程中仔细端详展出的照片时，我或许是在试图通过想着让我自己悲伤而逃避这个问题。但是你不能**想见**这些尸体来到门前庭院里。唯有在你没想到它们会出现的时候，它们才能真正到来。

对我来说，最终把尸体带到门前庭院里的并不是一片战场的全景，不是在草地上双腿叉开的浮肿尸体——他们的口袋都被强盗翻开，甚至不是士兵上战场前拍的照片：他们插在豆子罐里的餐叉，他们上扬的嘴角，我知道他们之中有许多人会很快死去时，为他们的活力而感到的尖锐刺痛。

对我来说，把尸体带到门前庭院里的是一张在影楼里拍的照片。照片里的三个男人穿着西装，袖子卷起来别在胳膊肘：两个站着，一个坐着，都很僵硬的样子。在照片里，他们的脸上都写着庄严和坚忍。其中两个人都凝视着未知的中前方，而另外一个人的脸上，就在他眼睛原本应该在的位置，则是两个黑洞——空空如也的眼窝。他的脸也很庄严，也很坚忍。他并没在凝视着什么；他永远都不会再凝视了。

当我看到这张照片时，所有引我参观整个展览的幻想都瞬间破灭了，就像一片汪洋，全然让位给了感觉。那跟这张照片的肃穆氛围有关，在战争的无序之中，关心如何带来一种对秩序的饥渴；还跟那些人毫无表情的脸有关，他们拒绝表现出悲伤是那样让我想要填补空缺，弥补缺失，服从于补偿性的同情的力量；具体地说，是跟那个盲人的**嘴巴**有关，他的嘴唇如此僵硬，我无法去分析那种感情——坚决的？愤怒的？抱有希望的？——因为我无法解读他的眼神，因为他没有眼睛。

我突如其来的同情所带来的这一切剖析都是准确的，然而，这样简单地说更为诚实：有什么**发生**了。当我看着那张照片，有什么发生了。一具躯体就在我眼前。它没有眼睛。它属于威廉·R.马奇，美利坚合众国的一个士兵。在战前，在马萨诸塞，他曾经是一名摄影师。

尖叫吧，燃烧吧

1929 年夏天，詹姆斯·艾吉在哈佛大学上完大一后一路向西跑到了美国中南部，并在那里当了几个月农场工人。就像他给德怀特·麦克唐纳——他的埃克塞特中学校友、老朋友以及后来在《财富》杂志的老板——的信中写到的那样，他对于那个夏天有极大的期许：

> 从 6 月开始，我会在俄克拉何马度过一整个夏天，就在小麦地里劳作。从所有角度来看，这都是好的。我从来没有工作过，比起别的工作，我更喜欢这样一份工作；我喜欢喝醉，也要这么做；我喜欢唱歌并学些下流歌曲和流浪者之歌，也要这么做；我喜欢独自一人——离家越远越好——也要这么做。

这是一封很有意思的信。艾吉从来没工作过，却知道他会喜欢工作。他喝醉过，并且知道他会享受喝醉。他迷人的句法显然有一种使命感，一种对于达成希冀的语法上的坚持："我喜欢……也要这么做；我喜欢……也要这么做；我喜欢……也要这么做。"他幻想着友情和消遣。他想要将自己从内心生活中解救出来。他在哈佛校园跟太多十四行诗诗人度过了太多苦日子。他想离开。从所有角度来看，这都是好的。结果呢，它并不好。

"或许是在8月1日"他写信告诉麦克唐纳："堪萨斯是我所见过的最破烂的州。"他继续说："目前，我在一个'联合小组'里，干的是运输和铲挖谷粒……我拿着干草叉戳到了自己的跟腱。"艾吉画了一幅画，画中的他在美国中部忍受炙热——在一条尘土飞扬的道路上一瘸一拐地走着，举起沾满谷粒的手，给自己刚刚迎来的新生活加上引号。然而，显然也看得出，他享受自己所描述的艰辛，至少享受描述它。他最后写道："我现在要去干活了，吉姆。"

在他人生的那一个时间点，艾吉所做的体力劳动跟他此前一直从事的创造性工作并没有太多的关联。在哈佛的那个秋天，他一直把主要精力放在入选学校文学杂志《倡导者》的编辑委员会，以及为他身在异地的女朋友写不怎么动听的情歌歌词上。他极其痛苦地试着对她保持忠贞："我谋杀了欢乐，你的爱或许能够予以忍受；/一副宝贵的尸骨躺在我的身边。"

很大程度上，正是因为那个女朋友带给他的焦虑，以及他们之间谋杀了欢乐的恋情，艾吉才如此迫切地想要到田地里去劳作。他写道："那将是地狱般糟糕的苦活，因此，终于有那么一次，整个夏天我都没有机会去担心并感觉像是在地狱一般了。"他在信中将苦力想象成解放。当然，那很荒唐。但是，在任何人识破这一点前，艾吉就承认了自己的荒唐。"听起来我恐怕像是一个差劲的、波希米亚式的浪人，或者是'地球之土'的热爱分子。然而，我想自己还不至于如此不入流。"他立刻就知道自己听起来有多么幼稚。这种先发制人的自我苛责最终将成为他的写作特色之一。

艾吉早期的信跟他后来的文章如此一脉相承：对于那些遥远地方的幻想；在评判和赞美他的遭遇之间极其痛苦地来回摇摆；对于苦力和内心生活之间关系的持久困扰。整天劳作的身体里怎么会有感情？那种残酷的单调乏味会否驱除意识？这么暗示算不算是漠视，是否定？

"从所有角度来看，这都是好的。"7 年之后，艾吉会从所有可能的角度控诉它。

艾吉的著作《现在，让我们赞美伟大的人》（下文简称《赞美》）其调研工作在 1936 年完成，于 1941 年出版。这本书独树一帜，是天马行空的抒情诗式报道文学，轮番讲述了亚拉巴马州三个佃农家庭的生活。这本书描绘了他们的家庭和每日劳作的必要性。它一一记载了他们的衣着、每一顿饭和有形财产，他们的疾病和他们的花销。然而，它也逼我们感受艾吉在尝试进行这一切描述时的极度痛苦，仿佛他所做的尝试是另一座房子——一栋迷宫般的建筑，由无法自圆其说的叙述和蓄意自我破坏的新闻报道构成，而建筑的基础就是错综复杂的句法和拐弯抹角的抽象概念，充满了依恋和——在一切之外，以及一切背后——内疚。这本书是详尽的，却也让人疲惫。它觉得美好的东西也在折磨它。有时候，它甚至不愿意存在。"如果我可以，在此我会什么都不写，"艾吉在书的开头这样写，"可以用照片，其他还有零散布料、碎棉花、土堆、谈话记录、木块和铁块、封进小瓶的气味、装在盘子上的食物和粪便……从根本上撕裂的人体的一部分或许是更直接的表达。"他什么都不准备写——除了他最后写下的 400 页。他从未劳作过，却觉得他会喜欢。如今他劳心劳力过了——写这本书，做这份吃力不讨好的工作——并明白他并不喜欢自己劳作的产物，却还是把它拿了出来，因为他还能怎样呢？他已经做了这件事。

《赞美》一书始于艾吉在 1936 年夏天被《财富》杂志派往亚拉巴马完成一项报道任务。跟他一起去的还有沃克·埃文斯，他为艾吉的报道配上的摄影作品后来和艾吉的文字一样出名。"我在《财富》最好的一次机会，"艾吉在一封信里这样写道，"对这篇报道感到有巨大的个人责任；相当怀疑我自己能否把它写出来；更怀疑《财富》最终是否会愿意以（理论上）我眼中的它的原貌采用它。"埃文斯描绘了这种"巨大的个人责任"感如何奠定了艾吉的调研工作的基调："艾吉仿佛匆忙地、充满愤怒地在工作。在亚拉巴马，他仿佛为此着了魔，夜以继日地工作。他肯定没睡什么觉。"

艾吉对于自己"能否把它写出来"的怀疑在他完成报道后反而加深了。他在给詹姆斯·哈罗德·弗莱神父——他在塞沃尼的主教男子学校的老师，也是他一生的导师之一——写的信中这样说："每天遇到的一切都不可预知，那里的炎热和饮食让我快要疯了……这段旅程很艰辛，当然也是迄今为止我最好的人生经历。把我们发现的写下来却是另外一回事。不可能以任何适用于《财富》的形式或篇幅写下它；而如今，我如此徒劳地试图让《财富》采用它，以致于我害怕无法以自己的方式好好写这篇报道了。"

当时，艾吉是《财富》的在职员工，办公室位于曼哈顿的克莱斯勒大楼内，他在那里连夜工作，一边狂喝威士忌，一边撰写有关斗鸡和田纳西河谷管理局的文章。然而，他怀疑《财富》最终是否会愿意刊登这篇文章是有道理的。他们在1936年否定了它。从那个时候起，艾吉便开始寻找别的方式来写这篇文章并使其得以出版。他向古根海姆基金会递交了申请，将这一写作项目称为"一份有关亚拉巴马的记录"，将其描述为一种尝试，"带着对于'创造性''艺术性'以及'报道性'的态度和方法的全然怀疑，把一切叙述得越准确越好"，并（谦逊地说）"可望开发一些或多或少是新颖的写作形式"。他没拿到补助金。最终，他从一家出版社拿到了一小笔预支稿费。就这样，他在新泽西躲了起来，开始对他原本的那篇文章进行可观的扩充，最终成为《赞美》一书。这本书于1941年出版时少有人问津，大概卖了600册，剩下的还有几百本。用麦克唐纳的话来说，那是"彻底的商业失败"。

直到1960年再版时，这本书才引起注意——既受到黑人民权运动的影响，也得到推崇"新新闻学"丰富叙述的读者群的欣赏。莱昂内尔·特里林最终将《赞美》一书称为"我们这一代美国人最现实也最重要的道德努力"：不仅基于其文化地位，还鉴于它改变了我们对于"现实主义"的可能意义的预期，以及对于人类生存"现实的"描述或许会带来的那些庞杂繁芜的感情。与此同时，艾吉原来为杂志社撰写的那篇文章的手稿被普遍认为已遭摧毁，或已永久遗失，直到他的女儿在一堆手稿里找到了它——在他格林威治村的家中存放多年：一份3万字的打字稿，标题是《棉花佃户》。

比对这篇仔细构思的原稿和它最终演变成的那部脱了线的著作，就像是看到了双画面的自我见证过程。这个在道德上义愤填膺的头脑如何开始编排这些材料？然后——就在它开始怀疑自己时——又如何重新再编排它们？

乍看之下，《棉花佃户》和《赞美》很容易被视为对立的两面：一篇未能发表的文章和一本得以出版的书；前者受到资本的限制，后者则因其形式而得到解放。然而，在艾吉的写作过程中，并没有出现两极化，而只有展开和追寻，尽管不断自我挫败，却还是想要刻画出他所看到的，公平地对它。他知道自己永远都做不到这一点，却不断地在努力。《赞美》使用了更浮夸的句法，更多迂回，更多比喻的隐晦，更多猛然上升成歌，但是，最重要的是，这些区别显示了主题的差异。文章记录了他人的生活，而书则记录了记录的过程本身。

从某个层面上讲，《赞美》不过是一段无休止的坦白，道出了艾吉在试图讲述这些亚拉巴马家庭的故事时所感受、思考和怀疑的一切。我们在那篇后来重见天日的原文中看到了很多素材，然而其物质细节的连接点——对于房屋、物品、衣着和三餐的描述——无望地陷入了一种专制的叙述意识难以承受的困境：艾吉对于接近真相的无尽却一直被挫败的欲望。想象一部电影的导演剪辑版是电影长度的五倍，在这个超长版本里，摄影机一直对着导演自己的脸——他在解释自己拍摄每一个场景时的感情，他如何伤害了演员的感情，或甚至你现在在看的加长版如何跟他想象的有差距。

　　粗看《棉花佃户》的目录会觉得，这是规则已经为人熟知的一个框架——标题为"陋屋""食物""健康"，等等。相形之下，《赞美》的目录却从头开始就显得绝望了，其章节是奇怪的、混乱的。三个"部分"在不平行的章节中互相穿插："（门廊前：1"和"（门廊前：2"都带有神秘的不完整的括号——仿佛半插入，半被包括在内——还有一节叫作"冒号"，一节叫作"中场休息：门厅里的对话"。所有这一切之前还有几次类似于清嗓子未开场的尝试：被命名为"诗文""前言"和"在亚拉巴马的所有地方"的卷首语。这个目录将自己称为"本书之设计"，指向一种不可逃避的自我意识：这个作品是无望博弈的结果——束手无策于这样一个作品能如何或应如何被组合起来，其各章节甚至无法表述一幅全景，而拒绝将这些章节简化、让它们变得更前后一致是一种坚持——坚持把它叙述结构上的困难彰显出来。

　　两者呈现出了全然不同的记者的探视：在《棉花佃户》中，它是含蓄的，而在《赞美》中，它被理解成备受污染的。在《棉花佃户》中，我们能感觉到艾吉文中人物的实在躯体——睁大了的疲惫的眼睛，满肚子高粱和愤怒——然而，在《赞美》中，我们还得面对艾吉本人。一个被激怒的且骇人的"我"带有倾向性地、畏怯地让我们看到所有这一切。我们能听到艾吉和这些人物的情感关系（"我喜欢艾玛，且为她感到难过"），并听到一些经常是不必要的有关性格的表述。当艾吉坦言"我是那种会泛泛而谈的人"时，我们会想，"是的，我们知道"。我们明白"那里的炎热和饮食让人快要疯了"，他的喉咙和肠胃对他的饮食表示抗议，他的皮肤对他的床表示抗议。当他描绘住在其中一家人家中，睡在他们的沙发上时，他退身成了第二人称的"你"，仿佛在跟一个睡在那里的、独立的自我说话：

　　　　醒来，感到贴在你脸上松散的棉绒那几乎是黏糊糊的柔软，以及单薄、洗过很多次、破了的棉布，并且立刻想起你对这上面或许会长有的寄生虫的恐惧，你的第一反应是对你自己的脸的轻微厌恶和害怕，它已经因为睡眠而变得肿胀潮湿，且被棉绒擦碰，被油毡玷污，被偷偷地、肮脏地叮咬及吸血，被侮辱。

这种出自本能的心烦意乱是《赞美》中典型的叙述声音。这声音听起来像是一束神经末梢，令人感到厌恶，且又对自己的厌恶感到厌恶，但还是记录下了所有物质细节，不怕叙述中的平庸和重复（"松散的棉绒……破了的棉布"），感觉被他想要进入的那个地方侵犯。他觉得自己立刻被玷污且变得陌生了。他以外界事物——亚麻布的质感——作为句首，而在句尾却降到了他内心深处的感受，"被侮辱"，这一宣称被孤单地放在句子的结尾处——一刻的停顿，经验的一个死胡同。

《棉花佃户》中一个摇摆不定的"你"就是《赞美》当中变形的"我"的前兆，这个"你"在读者、作者和故事主人公三者之间流转。它往往作用为一个迫切的邀请。"这一年很不寻常，你最重要的作物收成很好。"艾吉这样写道，让他的读者都成了农民。此处，他描写着一场虫灾："它们在树叶间结网，然后变成了蛾子；这些蛾子产了卵；这些卵成了数以百万计的幼虫大军，你可以听到它们蚕食的声音就像是山林火灾一般。"你可以听到它们在蚕食——不仅仅是**可以**，而且是**必须**。那是炽烈的巫术所操纵的正义军队。烈火在你四周熊熊燃烧。

在别处，艾吉用"你"让读者成为另一个人：他自己。他在观察佃户的孩子们时，似乎想要回避自己的反应："你或许会觉得他们是性早熟的，仿佛体内有一种慢慢燃烧的硫磺。"当然，那不是**你**，而是艾吉自己注意到了这种"性早熟"，然而艾吉并不准备承认他自己对性的关注。他还不准备承认这个"我"。

在《赞美》中，当他最终以"我"的身份出现时，他往往是在惩罚它，或是指出它的失败之处。《赞美》的幽闭恐怖之处部分在于它暗示所有描述的策略都是有缺陷或是错误的。这是一种无力。如果什么都不够好，那还能怎么办？我们在《棉花佃户》中看到这种有趣的征兆，艾吉在其中不断地想象他人面对相同的素材会如何做出各种不确定的反应。他界定自己声音的方式在于不断表述它不是什么。他在一只壁炉架上发现了一张褪了色的罗斯福的照片，便想象某个"联邦项目宣传人"可以"夸耀在乡间茅舍里的精致的画像"；他质疑一些"愚蠢的"但是被广为接受的"有关棉花地里的童工的夸大之词"；他描述一只"颇具'乡土气息'"的长沙发，却在"乡土气息"上加了讽刺的引号。所有这些驳斥都让人想到另一见证者会如何错误地见证：通过夸耀、夸大悲剧，或是浪漫地刻画贫困；他想要证明自己的纪实文字并不是为罗斯福和他的新政做宣传；他想要反击对贫穷的美化；他想要避免大肆渲染农业生活的残酷，以便使读者可以更好地理解其实际的残酷。

由此，我们找到了文章和书之间又一重大区别：在《棉花佃户》中，艾吉不确定的反应投射给了假想的观察者；在《赞美》中，他称这些反应是他自己的。他丢弃了现实主义——完全没有被调整、改变过的事实（一种错觉），并以另一种感觉取而代之：承认一切的调整、一切的伪造、一切的欺骗以及主观性，那个做记录的人——他自己——不可逃避地被感染。

如果说桑塔格在思忖大众对"未经艺术技巧玷污的见证的重要性"的饥渴感，那么艾吉则在从所有可能的角度考量"见证的重要性"。他谴责对于客观性的幻想。他通过揭破自己是一个为自己的描述材料感到恶心并被它背叛的作者，从而清晰地标明了"艺术技巧的玷污"。他驳斥叙事小说（情节、人物、节奏）和标准新闻报道的叙事策略（客观性的假象，或是潜到水下看不见的"我"）。艾吉拒绝通过将贫穷表现为我们所理解的"不可避免地在破坏"心智而把他笔下的人物变成被颂扬的原型。他通过不断强调那些人物人生的单调乏味，拒绝进行戏剧化的叙述。就在他的一千零一个比喻里，他暗示着比喻本身的不足。

他在描写一位年轻已婚女子艾玛的离去时，给了我们一句长达一整个段落的句子。他对她已经产生了感情，并被她吸引，而她则要随丈夫离开。这句句子越来越令人费解，就像艾玛从视线里消失一样。我们就像艾吉一样失去了艾玛。我们是在中途发现艾吉正看着艾玛的卡车渐行渐远的：

> ……持续而缓慢地前行，像失落的、认真的、愁眉莫展的蝼蚁，在红土路和被烈日晒得发白的道路上向西而行，孤立无援，漂浮不定，仅仅凭借其向外生长的力量而不至于坠落，就像是那个高高的、柔韧的、不协调的、细弱的跑步者，一条葡萄藤在土地大片空白的墙面上快速伸展，就像是摸索前行的小蛇和择路而下的细流，要落定，要靠岸，那么远、那么宽的强韧而落定的茎：而那就是艾玛。

最后的那一拍读起来像是嘲笑："而那就是艾玛"。然而，**那**是什么？艾玛是那细弱的跑步者，那小蛇，那细流，那强韧而落定的茎？那落定的茎是她被迫要离开的家么？她的离去带来的是希望还是仅仅是失落？如果她同时是小蛇和细流和细弱的跑步者——那个"丝"①音本身就像是某样悠长而柔韧的东西划过舌头——这一连串的比喻都表现出一种狂乱的紧抓，一层又一层，仿佛它们永远都无法将艾玛带回来，或是确定代表她的那是什么，代表任何生命的那是什么。

有时候，艾吉会援引摄影作为对比，凸显语言的失败及其不可避免的歪曲，显示照片"只能记录绝对的、枯燥的真相"。不过，这只

---

① 原文 a snake and a slim stream and a slender runner，都带有"丝"音。

是另一个稻草人的神话：所有的摄影都建立在构想和选择的基础上。在跟艾吉一起在亚拉巴马拍的照片中，埃文斯拿掉并重新摆放了佃农小木屋中的物品，将摇椅摆在自然光里，或是拿掉杂乱的东西，以便从他人的艰苦生活中创造出一种合人心意的朴素。那就像是加德纳移动了叛军狙击手的尸体，以创造出更激荡人心的悲剧场面。这些小屋成了埃文斯的草稿图纸，他将它们修改成具有代表性的场景：一双靴子生动地站在土壤上，一间闲置的厨房框在斜置的木板之内，一条悬挂着的白色浴巾映出几丝油灯玻璃灯泡反射的明亮光线。

诗人威廉·卡洛斯·威廉姆斯——他自己曾经宣称对穷人的困境很是着迷——在一篇关于埃文斯摄影作品的评论《用照相机布道》中称赞了埃文斯的作品：不在于其"绝对的、枯燥的真相"，而在于其如何通过展现出原材料的说服力和绝望而道出了普遍性。"我们看到的是我们自己，脱离了地方观念的我们自己……因为毫无个性特征，而变得有价值的我们自己。"威廉姆斯这样写道，"这位艺术家所创造的适用于所有东西、所有时期、所有地方；它可以加速并阐明、加固并扩充其生活，且将它变得有说服力——让它尖叫起来，就像埃文斯做到的那样。"

"是否会有一些'美好的'事物，它的出现原本并不在计划之内，而是结合了机缘、需要、天真或是无知的创造？"艾吉问。在信中，他一直担心自己赞美贫困的倾向，他自己"那种颠倒的势利……一种对所有很穷的人所固有的、无意识的尊重和谦恭"。有时候，他承认这种势利（"我不能毫无保留地让自己为农村电气化感到激动，因为我太喜欢灯火了"），而有时候，他只是这样表演——注意到一只"纯白的骡子，在这神奇的灯光里，它存在于它们之中就像是一只成为奴隶的独角兽"。艾吉的声音里充满了感情及其带来的强烈回响。他指的是他的独角兽，又不是。他的审美眼光让他恶心，但他无论如何还是公然予以承认，坚称"很重要地，古杰尔家前卧室的隔墙除了别的意义外，还尤其是一首悲伤的诗歌"。

虽然凭直觉会假定，《赞美》的过度抒情唯有在艾吉从《财富》的财务支持和死板审美中解放出来后才得以成为可能，但是这并不属实。事实上，《财富》总的来说是鼓励某种比喻上的放纵的。拥有《财富》的是媒体大亨亨利·卢斯，他创办这本杂志是基于这一信条：教诗人如何写生意经比教生意人如何写作更容易。在那篇未出版的原文中，艾吉将大量篇幅都放在夸张的抒情上，描绘苍蝇"在白脱牛奶中震颤着死去"，以及蔬菜"被煮过了头，失去了绿色，进入了深橄榄色的死亡"。晚餐不只是肥腻，它是"阴森森"的。羽衣甘蓝不仅仅是被炸过了，它们是"殉难"了。

唯有在《赞美》中，我们才看到艾吉明确地质疑他自己的过度抒情。然而，如果《赞美》质疑诗歌的比喻特权，且拒绝叙事小说的审美技巧，它便是在公开地强烈谴责新闻报道的策略。正如古根海姆基金会已经了解到的那样，艾吉对于创造性的、艺术性的和报道性的方法都带着一种"怀疑"。在《赞美》中，他批评了许多种"主义"——资本主义、消费主义、共产主义、乐观主义。然而，他对于新闻报道的批评似乎是最尖锐的，让人觉得似乎是一个被傲慢拒绝的孩子嫌弃他始终缺席的父母。艾吉写道："新闻报道的精髓正是谎言的一种广泛且成功的包装。"在别处，他的批评更针对《财富》杂志：

> 先不说骇人听闻并且极其吓人，我觉得很奇怪的是：人们因为需要、机缘和利益而产生关联，成为一家公司——一家新闻报道机构的一员，去私密地刺探一群手无寸铁、被严重损害的人，一个蒙昧、无助的家庭，为的是向另一群人大肆渲染其赤裸之形、不利之处和耻辱之态……而且这些人可以不必对他们自己写一篇"诚实"报道的资格有一点点怀疑，而是问心无愧地思考这一点。

虽然《赞美》实际所做的跟它所谴责的新闻机构要求的——这种对于"赤裸之形、不利之处和耻辱之态"的"大肆渲染"——并无二致，但它肯定不是"问心无愧"地在策划这番大肆渲染。艾吉正是因为故意昧着良心写作，才将自己和新闻机构区分开来。仿佛他在写作一群地位低下的人时累积下了一堆道德债，然后想要通过供认自己的擅自入侵而偿还这一笔笔债。《赞美》当中"我"强有力的出场或许并不是无法走出自我，或者不愿意给予差异性以文本空间，而是一种刻意的正式选择，目的是避免新闻报道的道德失败。并且，比起这些家庭的困境，艾吉及其可能遭致的道德失败才是他这本书更想要呈现的情节。

那个纪实的"我"很少在不造成破坏的情况下纪实。揭露社会底层状况的经典作品《另一半人是如何生活的》中有一段讲到雅各布·里斯——艾吉的美国贫困文学教父之一——如何中断了面向公民的说教，简短地揭露了自己的笨拙："对于在这些贫民窟里进行的所谓卫生'打扫'意味着什么，可以通过我所遭遇的一次不幸理解其意。我在其中的一间租屋给一群失明的乞丐拍一张打闪光灯的照片，因为不熟练，我让这间屋子着了火。"

里斯的《另一半人是如何生活的》出版于1890年，那是在便携（所谓的"侦探"）相机出现的几年之后。然而，里斯并没有一味地赞叹这种新工具，而是在叙述中承认，有那么一刻，拍照差点毁掉了他们所要捕捉的东西。我们想象笨拙的摄影师在煎锅上点燃闪光材料，摁下了转筒或相机的暗盒，如此热切地想要拯救这些人，却几乎令他们丧命。"我发现挂在墙上的许多纸和破布都着了火，"里斯继续说，"屋里当时有六个人，其中五个是盲人，他们都对身处的危险全然不知。另外，还有我。"里斯的坦白即使在承认其过错时也带着一丝温和的专制主义：他很清楚地交代了自己如何"煞费周章"地"熄灭了火"。是他惹出的事，但他也是唯一可以看见这一切的人——唯一有力量可以予以弥补的人。他说得很明白。他让它尖叫。他让它燃烧。他将它扑灭。

艾吉从来没有烧毁任何房子，然而，他的行文处处透露出一种或许会做出破坏的执念——更具体地说，是他的报道或许会背叛他的报道对象，他们的痛苦正被他编织成抒情诗。他一直能感到自己对他们的侵扰的威力和危害。在埃文斯的一张照片里，壁炉架上有一块牌子，上面写着：**请保持安静，这里欢迎所有人**。而艾吉也确实尽力保持安静了。他如此描绘听到古杰尔一家在黎明破晓醒来：

> 当我最终听到他们在房屋后部的单纯响动时，那哗啦啦的水以及长柄勺的噪音，我正拿着一支铅笔和一本打开的笔记本坐在前门廊。于是，我站起来走向他们。
>
> 让人困惑的是，他们还是很喜欢我，而我，又是如何真切地爱他们；尽管有伤害且带着神秘，他们还是相信我，远远超越了信任这个词的构成。
>
> 我很难再与他们对视。

在此处，艾吉为报道对象的"单纯"和他自己的铅笔带来的威胁而感到愧疚——那打开的笔记本就像是一间告解亭，还有他所呼告的"远远超越了信任这个词的构成"也透露出他担心信任是不适用的，爱亦不适用。无论他感觉跟报道对象有多亲密（"如何真切地"），艾吉都承认了这种亲密关系的阴暗面。很难再与他们对视。

如果说他无法再跟他们对视，艾吉也还想要对他们做一些别的什么。他想要吃他们所吃的，并且睡在他们的床上。他想要拥抱并且逢迎他们。他想要了解他们、理解他们、解释他们、被他们爱并且反过来爱他们，他甚至有时候想要跟他们做爱。有一次，他想象自己跟那个终于消失在漫长的泥路上的年轻新娘艾玛一连几日狂欢：

要是艾玛能在有生之年的最后几天跟乔治以及沃克还有我在床上度过极其美妙的时光就好了。乔治是那种她已经习惯了的男人；而沃克和我则是她带有好奇并深为吸引的男人，与此同时，我们又是可触的、友好的、完全不用害怕的，而且对她来说，还带着几乎所有神话人物的神秘感或魅力。

对于狂欢的幻想本身就已如此惊人，让人很容易忽略了它的时间点——"有生之年的最后几天"。而这一时间点则似乎在暗示，艾吉无法想象艾玛会过上另一种生活，只能想象她在他的生活中扮演另外一种角色。艾吉不仅承认了自己的爱欲，还将这种爱欲投射到艾玛身上，想象着她是如何看待他的，通过在"所有神话人物"前放了一个"几乎"而暴露了一丝丝令人回味的谦逊。

对于艾吉来说，这种狂欢无关严酷的后代繁殖（他将佃农婚姻中的每一次受孕都称为"对于细胞和被鞭打的精子的折磨"）并代表着新闻报道过程中一种完美的亲近：报道的对象和报道者终于结欢了。艾吉幻想着这一结欢可以让因处境而与世隔绝且忍受屈辱的艾玛获得一点自由和快乐。"几乎任何人，无论被侵损、毒害、蒙蔽得有多严重，"艾吉写道，"都可以比他自己允许的，或是他通常知道的更聪明、更快乐。"性代表着终极的接近。它令人满血复活。它在危害面前绽放。然而，性关系的亲密也带来了反面效应：玷污的危险。艾吉发现新闻报道当中"精液"的欺骗性就不是事出偶然了。如果说艾吉将狂欢想象成互惠和亲密，他也害怕新闻报道更像是体外射精，一个观察者以其报道对象为代价而得逞。

当艾吉最终在他报道对象的家中度过一夜时，那完全不是什么狂欢。"我试着想象这张床上可能发生的性交，"艾吉写道，而且（毫不令人讶异的是），"我居然把它想象得相当逼真。"然而，这一性幻想很快就让位给了躯体的现实："我全身的表皮都开始觉得有种刺痛，还有某种东西在爬动。"这是更接近于侵犯的"侮辱"，而他正是那个受侵犯者。

对于艾吉而言，想象和侮辱从来都形影不离。后者显现为困扰前者的愧疚感和幽灵。他知道，在那不可能实现的狂欢之后，那报道对象／报道者之间的分割线依然会将大家分隔开来，而艾吉自己也无法想象那"极其美妙的时光"而不同时考虑一旦它结束之后会发生什么："我们彼此那受制约的、低级的存在会如何疯了似的出现，并加以报复。"无论狂欢能给他们带来什么样的短暂快乐或是亲近感，双方的背景都将重新介入，随之而来的将是背叛。艾吉还是那个记者；艾玛还是那个报道对象。他们无法永远在床上缠绵。

*　　*　　*

雅各布·里斯描绘道，在一场城市规划会议上，当一位建筑工人呼吁设计更人道的公寓时，他自己如何忍住要哭的冲动。"那时候，我想从椅子上跳起来并大叫'阿门'，"里斯写道，"然而，我想到自己是一名记者，便一动不动。"结果，他写下了《另一半人是如何生活的》。那是他试图让这个世界能够值得一声"阿门"的方式——一段指责和规劝，直指整座城市的一次祈祷。

《赞美》是祈祷，但也是训诫。作家威廉·T. 福尔曼说，要读这本书"就要做好被打脸的准备"。艾吉想到的并不是自己——他自己的愧疚，他自己的爱，他的双臂无望地扑向他的报道对象——他想到的是你，在读他的文字，你可以看到什么，看不到什么。他想要往你打开的笔记本上扔一堆粪便，然后让你自己去领悟。无能的窘境——不断地去诉说的诉求，以及永远都说不够的无能——是艾吉最伟大的遗赠之一。它令他的诉说时而噎住时而狂突。

然而，艾吉的遗赠并不只是他对于无能为力那令人赞叹的表达。他的遗赠并不只是对于新闻报道的怀疑论，而是他在为怀疑论寻求一种语言，并且用这种语言重写新闻——用一种自我审视背后的真诚坚持去说。在四百多页的《赞美》当中，我们发现了很多愧疚，但我们也发现了很多调查和探索。《棉花佃户》粗略的草稿让我们记住了这一点。它让我们见证了艾吉最初的创作成果，并让我们将它与在它被无尽的自我厌恶的器官消化后所成就的史诗巨著放在一起细细品读。

在《棉花佃户》中，我们看到了一长串失败中的第一次失败。所有这些失败都充斥着匆忙和愤怒，它们都很美好。在它学会尖叫前，我们听到它第一次雄辩。《棉花佃户》召唤出了一个**你**，并将一份邀请延伸成为一个命令：你可以看看。你必须。看看艾吉在想起自己是一名记者且无法按捺、无法保持沉默时写下了什么。看看当他寻求一声"阿门"，却找到了这些文字时，发生了什么。再仔细看看。你可以感觉到，他正焦躁起来。你可以听到他的愧疚在沙沙作响，就像是可以燎原的星星之火。

最大曝光

1993 年一个温暖的秋日，两个女人在墨西哥下加利福尼亚州一处贫民窟相遇。安妮是个美国摄影师，当时正和她的女友在度假，住在朋友的房车里。玛丽亚在炎炎的正午带着两个年幼的女儿爬山，将午饭送给她的丈夫杰米。他是个泥水匠，正在山坡上挖黏土。当时的玛丽亚怀胎近 8 个月。她的两个女儿刚刚在灌木丛里找到一本被丢弃的速写本。安妮把她的铅笔给了她们。她觉得跟玛丽亚一见如故，那和她照顾两个女儿时的温暖态度以及能量有关，也和周围地形那带着冲突的壮阔有关：她们居住的贫民窟后方，是发光的太平洋。贫困与美对比，彼此无法相互抵消。

安妮此行只带了一台全自动照相机，但她还是问玛丽亚是否可以给她拍几张照。玛丽亚同意了。这或许看似并不重要：问，以及同意。然而，请求和应允之间的拴绳是接下来数十年，这两位女性之间展开的一切关系的核心所在。**我可以就你生命中的这一刻，来进行我的艺术创作吗？**安妮为玛丽亚和女儿们拍了张照。她们站在一起，背后是棕色的长满草的地平线。然后，她又在她家两居的房子门前给她全家拍了一张照，夫妻二人是疲惫的，孩子们则在笑。

安妮并不是第一个要求给玛丽亚拍照的白种女人，然而，她是第一个在拍了照后还回访的。在她们初次见面的几周后，她回到洛杉矶，就在接了零活去为一所学校摄影而堵在途中时，突然明白了一件事。它令她心慌意乱。并不仅仅因为她将错过这项为学校摄影的工作——那是她最初以摄影师身份挣取收入的工作之一——更是因为这个世界似乎在瓦解。广播里在讲波斯尼亚的种族清洗。她在艺术学校里最要好的朋友从科威特摄影归来后，刚刚在一场肇事逃逸事故中被撞死。一切都显得如此脆弱而沉重。就在那堵塞的高架路上，安妮沮丧地捶着方向盘，下定决心不再浪费时间。思绪把她带回在墨西哥见到的那一家人。她向自己保证——就在那一天，在上下班高峰时间的交通拥堵之中——她要持续为他们拍 10 年的照片。

10 年变成了 15 年、20 年、25 年，以至于安妮在接下来的四分之一世纪里去了二十六次。

安妮第一次回到下加州时，玛丽亚惊慌地来给她开门，说她的婴儿病了。她患了腹泻并发着烧。玛丽亚担心她会死去。这个婴儿就是卡梅莉塔，她和安妮在山上初次见面时腹中怀着的孩子。安妮并不明白玛丽亚为何如此惊慌，直到她听说几年前她的另一个婴儿在得了腹泻后死去。

安妮回到这里时的情形每每都是如此——纵身一跃，跳入他们的生活。她最初拜访时拍下的照片打样显示了日常生活的琐碎和美好：独轮车上装满了脏盘子，弹簧床垫被竖起来当篱笆用，两个女孩坐在一堆足有两层楼高的砖瓦上，一个男孩在堆满了螺丝刀的市集小桌后面等待着。她的照片挖掘出了平凡瞬间背后那些酝酿着的烦忧：一位母亲在大笑，不经意露出了她为之感到羞耻的一颗烂牙；一位父亲吹着海风试图点燃香烟，他正在凌晨 4 点砌着砖；也正是这位父亲在用一只杯子和一只塑料桶洗澡，看起来有点羞怯，或是依偎在他那幼小的女儿颈边，心力交瘁地爱着。

玛丽亚和卡梅莉塔，在海滩，
1994 年

　　在早期的一次拜访中，安妮看着孩子们在邻居掐断了他们的非法用电之后，在烛光下做作业。她用自己拍的照片作为交换，哄劝那个邻居把电线接上。还有一次，杰米正在帮助安妮推动她的奥兹莫比尔牌汽车——那辆被他们称为 burro rojo^① 的车——结果警察来了，搜了杰米的身，把他带上他们的车。当安妮表示抗议，说他只是在帮助她时，他们却说很清楚他是谁。拍照是安妮所掌握的唯一的抗议方式，然而她的照片并没能制止警察把他带走。

　　"别拍我们，小娘儿们。"他们在驶过她相机的取景框时，这样用车上的喇叭对着她说。然而，她还是拍了，拍了 25 年。

①　西班牙语，意为红驴子。

113

你可以说安妮是尽责，也可以说她是念念不忘。对玛丽亚一家人在这几十年中的变化念念不忘，也对彻底地凝视这难以名状的人情风物念念不忘。她一直去拜访他们，直到幼童成为小孩，又成为青少年，再成为有了幼儿的家长。她一直去拜访他们：杰米开始喝得越来越多，并开始打玛丽亚；一场大火毁掉了他们的二居房，杰米从喝酒转向了吸海洛因；玛丽亚离开他并搬到了她母亲居住的城市；她找到了一个新的伴侣以及一个新的家、一份在工厂里做凉鞋的新工作。

　　25 年对人来说是够长的了，对于扮演圣徒来说是太长了。它长得足以让孩子们蜕掉他们天真无邪的蛇皮——开始有喝酒的习惯、开始打架、开始怀孕、开始离境。一次又一次，安妮被迫以更复杂的心态去看待她的拍摄对象。比如，在杰米被捕的那一天，安妮跑上山告诉玛丽亚他被带走了，而玛丽亚则告诉她，她就是那个向警察报案的人。在有关卡梅莉塔洗礼的一次争执中，杰米用皮带扣抽了她的脸。

　　安妮的纪实工作是一个亲密无间、纠结难解的过程。她说："我

杰米，洗澡，1995 年

的照片是用心拍出来的。"这番话基于数十年的公路旅程和飞机航程以及工作休假时间；数十年的蝎咬和肚痛和发烧和席地而睡和向小孩子学习投弹弓的策略；数十年为一个经历了两段家暴史的女人提供建议；数十年寻找理想的那一刹那、寻找理想的暮光、寻找母亲看向孩子的那种理想的眼神，以及未能找到理想的刹那之后的再次到访。"而今我回想起来，"她曾经告诉我，"这份工作的时间跨度和精彩程度竟然比我最长的一段恋情还要多几乎一倍。"

安妮·阿佩尔并不出名，但她的作品成了强大纪实传统的一部分。这一传统可以上溯至 W. 尤金·史密斯 1951 年刊登在《生活》杂志的那篇有关一个南卡罗来纳州黑人助产士如何帮助乡村妇女的、影响深远的摄影散文，可以上溯至玛丽·艾伦·马克所拍摄的 20 世纪 80 年代无家可归的西雅图青少年；它延伸到北卡罗来纳的单身母亲巴亚德·伍滕的"民俗考察"——她在 1904 年借了一台相机，通过摄影赚钱抚养两个儿子；它向前延伸到加利西亚摄影师卢阿·里韦拉为布里斯托尔街边"香料"① 瘾君子所拍摄的当代人像照。"我跟他们中的一些人变得很亲近，"里韦拉提起她的拍摄对象时这么说，"但是……那种冲突，它是令人痛苦并且复杂的。"这些摄影师把平凡的人作为拍摄对象，并强调"平凡"的生命很重要；他们对于通过照片讲童话故事——将他们的摄影视为一种救赎，或是将他们的凝视当作客观——没有兴趣；他们与摄影对象建立了深厚的情感关系，并且用那种深厚的情感创造出那些图像。里韦拉曾经这样讲述她拍的无家可归者："在我们所存在的这个体系里，只有他们在**那里**，我们才能在**这里**。"而她的照片则在瞬间瓦解了那个距离——并不是假装距离被缩短了，而是坚持要端详这距离。

从多个角度来说，安妮充满骄傲地以一个局外艺术家的身份现

---

① 原文为 spice，由不同香料、药草混合以化学物质而制成的合成大麻类毒品，有强烈的致幻性。

身。她的作品一直在圣佩德罗的各家小型画廊展出。她住在这个洛杉矶港口城市，她的公寓就在一间临街的舞蹈工作坊后面，她的太太在那家工作坊教探戈。10 年来，安妮一直担任一家相片冲洗店的总管，为的是给她的个人摄影项目提供资金：走遍全国为占领华尔街运动的抗议者拍摄肖像照；到好莱坞的一间修道院里拍摄一位与世隔绝的修女；在洛杉矶市中心的普辛广场的草坪上设置一间移动摄影室——任何人都可以坐下来拍肖像照，包括无家可归的人——并说服想要赶走她的警察让她留下来，然后在 23 年之后又再来一遍。然而，将近 30 年以来，她艺术创作生活的基石一直是这个墨西哥项目。每当安妮打电话给她的母亲，说她要再次走访墨西哥时，她的母亲总是温和地用不同的措词问着同一个问题："又要去了吗？你还没拍够那家人吗？"然后总是加上一句母亲们常有的担忧，"有人付你钱吗？"

安妮的摄影事业一直没能得到实质的机构资助，这反过来更突出了她的个人投资。25 年来，在没有正式的官方认可的情况下，她不仅仅为这个墨西哥项目倾注了大量心血，还一直在为这个项目寻找资金——为她的事业做出一次又一次的斗争。

史密森学会于 2015 年收购了她一系列的占领华尔街的人像作品，并将之纳为永久藏品，这是极为有力的肯定。安妮亲自坐飞机将这些照片送到了华盛顿，为的是永远铭记那种带着她的作品集走进博物馆的感觉，以及离开时那种晕眩、轻飘飘的感觉。对她来说，这意义非凡，世界终于说了一声：你的作品是有意义的。

她的作品的确有意义。因为从她的照片中可以看到人类生活的混乱和复杂，因为它们将亲密展现成一堆堆肥，下面有层层的恐惧和疏离和渴望在闷燃，因为她的照片让人想起生活既单调乏味又有令人惊讶之处，辛苦乏味的同时，也有突如其来的奇迹。

在一张拍摄于 2003 年的照片中，玛丽亚的母亲唐娜卢佩正坐着，身边是三个外孙、外孙女。照片包含的内容太多了：照顾三个孩子的压力，以及推动她照顾孩子们的那份爱。唐娜卢佩坐在一张凳子上，

唐娜卢佩照顾第三代，2003 年

拉着她最小的外孙女的手腕，身后的厨房柜台上是一堆碗盘。阳光的照射凸显出了孩子们的五官特征，显示出他们平凡的圣洁。唐娜卢佩的外孙乔艾穿着条纹 T 恤衫以及宽松牛仔裤，看起来高瘦笨拙而心怀希冀，双手捧着一只鸽子，在他的手指之间可以看到它的羽翼。仿佛那是给照相机后面的人的一份礼物，这个宝贵的生命在他的手里扭来扭去，随时可能会飞走。他的脸部表情写满了脆弱的希望和迟疑的不确定性。他刚刚泰然自若地步入青春，还不会因为觉得世界很奇妙而不好意思。

　　然而，令这张照片特别的，恰恰是其不奇妙之处。对于这张照片更套路化的剪辑或许应该更加突出乔艾和那只鸟——让这张图像更为抒情，更具有代表性，更有象征意义，这个男孩以及这一希望和逃跑的象征。然而，安妮的构图却达到了另一种效果。她的构图中不仅有乔艾和那只鸟，还有他的外祖母和年幼的表弟表妹，以及身后乱糟糟的厨房：前景中模糊的一包垃圾、后方的一把扫帚将我们的眼神牵引到一个个角落；所有这些视觉元素都令我们的双眼无处安放。如果沃克·埃文斯没有重新摆放他所访问的佃农家中的一切——只为了让人感觉其一穷二白的限制，都是干净的线条，都很简单——那么恐怕会和这很相像。安妮拒绝这么做。她坚持让日常生活的杂乱和精神的涌动一起进入她的画面。她强调它们是彼此的一部分。

就像摄影师瑞安·斯宾塞向我指出的那样，安妮的许多照片都在构图上有些与众不同，这令它们带来更多视觉上的惊喜，在中心位置又非中心位置之间受折磨。那是安妮对于捕捉中间状态的兴趣的一种视觉表达。这种恼人的特性让人想起法式审美观"美丽的丑陋"：某样东西正是因为其不完美才美丽，而不是尽管有不完美仍美丽。在玛丽亚的女儿安杰莉卡和她四个孩子的一张照片中，不是说尽管安杰莉卡最年幼的宝宝在哭，而是**因为**他在哭，其构图才充满了人性。画面因为这一干扰而充满张力。

安杰莉卡和她的四个孩子，
2007 年

安妮作品中的这些元素——她不合常规的构图和她的乐于呈现视觉混乱——是她投入于描绘生活一切复杂之处的正式表现，正如这一项目的时间跨度，是她投入于让拍摄对象的人性复杂之处在数十年间展开的正式表现一样。一旦为纪实着迷，你似乎就停不下来。没有任何结尾让你觉得是真诚或是合乎情理的。从人们的生活中创造艺术含义为何？如何区分利用和见证，见证又怎样才算完整？它能完整吗？那是博尔赫斯假想的地图问题：一张地图要想展示这个世界的所有细节，就需要像世界本身一样大。它将是没有边际的。它将永远无法完成。也就是说：一个家庭在不断给予；你在不断见证。一个女人在不断衰老。她的孩子们在不断成长。她的孩子们有了他们自己的孩子。你在不断见证。你见证的那个女人对你生气。你在不断见证。她的生活似乎在崩溃。你在不断见证。它无尽无休。那就是问题所在，也是意义所在。

安妮在 20 世纪六七十年代的埃尔帕索长大，那里与墨西哥的华雷斯城隔着边界线相望。就像她描述的那样，"出生和成长在被一条河流分隔的双城"。从她儿时位于雷鸟道的家——就在市中心西边的山上，城市最富裕的区之一——看出去，墨西哥就是一条遥远的地平线。她家中的住家保姆娜娜每周都会过境跟她的家人一起度周末。每当娜娜在回埃尔帕索的路上被扣押，就会一去数日不返。如果她在房门外时恰巧有绿色的移民警车驶过雷鸟道，她就会躲回房子里来。

边境线一直都在那儿，而安妮也一直都清楚自己在它的这一边——她的生活建造在特权的负疚感之上，那种被她称为"我与生俱来的、出生在埃尔帕索一个富裕家庭的歉意"的羞愧。每当安妮的亲戚从东海岸来访，他们都会过境去买刺绣裙子和廉价烈酒。安妮和她的弟弟过境买了一包东西，结果那竟然是紫云英——外国佬会上当购买的东西之一。14 岁的安妮曾经像假小子那样骑着马，和一群年长些的朋友一起过境，他们想在酒吧里喝龙舌兰酒直到醉去。在那里，只要你够高，够得到酒吧柜台，就能喝上酒。当时，她并不知道女孩们正在从华雷斯城消失。安妮的一位老师解释说，埃尔帕索的交通事故死亡率是全国最高的，因为总是有移民在高速公路上奔跑。在驾驶课上，安妮被告知要小心他们。她一到 16 岁就开始在周五开车送左邻右里的女佣去巴士站，送她们跨境回家过周末。

小时候，每当随她的家人开车驶上州际公路，安妮就会眯着眼看河对面的华雷斯城，希望能在纸板屋顶的棚屋群之间看到一个真实存在的人。然而，它太遥远了。比例不对。"在晚上，没有电，河那一边的黑暗如此彻底，"她这样回忆道，"仿佛我是在盯着开阔的海洋那空荡荡的地平线。"然而，地平线并不是空荡荡的，安妮还是个孩子的时候就知道，如今她用二十六次旅程和 23 000 张照片驳斥那种错觉。她一直在强行曝光这一点。

在墨西哥项目中，安妮从头到尾都在使用三台同样的相机：都是尼康，都是全手动的；一架是装彩色胶片的，另外两架是装黑白胶片的。她从来不用变焦镜头和摄远镜头。为了拍特写，她必须走近拍摄对象。她从来不用闪光灯，只借助周围自然光。她从来不在摄影工作室里剪辑照片，也就是说，她逼自己相信拍照那一刻的所用构图。

安妮的规则就像是一首诗当中的正规限制，为她创造性的冲动提供生成的界线。然而，这些规则也让人想起仪式的程序。对于斯宾塞来说，摄影师是"艺术世界里站在土丘上的投手"，因为他们对过程的迷信令他想起棒球手戴着没有洗过的帽子或是亲吻他们的金十字架，咀嚼特定品牌的烟草或是用脚趾在泥地上画幸运数字。

安妮的正规限制在她的构图中创造了即时性的质感，但如果没有她过程中既有的情感投入，这些限制是不可能存在的——她深深沉浸在拍摄对象的生命之中，长期努力去培养这些关系。安妮听说"参与观察者"这个短语时，自己已经当了多年参与观察者。她无法预先设计她的照片；她只是在对的时间出现，意即在所有其他时间也都在那里。每一张佳作都并不仅仅跟某种光线或是角度或是构图有关，也跟所有在此之前她所度过的岁月有关，那些岁月让安妮和她的拍摄对象来到这一刻。

她的照片展示了什么？一个男孩手握一只鸽子。一个女孩拉着她外祖母的手。一群手上沾满血的孩子在玩抓人游戏，在此之前他们将手伸进独轮车上依旧流着鲜血的公牛颅骨，它的舌头耷拉了出来。她的照片展现了卡梅莉塔是一个婴儿的时候，一个闷闷不乐的女学生的时候，以及少女时期的她第一次上班的时候——搭起一个市场摊位，橙色的柏油帆布像人体内部器官布满血管的表皮一样过滤着阳光。安妮的照片并不会令他们被周遭环境孤立，但也不会把他们仅仅看作周遭环境的总和。她并没有利用他们来阐述简单的道德说教论点，有关不平等或是愧疚。她让他们的脸以许多不同的方式占据她的取景框：有时候，他们的脸被拍得如此大，某些样貌特征令脸部其他部位变得完全模糊；有时候，他们的脸在昏暗的灯光中变得模糊；有时候，照片只拍了他们的脸的一部分。

在其中一张照片里，玛丽亚的儿子卡洛斯坐在墨西哥的一辆公交

卡洛斯，公交车上，2007 年

车上，双眼直直地看着照相机——他的凝视既令人解除戒备心，又很锐利。他的脸如此清晰，而公交车上的其他乘客都很模糊。这样的构图抓住了安妮整个项目的本质：它突出了她仿佛是在陌生情况下观察其拍摄对象的方式，就像那是一次普通的公交车之旅，而这样做的目的在于，渲染放大他们的某种人性光辉——在这张照片里，卡洛斯的凝视变得惊人地清晰。

*　　*　　*

在 1995 年项目初期拍的一张照片中，安妮跟玛丽亚和杰米一起坐在他们的厨房餐桌边。杰米在吃饭，他的手悬在那些豆子的上方。前景当中有一堆墨西哥玉米薄饼，后面有一瓶几乎被喝完了的可乐，一幅耶稣的画像，画中的耶稣凝视着众生。杰米身后的墙上有八个洞，那是他醉后暴怒时用拳头打穿的。安妮看起来很疲惫，有一点睡眼惺忪，但并不紧张或不舒服。她并没在演戏，刻意表现挚爱或是亲密。她的两架相机都摆在她身边的桌上。

和玛丽亚以及杰米在一起的自摄像，1995 年

这张厨房餐桌照最打动我的地方在于这三个人都没有互视。他们都没把彼此放在视线中，表现出他们之间的熟悉和损耗。安妮的照片想要展示这些毫无掩饰的瞬间，展示人们对彼此视而不见——他们如何因为疲惫到无法相互沟通、警惕到无法完全相信他人、消耗殆尽到无法展现自己，而无法彼此对视。她的照片拒绝讲述过度简化的、有关沟通的故事，此类故事省略了人们之间这些诡秘的、持续存在的、作为重要构成部分的缺口。相反，它们呈现出了这个世界的真实面貌——在这个世界里，这些破裂不仅是亲密的一部分，还是拥抱的一部分。

这张厨房餐桌照当然也是摄影师本人的一张相片——她的照相机摆在桌子上。在另一张照片里，安妮的影子与一堆砖头相叠，让人觉得像是一次告白：我在那儿。她是它的一部分。她的照片忠实地展现了主观性的混乱局面，关心和照料的纠结，生气然后又归来的纠结。在一张 2000 年摄于唐娜卢佩家的照片里，安妮蹲在卡洛斯面前，双手举起相机，卡洛斯在笑，而全家人都在看着他们。她在构图的正中间，然而，她是照片里所有人当中唯一一个看不到脸的人——仿佛她

唐娜卢佩家，和全家人在一起的自摄像，2000 年

在坦白，想要抹除自己，以及她明白这无法全然实现。

安妮把她在墨西哥的这些旅程写进了好几本日记当中，这些日记加起来有超过一千页的内容。它们描述了她和最幼小的婴儿薇薇安娜一起在沙发上午睡，薇薇安娜躺在她的胸口，安妮可以感受到她幼小的心脏跳得比自己的快一倍；和卡洛斯一起在河边度过酷热的下午，安妮看着他用橙味芬达的空罐子抓住一条 2 英尺的鱼，由着他往她的额头上扔绿海藻，又把绿海藻往他两块肩胛骨之间的位置涂抹来进行报复。这些日记提醒我们，这个纪实者是、也一直是一个女人，会在窗台上晾干袜子并且被"上夜班"的蚊子生吞活剥，一个会生气也会疲惫的女人，她渴求交流，却在无尽无休的交流后筋疲力尽，独自一人喝冰啤酒，为加州的爱人的背叛以及得州的父亲的逝世而心碎——她一路携带着这些忧伤。它们像潮气一样令这些日记本变软了。

安妮一直都明白，来到下加州、圣马丁或蒂华纳，在玛丽亚和孩子们面对的一切现实之中，跟玛丽亚抱怨自己"坏脾气的老板"，那是多么荒唐的事。她在日记里承认，有时候镜头何其像是在他们的人生和她自己的愧疚感之间起到了必要的缓冲作用："出于某种原因没有电，今晚在唐娜卢佩家，我理论上是可以不用拍照了，无法忍受在她家待着却没有工作来让我分心，好让我不用对他们的生活如何艰难想得太多。"看着孩子们在烛火下做作业，并不总是那么浪漫的事。

成为他人生活的一部分从来都是不够的，但那似乎开始变得有必要。在玛丽亚最年幼的弟弟吉耶尔莫和家人一起过境后，安妮一直通过拍照记录他们在美国的新生活。而当吉耶尔莫面对驱逐令时，安妮以他的名义写了一封信，并帮助他的妻子格洛丽娅在另一座小镇租房子。安妮在拍下格洛丽娅工作的照片——在一片葡萄园里采葡萄，围巾包着的脸几乎被葡萄藤掩盖——之后，特地在葡萄园高档品酒室的地板上留下了一串沾满烂泥的脚印。她想要给这间遗忘了在外头摘葡萄的手，或者从来不会在乎那一切的房间抹点黑。它从来不关心那个怀着孕穿越荒漠的女人，她抚养着患有慢性肺部疾病的年幼女儿，且每天都因为丈夫可能会被驱逐而提心吊胆。安妮明白她自己沾满烂泥的脚印是一种坚持，就像她的照片是一种坚持一样：这个女人存在，她的人生是有意义的。

不难看出，想要有效地开展一项纪实项目，抽离是必要的：作者、摄影师或电影制作人为了给她的拍摄对象提供空间，应该从镜头中走出来。在其墨西哥项目的早期阶段，安妮幻想过这样一种不可见性："放弃百分之一百的自我，为的是成为一张白纸，在那上面我可以记录我所面对的情境的真实颜色。"然而，对于我而言，安妮的成功之处正在于她未能从中抽离。她坐在厨房餐桌边。她的影子投射在砖堆上。她的照片里充斥着她个人的全部情感：对于杰米的好奇心的赞赏，对于他酒后施暴的愤怒。她的存在并不是累赘的行李，而是作品的一部分。"自我"和"他人"并不是在玩一场归零游戏。安妮未能完全让自己置身事外并不妨碍她所记录的，还拓宽了她的记录范围：并不仅仅是她的拍摄对象，还有拍摄他们时的复杂情感。她坦陈了自己留下的印记。她承认了艺术手法的玷污。

* * *

摄影的语言让人联想到侵犯和偷窃：你照了 ① 一张相。你拍下 ② 一张照片。你捕捉了一个画面或一个瞬间。仿佛生活——或者世界，或者其他人，或者时间本身——不得不被强行掠夺或窃取。

如果你拍了一张照片，你要何以回赠呢？在最初的那几年里，安妮知道她正职的月薪就能支付玛丽亚的孩子们一年的课本费用，甚至是好几个月的房租。她竭尽所能给了他们帮助：现金、美术用品、背

---

① 英语原文为 shoot，有射击、射杀的意思。
② 英语原文为 take，有拿走、取走的意思。

包、新鞋子、香蕉、豆子。她的预算表列出了每次拜访这家人时花的比索：带玛丽亚的几个儿子去水上乐园玩、买山药豆和牙膏、买芒果和墨西哥玉米饼、给唐娜卢佩买一只鸟笼、买催眠术表演的票以及看表演时吃的爆米花。她每次归来都会给家里的每个人带他们的照片，物归原主。

玛丽亚需要钱去把她蛀了的门牙拔掉，它让她难为情得不敢笑了。她向安妮要钱。安妮说，玛丽亚如果愿意在镜头前展露笑容，她就给她整牙的钱。这是个玩笑，里面包含着比玩笑更复杂的内容——承认了她们之间交易关系的存在，而它框限了她们日益加深的亲密关系。

当安妮最终给玛丽亚钱以后，她并没有花在牙齿上。5年后，玛丽亚再次向安妮开了口，也再次拿到了钱，也还是没有花在牙齿上。安妮两次都觉得被骗了，两次都因为有这样的感觉而指责自己。

玛丽亚把钱用在哪儿了？孩子们的衣服。玉米饼。丙烷气。

杰米继酗龙舌兰酒后，又吸上了海洛因，而他对玛丽亚的虐待也变得令人无法忍受。玛丽亚向安妮讨钱，想要离开他。数年后，安妮如此回忆她们之间的对话：

> 玛丽亚在最终决定逃离杰米对她和孩子们的家暴后，打电话向我求救。100美元可以买六张大巴车票，坐36小时的大巴可以回老家。这样做对吗？如果我不伸出援手呢？对于他们来说，是全然不同的生活。我这10年来一直在想自己做得对不对。从那时候拍下的照片里，我几乎总能看到杰米手里拿着一只酒瓶。我忘记了某些部分，比如那次他在我面前打她时的那种恐惧感。

安妮跟玛丽亚及她的家人熟络之后，即使什么都不做也像是做了什么。当玛丽亚最大的几个女儿控诉她的第二任伴侣安德烈斯向她们表达性企图遭拒后殴打她们时，安妮想要给玛丽亚相当于一个月租金的钱，让她找一个自己的地方。"找到一个住处，跟玛丽亚现在的房子差不多大，每个月租金是 30 美元。"安妮在日记中这样写道，"如果她想离开这个有虐待行为的男人，我可以先把租金的钱给她……我应该做什么？我不该做什么？"她最终并没有主动给她租新住处的钱，但还是告诉安德烈斯，她知道他的虐待行为，并愿意保护玛丽亚："我站在离他 1 英尺的位置，我俩面对面，我轻声说：'我应当用我的新皮带抽你么？我用哪一头呢？——有金属扣的那头，还是平滑的那头？安德烈斯，演示给我看一下，要怎么做。'"

在一篇日记中，安妮命令自己"要永远应承他们"，但是她也在日记中供认了自己没有应承他们的几次：她没有为唐娜卢佩付丙烷气罐的钱的那一次，她没有把自己最爱的绿毛衣送给玛丽亚的那一次，她需要自己一个人待着的那些时间。她从未给这个家庭的任何成员她的地址，因为她知道，他们会过境，然后在她家门口出现，到时候她将无法拒之门外。

1983 年，当摄影师玛丽·艾伦·马克和她的丈夫马丁·贝尔拍摄一部聚焦于 13 岁西雅图妓女泰妮的纪录片《街头浪子》时，他们一直在为该给她多少帮助而纠结万分。记录痛苦而不试着减轻它似乎让人觉得有些不近人情，然而一个纪实项目一旦背负了救助的职责，就会变得不可持续。另外，就一些报道对象的情况来说，救助是个无底洞。马克和贝尔从来没给他们拍摄的孩子钱，但他们给了食物、外套和鞋子。他们完成拍摄准备回纽约时，主动提出带泰妮一起走，正如贝尔所说，"基本上就是领养她"。唯一的条件是，她要去上学。她不愿意去上学，因此就没跟他们走。数十年间，他们一直跟她保持着联系，而在 19 年后，她告诉他们："我经常会想这件事。我没跟你们走。"

1993 年，南非摄影记者凯文·卡特在苏丹拍摄叛乱分子时，拍了一张日后非常出名的照片：一个骨瘦如柴的学步儿童在泥地上爬向一个喂养站，他的身后一只秃鹫虎视眈眈。卡特小心翼翼地蹲了下来，不想惊扰那只鸟，这样他就能最好地捕捉这个画面，然后又等了20分钟，等那只鸟飞走；它一直不走，他便把它赶走，好让男童继续往前爬。卡特并没给那个男童带来食物。他没有把他带到喂养站。他只是坐在一棵树下，抽着烟，哭了。"之后，他便抑郁了，"一个朋友这样说，"他一直说他想要拥抱他的女儿。"14个月后，他凭借这张照片赢得了普利策奖。"我发誓我得到了全世界最多的掌声。"他在颁奖礼后写信给父母时这样说，却在2个月后自杀身亡，年仅33岁。在他的遗书中，他写道："人生的痛苦远远超越了欢愉，以至于欢愉不再存在。"

在安妮的日记中，她审问着所有她想要相信其存在的虚幻自我。"我应该讲什么真话呢？"她想，"把我自己描画成救助者？"数十年来，她一直抗拒着成为救助者的欲望。在一篇日记中，她将自己描绘成一个"赤裸的、脆弱的、自我主义的、自私自利的艺术家，却假扮成一个充满善心的'做好事的人'，我甚至令自己都相信了这个有效的面具"。几年后，她终于告诉自己，"扮演因果报应的警察并不是我的职责"。

我在5年前第一次接触到安妮的作品。当时，她发了一封电子邮件给我，说她感到在她的摄影和我的文字之间有一种投契，特别是我写的一篇关于詹姆斯·艾吉以及他那本有关亚拉巴马佃农的洋洋洒洒、没完没了、充满愧疚的书的文章。当安妮讲到她纪实项目的时间跨度时，我自愧不如。那时，她已经拜访了那家人二十多次。这令我羞愧：我所书写的对象不过是我认识了一年，甚至是一个月的一些人。在安妮持续的关注面前，那显得多么微乎其微。揭露和归来之间的道德分歧如此之大；我似乎备受谴责。这是尊重，我想：观察并继续观察，不在找到你想要的东西后就终止。尊重意味着看着你的观察对象变老，看着他们变得更为复杂，看着他们颠覆你对他们的描述。

它意味着有足够的耐力和谦逊，说：我还没完成。我看到的还不够多。在一篇日记中，在安妮开始这个项目 9 年之后，她写道："我什么也不懂。"

从一开始，安妮的墨西哥项目就让我觉得和《现在，让我们赞美伟大的人》非常神似，不仅仅因为两者都是由白人特权阶级艺术家记录贫困家庭的生活，还因为两者的实现都源自艺术家自己持续的不完整感。在坚持不懈这一点上，安妮打败了艾吉。他进行了持续数月的报道，她则数十年来不断地归来。然而，他们俩都被一种怀疑纠缠：他们无论如何描写或拍摄，都无法彻底展现他们的对象。安妮承认自己什么也不懂，这让人联想起艾吉担心自己的努力都是徒劳的，至少他希望在他的项目里就此予以承认；而且，艾吉担心他的语言是不够的，想要以碎盘子和粪便代替句子和段落。

在跟安妮通信的过程中，我常常感受到她对联系和交流的强烈渴望。我每给她发一封信，就能收到三封回信；每回一封信，还能再收到三封。（在我向她提及此事后，我收到她一封邮件，标题是："我的第三封回信"。）她的饥渴对我而言并不陌生，而且是非常直观的：我就是以同样的饥渴每晚都跟高中的女朋友们煲几个小时的电话粥——纵使我们已经厮混了一整天；那种我们已融为一体的兴奋，我们已经抵达了一种不可超越的、无话不说的饱和状态。

我和安妮第一次见面，是在一家酒店大堂喝咖啡。我到的时候发现她带来了两只巨大的行李箱，已经开始把行李箱里的东西摆出来，放在了好几张咖啡桌上。那是她自己的摄影作品，以及启发了她的一些书籍。她已经准备好了一个灯架，好为我拍摄肖像照。那太过了。占用了很多地方。我爱死了。她是一个灵活、行动敏捷的女人，一头土黄色的齐耳短发。她充满动力和渴求。

安妮在给我的一封信中写道，她怀念自己"内心的一种界限感，那是我从小就想搞明白的一样东西"。后来，我开始怀疑那些令这些界限在她内心屹立不倒的力量——她无法满足的好奇心、她超强的渗透性、她对于更完整的交流的渴望——也正是将她一次又一次带回墨西哥的动力。她曾经告诉我，她对那个反复油漆长滩桥的建筑队感到很好奇。她可以从工作室的窗户里看到他们。他们会花一年的时间重新油漆桥的一面，然后再花一年油漆另一面，就这样无限循环下去。"过了这么些年，我才发现自己很早就开始对'过程'这个概念产生一种痴迷，"她告诉我，一边回想着她对那些油漆匠和他们无休无止的工作的迷恋，"那时候，我全然不知有一天自己也会以这样的方式工作。"

我最终写了一篇有关安妮作品的短文，并配合一系列她在墨西哥拍摄的作品登了杂志上，但这篇文章令安妮不安。我在想，写有关她的东西，而不是写东西给她，这两者之间的临界距离是否似乎在我们之间筑起了一道分界线。她说这篇文章让她觉得被背叛和暴露了，而且她将那种反应和一种离弃联系在一起，仿佛我去掉自己太多主观感受就等于弃她而去了。"莱斯莉，这篇文章里的你在哪里？"她写道，"那甚至听起来不像是你的声音。"她在几个月后道了歉，说道："是我自己无法承受你凝视的力度，以及那赤裸的真相。"

我当作家的大部分时间都追随诗人 C. D. 赖特的建议，试图"以人们想要被看见的样子，从他们更大的自我出发"看待别人。然而，那是一个不可能实现的梦想。以他人为素材创作艺术永远意味着以你的眼光看待别人，而不是像镜子一样反射他们想要你看到的样子。然而，我还是想要为安妮辩护。虽然别人或许会驳斥她的痴迷，将那说成是病态或者过分，但我想要保护她对于人际关系的无尽追求，和她令自己变得易于被侵入、力图完整地进行沟通、说出**所有**、记录所有、捕捉所有细微差别和所有复杂性的强烈冲动。我曾一度开始怀疑我之所以对安妮的痴迷如此痴迷，部分是因为我自己有一种救星情结——我试图为一个局外的艺术家辩护，她的方法和她的影响几乎是顽固地不时髦的，明晃晃地滥情、伤感，她不会为热切而道歉。有时候，艺术家和表现对象之间的关系会变得复杂且令人难以消受。艾吉明白这一点，安妮也是，我亦如此。

安妮继续开展项目的强烈欲望和我在自己作品当中的幻想如出一辙：不对报道对象的回忆设任何界限，让他们无穷无尽，让他们一直向前，直至永远。对于个人的再现总是会使他们失色，而声称一个项目"做完了"则意味着和这种失色进行令人不自在的妥协。然而，我还是会抱怨那种损失。我依然想不断地说：还有更多，还有更多，还有更多。那也就是我的文章经常超出目标字数一万字的原因。

这又回到了博尔赫斯的问题：为了对得起这个世界，这张地图必须将世界完整地再现出来。然而，表现得更多是否就让它更真切呢？斯宾塞观察道，如果摄影的平均曝光速度是 1/6 秒，那么安妮累计拍摄其对象的人生仅 6 分钟而已。然而，安妮的作品的力量并不在于完整的注视所达成的东西。它在于对完整的渴望。她的作品最大的成功

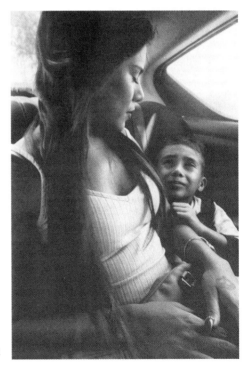

卡梅莉塔和迭戈，2017 年

并不在于它是对一个家庭的全面记录，而在于它是对她想要了解他们的那种渴望的记录——更宽泛地说，那是一份证明，证明人有见证其他人的欲望。

她的痴迷有某种感染力。那肯定影响了我——她认为没有任何可谓完整的或是**足够的**记录。如果安妮对玛丽亚和她的家人有这种感觉，那么我对她也有这种感觉。她的欲望开始显得狂热，她对于人际关系的渴望几乎是惠特曼式的：一种带有生成力量的超能量。而我则确信，满足她的渴望，只会带走她艺术创造的原动力。

*　　*　　*

每次收到安妮的信，她都会告诉我墨西哥项目变得更庞大了：又出访了一次，又拍了一组照片，在她不断变厚的本子里又写了一系列日记。近年来，她很多时候都会去看望玛丽亚的弟弟吉耶尔莫以及他住在美国不同城市的家人，而每次拜访他们，她都会立即融入他们的生活：跟吉耶尔莫一起去教堂祈祷他不会被驱逐出境，帮助格洛丽娅解决税务赔偿问题，听他们的女儿讲她的"小叮当"奇妙仙子 ① 玩偶的故事，听他们的儿子讲述他如何因为深受妹妹肺部疾病的困扰，而想去上医学院。虽然安妮刚开始时不准备给吉耶尔莫她的家庭地址，但她最终不仅给了地址，还邀请他到圣佩德罗去看望她。

当我打电话给吉耶尔莫，向他本人询问他和安妮之间的关系时，他正在工作。他刚刚买了一辆厢式货车，准备就此开一家移动汽车修理铺。我打电话给他时，他正要到废旧汽车场找一架引擎。他还记得20世纪90年代初第一次见到安妮的情形。他回家时发现门口有个陌生人在拍照，丈二和尚摸不着头脑。他见过的美国人并不多。他对她讲的第一句话是："有朝一日，我要去你的国家看看。"

---

① "小叮当"奇妙仙子，《小飞侠彼得·潘》中的人物，是一位情感多变的美丽小仙子。

如今吉耶尔莫在美国，即使是特朗普执政，他也坚持认为这对于孩子们来说是更好的生活。"我们有点害怕，"他告诉我，接着我听到格洛丽娅在后头说了什么，然后他又纠正自己说，"我们很多害怕。[1]"他说，每当他离开这栋房子，格洛丽娅就会划十字保佑他平安，他则会对她说："如果我回不来，你知道发生了什么事。"

当我问吉耶尔莫这些年来他和安妮的关系有何改变时，他停顿许久，以至于我都怀疑电话线是否断了。不过，他最后说："我觉得……太多了。"我便意识到他难以描述这样一段包罗万有的关系。安妮拍摄了他的全部人生。"当我不记得我人生中的什么事时，"他告诉我，"我会问安妮，因为她或许拍了照。"

他解释说，在她拜访时，她会不停地拍照。"我们吃饭时，她会拍我们吃饭的照片。我们劳作时，她会拍我们劳作的照片。一直。所有的瞬间。"他可以在她的照片里看到孩子们还是婴儿时的样子，或他自己还是个孩子时在圣马丁过着贫困生活的样子。当他还只是个少年时，安妮给了他所需要的钱，让他得以搬离家乡。她一直愿意聆听他的心声。她一直告诉他，他可以实现梦想。在我们的对话过程中，我一直在等他声音中不那么愉快的音调出现，想要看看他是否有时候会觉得安妮的关注侵犯了他，或是背叛了他。然而，我一直没有听到那种音调。那不过是我在想象如何对自己讲故事时魔由心生出来的紧张关系。

当我问吉耶尔莫，有什么关于安妮以及她和他的家人的关系是他想告诉别人的，他说："她是一个好人。"然后又说："她是我的姐姐。"不是像，而是是。而且对他的孩子来说，她是 Tía Anita[2]。Tía Anita。他说了不止一次，而是好几次。他希望我能懂。

安妮将她的作品称为一种爱，并将爱视为一种全神贯注的关注。

---

① 原文为 We are a lot afraid。说明此人英语不佳。

② 西班牙语，意为安妮塔阿姨。

在我所学习以及教授过的学术课程中，镇静剂是氪星石，而情感不过是其自身的脚注，用**爱**这个字眼而不加任何警告性的引号，是相当冒险的事。然而，那也是我一直跟安妮保持联系的原因：她说话不带任何引号。她毫不掩饰作品中反映的她的内心。那是另一种侵犯。

如果安妮的作品是出于爱，那么这种爱并不会令她的注视钝化或扭曲。她的爱令她看得更清楚。她的作品令我相信，一种长久的情感投资——即使令人陷于困境并犯下错误，**因为**它令人陷于困境并犯下错误——可以帮助你更敏锐地观察。它可以让你的眼光更敏锐地捕捉到平常的瞬间背后涌动的情绪波涛：用一个特定的视角看一个女人洗衣服，一个父亲俯视着他哭泣的女儿时的那种困惑，一个男人站在他的新家门口时的姿势——咧嘴笑着，拉着他的儿子，准备带他跨过门槛。

我在看安妮去下加州拍的早期照片的打样时，看到了她当时所看到的一些事物：一个母亲带着她的婴儿，一个父亲拿着他的百科全书、龙舌兰酒瓶和他高高堆砌起来的砖头。然而，我也看到了所有当时尚未发生的一切那长长的阴影：经年累月的全日制工作和被拒绝的资助申请，还有无疾而终的恋爱；与母亲的争执以及意外的怀孕；上瘾、火灾和乘着大巴去过新的生活。我看到一个项目当时依然隐秘的视野，那会令安妮一直感到谦卑，并比刚开始时更加专心致志。9年之后：我什么也不懂。在那些早期的底片中，我看到了早餐玉米片、香烟、顽固的风和突然的大笑。我看到了为这些照片所见证和尚未见证的一切，而这种看不见正是爱的另一种定义：在刚开始，当你还无法彻底想象一个故事会如何展开时，就一头扎进去。

III

念想

Dwelling

彩排

　　婚礼是圣洁和酒，裙子下面的汗，嘴里的糖衣。下午，阳光照射下飘着咸味的捕鲸人教堂让位给了谷仓里那波澜壮阔的酒醉。整个岛突然成了**你的**，你的以及所有人的。你感到了葡萄酒带给你的振奋，你感到了葡萄酒带给所有人的振奋，你们都达成了共识——并不是去相信爱，而是想要相信爱。这一点，你可以做到。你跟一个陌生人跳舞，并且这样想：我们在这一点上是一致的，这种想要相信。相信什么来着？两个人可以真的令彼此快乐的可能性，并不仅仅是在今天，而是在他们现在还看不到的一万天。

　　婚礼就是麻烦。麻烦就是把你并没有的钱花在祝贺比你有钱的人上头。麻烦就是发现自己订了一张从波士顿到塔尔萨的往返机票，然后想，这是怎么发生的？麻烦就是深夜开车去到俄克拉何马的一个会议中心。麻烦就是堵在布鲁克林大桥上，一边还要听你朋友的男朋友谈他拿下飞机驾驶执照的事。麻烦是凌晨 2 点搭乘 PATH 火车 ① 去霍

① PATH，即 Port Authority Trans-Hudson，纽新航港局跨哈得孙河的火车。

137

博肯，与一群醉得无与伦比的"过桥过隧道"的人①摩肩接踵，一边想："过桥过隧道"真是一个充满贬义的说法，以及，这些人真是醉啊！婚礼是坐飞机、火车、巴士、渡轮，然后来到一个小小的网吧，把你巨大的背包放下来，查邮件，发现你的新男友写来一封邮件，说他刚刚跟他的父亲第一次谈及了你。这让即将举行的婚礼感觉充满着可能性。有一天，你或许能成为一个被爱的人。你有希望了。

婚礼是搭别人的车却在卡茨基尔山间尘土飞扬的路边一间邮局门口被放下，等着再搭另一辆车去旅店。总是会有一间旅店。旅店总是会有鸡尾酒时间，以及小组活动，还有匆忙的寻找，寻找某个伴娘不见了的一只鞋。我们为了颂扬所爱的人的所爱而到东到西，但有时候，一个人站在空无一人的路边，自问"我到底在这里干吗？"时，还是会觉得伤心。

在谈及婚礼时，所有人都把它们说成是开端，但事实是，它们也是结局。它们为数年来慢慢消散的东西提供了一条解脱的地平线：调情、友谊、共同的天真、共同的漂泊不定、共同的孤寂。

婚礼是单身的人在想着恋爱，而恋爱的人也在想着恋爱——对于其他人来说，那是怎么回事，是否有时候它会像你所感受到的那样伤人。在每一场婚礼上，突然之间，满盘皆输，所有人都在问，你的男友准备何时求婚，而你则看着你男友和芝士桌边的女孩聊天，你喝下去的酒想要反击，你喝下去的酒想：你永远无法像我需要的那样爱我。

在你去参加婚礼前，你自以为见识过醉后哭泣。喝着廉价葡萄酒的你下午就开始有点高了。你独自一人，哭着重新读起前男友们在成为前男友前发给你的电子邮件。然而，你并没见识过这样一种醉后哭泣：在你一个哥哥或是另一个哥哥的婚礼上，一个人待在厕所里哭。你也无法清楚地解释这一切，因为你为他们高兴，真的高兴，但你还

---

① 指住在曼哈顿周边，每天通勤往返曼哈顿的人，通常带贬义。

有些别的感觉，只不过你喝得太醉，已经想不起那是什么感觉了。你发现有一种哭泣是正常的，另一种哭泣则不是——一种暴力的、气恼的哭泣——而不经意间，你的哭泣从一种变成了另一种。

有时候，最好的婚礼是陌生人的婚礼。你不过是在约会。不必有什么特定的感觉。在新郎回忆他数年前因癌症去世的母亲时，你哭了。即使你从未见过这个人，他只不过曾经跟你的男友一起玩过乐队。你可以看到他如何看向他的妻子，并觉得他的母亲肯定很爱他。当你走出谷仓，看到6月初的夕阳，以及夕阳下种着什么的田野，你想到了斯汀的那首歌，你一直觉得不好意思喜欢的那首歌，但或许只有在这里才不必不好意思。你的手心里有一小块开口馅饼，你感到男友的双臂从后面环抱着你——他只有一套西装，所以你对它的笔挺也很熟悉——而这一刻或许有点太甜美了，就像是结婚蛋糕，但它是属于你的。你想到了你最初的、最丢人的梦想——那是你从杂志上看到并爱上的生活——并小块小块地给这些梦想喂食开口馅饼，并且希望这就够了。

你在想他们是什么感觉，那些结婚的人，就在他们互相念出婚誓的那一刻。只是狂喜，还是也有畏惧？你希望有畏惧。主要因为你无法想象还能有什么感觉。除了在这一刻，你可以感受到你的背后一个男人的西装边缘，熟悉，他的手握着你的臂膀，他的嗓音飘入你的耳朵。

这个**你**，当然了，就是**我**。我思忖着畏惧。我不想害怕。

13岁的我坐飞机从洛杉矶来到旧金山，并思忖着我父亲到底爱那个将要跟他结婚的女人什么，而他又爱我母亲什么，他是否还爱我母亲的什么，且如果这些圆圈被放在一起的话，又会有怎样的重合。在机场，我母亲给了我一个拥抱，并竭尽全力假装她不觉得我选择前去是背叛了她，假装她在承受30年婚姻的结束之重时，并没有垮掉。又或许她会在我离开后垮掉。我看得出来。我随身带上了这种情绪。

在婚礼上，我流下了母亲在我面前没有流下的眼泪。我在一屋子父亲新任妻子的亲戚面前哭了。我就是那个糟糕的继女，那个出现在糟糕的电影里的继女，大庭广众之下**制造事端**。我坐在灯光昏暗的宴会厅的一角，而我的哥哥们则拍了拍我的背，让我不会觉得太格格不入、太离谱。当时他们还没有结婚。我不想让任何人看到我，也正因此，我开始哭得更凶了，而那当然适得其反：仿佛是请求所有人的关注。

我的父母最初分居时，父亲搬到了一间昏暗的公寓。那间公寓位于一幢看起来像是企业集团的大楼里，面对着一排桉树。我记得他买了一台冰激凌机，这样我们就可以一起做冰激凌。我记得冰激凌的味道像是冰冻的水晶。我记得在他的柜台上找到一张照片，上面有一个美丽的女人，她的脸模糊不清。我记得感觉那整个公寓都如此孤寂。我记得为他感到难过。

几个月后，他告诉我他要结婚了，对象是一个我尚未谋面的人。我想到了照片上的那个女人，并意识到他的孤寂欺骗了我。那不是他的孤寂，而是我的，我自己的孤寂映照在他新生活的牢笼里，在那里，我觉得自己无所适从。

当我在他的婚礼上哭泣时，我为那间昏暗的公寓的背叛而哭泣——我如何想象着他的孤寂，而事实上他却很快乐，且我的同情最终如何让我成了傻瓜。

漫长的轮班

　　当我的祖父去世时，我失去了一个我从来不曾真正了解的人。我年近三十了，却只见过他大概三次。他基本上是传奇一样的存在：醉鬼和飞行员。他是空军上校，在第二次世界大战期间被派驻巴西，而余生他也将那个国家视为他的第二个家：在热带丛林里买了一块没有接通公共水电的地，并最终在纳塔尔①戒了酒。在戒酒前，他把我的父亲和两个小姑抚养长大，而在戒酒后，他又开始服用锂盐②；在所有这一切之后，他再次结婚，又生了两个女儿。这些年来，我渐渐意识到，他对于她们而言是一个完全不同的父亲。

　　在我小的时候，父亲总是会跟我讲他小时候跟着他的爸爸去小型飞机场的故事。他很喜欢看马歇尔检查他的飞机，绕着轮胎兜圈，察看玻璃顶盖是否有裂痕。与其说这些故事让我跟祖父更亲近，倒不如说让我跟父亲更亲近了。它们让我感受到了他的惊叹。有一次，我问

①　纳塔尔，巴西东北部海港城市。
②　20世纪40年代人们使用锂盐来治疗狂躁症，后于60年代以碳酸锂片剂等药用制剂的形式广泛应用。

爸爸他是否因为他的爸爸会驾驶飞机而感到骄傲。他很迅速地明确指出：可不只是飞机，是轰炸机。那也就意味着他确实感到骄傲。那意味着他事到如今依然感到骄傲。

当他讲到马歇尔拿着他头盔就像商人拿着公文包，只不过他的办公室是机场、他的事业是在天上时，他的语气会缓和下来。

我的父亲从未学过飞行，但他总是在飞行。我小时候，他因为工作飞遍了整个世界。他提及去北京出差时的漫不经心令人感到兴奋，他的声音中充满了权威和飘忽不定，因为他总是要去别处，他在家时便令人激动。他的护照像是入境图章和签证的拼贴艺术。他总是要申请加页。

我从小就崇拜家里的男人——我的父亲和两个哥哥。然而，我9岁时，他们就开始逐一离开。哥哥们去上大学了。父亲因为工作搬到了美国的其他地方。我好像不记得自己为此而气恼。他反正经常不在。我知道他的工作很重要，但我不知道为什么重要。我不知道为何当他归来时，我的父母就离婚了。我也没有为此气恼。我反而气我的二哥艾略特，他在我大哥朱利安去上大学两年后也去上大学了。这些稀松平常的离去对我而言意味着彻底的背叛。那让我意识到，我对他们的人生而言没有像他们对我的人生那么重要。

那时候，家里总是很安静。只有我和母亲。艾略特刚上大一几个月，我就在我们的电脑上画了一幅画，用的是20世纪90年代早期的图形设计程序，它令一切都看起来像是用神奇画板画出来的。那是我的一张自画像，画中的我坐在他的床上，眼睛下面挂着拳头大小的眼泪。我将那幅画称为《嫉妒的悲伤》。

我曾一度打电话给住在遥远的大学宿舍的艾略特，一直到他告诉我他爱我才肯挂电话。"我爱你，"我会说，"我爱你我爱你我爱你。"我会一直说，直到他也这样对我说。有时候他会这么说。有时候他不会。有时候只有静默。我觉得被错误对待了。当然，我其实也觉得被父亲错误对待了。当然，对着电话那头的静默，我其实是在跟父亲讲话。

在我的哥哥们离开以前，在我的父亲离开以前，我的祖父先离开了。他是那个从最初就一直缺席的人。他和我父亲之间的距离——他们如此鲜少见面——几乎从未被提及。然而，数十年后，当我的祖父因癌症病危时，我的父亲叫我到切萨皮克湾的一座小渔村去——马歇尔和他的第二任妻子住在那里。艾略特和我跟父亲一起坐在一间海鲜小饭馆里，那里距离他父亲临终所住的房子只有10分钟的车程。他在那里吃蟹肉饼消磨时间，为的是给他的继母和同父异母的妹妹以私人空间。想到我的父亲会觉得他打搅了自己父亲的离世，我感到很难过。

马歇尔死的时候，臂弯里揽着他刚满月的、最小的外孙。当我在1个小时后见到他依然躺在床上的尸体时，他看起来脆弱且有黄疸：一尊光滑的蜡像，黄色的脸上扣着一顶蓝色的小圆帽，双眼半开半闭。

他死后的几天，他家里的生活变得具体实在而又大同小异：椅子上柔软的毯子，炉灶上的汤，哭着的婴儿。我父亲的继母琳达以及他同父异母的妹妹达妮卡和基尔妲虽然悲伤，却很亲切。她们欢迎我们来到这样一个闻起来像是洗头水、炒菜油和尿布膏的家中。她们跟我们分享她们在马歇尔临终时为他读的诗歌：我必须再去看海，过吉卜赛人那流浪的生活，/像海鸥那样，像鲸鱼那样，那里海风刺骨。[1]我的这两位阿姨都刚生了儿子，他们丝毫未察觉死亡：他们饿了，胀气了，为一切感到困惑和惊奇。达妮卡告诉我，有一阵，这座房子里的生活都跟身体有关：喂她的儿子，给她的父亲翻身以使他不会得褥疮，在他能走动的时候帮助他上厕所，在他走不了的时候给他换便盆。

艾略特很矜持——他几乎一直都很矜持——然而，他在怀抱婴儿

---

① 出自英国桂冠诗人约翰·梅斯菲尔德的《恋海》。

时却很放松。他抱他们的姿势让人想起他在家里的全部生活：他建造的所有东西，他选择成为的那样一种父亲。在温哥华，他有一个妻子和两个年幼的儿子，一栋分层的房子和一份基础设施业的工作：桥梁、铁路和高架桥。与天空无关。在周末，他会去郊区的儿童游乐场。他不害怕存在。那时候我是那样告诉自己的。如今，我却觉得或许他也害怕存在，就像我们其余的人一样，但还是不断出勤。他带着一个公文包，但里面没有头盔。他待在陆地上。

在大陆另一头的康涅狄格州，我总是弓着背抽烟，在脑海中重放我和男友分手前的争执，并为此而自怨自怜。我年近三十，刚刚戒了酒，也刚刚恢复单身，且依然定期出行去参加别人的婚礼。我和前男友一起租的那间公寓被我提前退租了，我搬到了一个单间公寓里，冰箱里放满了气泡水，烘干机的室内通风口给潮湿的空气凝结出了微小的颗粒。那儿闻起来永远像是我为了赶走那群总是回来的老鼠而到处喷洒的薄荷萃取液。那间公寓的寂寥仿佛是一种惩罚，惩罚我逃离这段恋情，没有努力经营它——惩罚我如此善变、反复无常且犹豫不决；惩罚我如此想要得到爱，却无法给予我要求别人付出的爱。我的母亲希望我生儿育女，我也偶有这样的想法——这想法深埋在持续对一个人负责的恐惧之下。

来到弗吉尼亚这间老木屋令人神清气爽，这里，一对结婚数十年的夫妇在位于半岛顶端的小渔村里定居了下来。当地人捕到最多的鱼是大西洋鲱鱼，那并不是一种给人吃的鱼，而是人们碾碎了拿来喂鸡的。当地的加工厂叫作奥米茄蛋白。艾略特从维基百科上查到了这些。我们就"奥米茄蛋白"这一名字开着玩笑，它听起来有种不祥之感。不过，艾略特不怕麻烦地去了解有关这座渔村的知识还让我挺感动的。除了**有人在这里死去**以外，他还想对这个地方有更深一层的了解。我明白。我想知道祖父更多的事情，而不只是他的死亡，或是有关他人生的传言。我并不只想对他加深了解，还想弄明白他如何影响了家族里的男性。他的影响似乎可以帮助我理解他们一直都神秘而难以理解的部分——即使他们就在我面前，也总让我感觉很遥远。

葡萄牙语单词 saudade[①] 出了名地难翻译，而我却一直很喜欢它描绘某种比纯粹的怀旧更神秘的东西的方式。它不是对你已经失去的，而是你从未拥有的东西的渴望。它有点像是想家，然而它可以意味着对从未到过的一个地方的念想。它是马歇尔离开家人独自去到的巴西。在语法上，它的使用通常会暗示拥有或陪伴：你有 saudades，或是你可以跟它们在一起。仿佛渴望可以成为一种陪伴。仿佛它可为缺席作出补偿。Saudade 是当我想象我的父亲和他的父亲在机场上的景象时的感受：一个小男孩对于一个跪在他身旁的、即将飞向空中的飞行员的惊叹，他热切盼望帮助他检查驾驶舱是否有裂痕。我怀念那个机场，纵使我从未到过那里。这一回忆在我内心悸动，纵使它并不是我的回忆。它点燃了我想要了解这一回忆之中的男人和男孩的欲望。

*　　*　　*

我 6 岁时晚上睡不着，艾略特便开始睡到我那张双层床空着的下铺。我们称之为睡眠保险。只要知道他跟我一起在这个黑暗的房间里，我便心神安宁下来。

印象中没有什么时候是我对艾略特的生活不着迷的。他很少跟我谈及他的生活。我把他高中舞会的照片装上相框，放在我的书桌上多年。照片里，他的约会对象穿着金色蕾丝裙和金色的半高跟鞋（那是 1992 年）。对我来说，他觉得什么样的女人是美丽的，是一个令人极其着迷的问题。布鲁斯·斯普林斯汀是他最爱的歌手，因此我一遍又一遍地听着《人情味》，想从中找到他内心生活的线索。（直到多年之后，我才意识到，那**或许**并非他最爱的歌曲。）他是大学网球队

---

① 接近于中文的"怅然若失"。

的成员，我非常喜欢看他和他的双打搭档阿米尔一起练球，一边在边线上大声发表评论。我会说"艾略特直击底线获胜！"或"阿米尔又一不小心犯下了把球打到网上的错误！"我记得阿米尔问道："她是准备一整天都这样么？"真正到他比赛时，我的手心都是一弯弯的红印——每到赛点的时候，我都攥紧了拳头，指甲掐进皮肤里。

我妈妈曾经告诉过我，当我还是个婴儿时，我哭的时候艾略特常常也会哭起来。当时他9岁。如果我不冷静下来，他也冷静不下来。成年之后，他变得极为谨慎，丝毫不流露自己的情感，仿佛他将一辈子要流的眼泪都流完了。然而，我需要记住：他曾经为我哭泣过。那证明了我曾经有这样的能量感动他。

当我的父母坠入爱河时，父亲已经跟另一个女人订了婚。当时，他和我的母亲在巴西工作，那是他策划的一个聚焦于农村教育的研究项目。儿时我对于其风流韵事的幻想充满了神话的光辉：在巴西粗粝的沙滩上拥吻，在波涛汹涌、翻腾着泡沫的大西洋里游泳。我甚至很喜欢那段情节：我父亲的未婚妻大发雷霆，把她为他烤的生日蛋糕扔到了他脸上。小时候，我总想着巴西海滩，因为想象那些明信片般的美景比想象我父亲的未婚妻自问要如何做才能让他回心转意要容易。我更愿意把自己的起源故事想象为一段波澜壮阔的激情，而非一次稀松平常的背叛。当然，事实上，两者兼而有之。我认同故事中的母亲，因为她是我的母亲。然而，之后的很多年，我都是那个困惑的人，困惑自己要如何做才能让"他"——我的父亲、我的哥哥们、我的男朋友们——更爱我。

在很长的一段时间里，我都为父亲的不安分、缺席和无数的不忠行为而生气。然而，待到马歇尔去世时，我开始承认我们之间有很多相似之处。我们都热爱自己的工作。我们都热爱葡萄酒。我在这个世界上寻求的——我觉得这个世界欠我的，或是不再欠我的——跟他想要寻求的并无二致。我曾一再发誓不再重犯那些令我的家庭支离破碎的错误，却发现自己在对男朋友不忠上游刃有余——那就是我，平生第一次，醒来的时候嘴里有香烟和橙味苏打和烈酒的味道，身边是一个爱尔兰男人，他刚刚骑摩托车横穿拉丁美洲。我无法再批判父亲的类似行径了，这几乎令我感到解脱。倒不是说看着你变成你的父母，意味着你就无法再气恼他们了，事实上，那可以令你更气恼。**你让我变成了这个样子**。然而，它总是对我的评判指手画脚，就像舌头后面缠了根头发。

如果说我在二十多岁的时候变成了我的父亲，那么艾略特则在二十多岁的时候走了相反的道路：一个专心致志的一夫一妻论者，从业于投资银行界，设计出了一幢带有白色尖木桩的房子。我将艾略特的身份视为反继承——成为与父亲相反的那个人。

艾略特婚礼前 1 个月——当时的他三十出头，而我则二十出头——我们谈论起了恋爱关系，那是我们之间互诉衷肠最多的对话之一。我跟他讲了我的"白色房间理论"：我想要找到一个男人，跟他在一间空荡荡的白色房间里待三天三夜也不会觉得厌倦。当时，我刚刚结束了一段恋情，而从那以后，我就一直都以这种方式结束恋情：一旦我厌倦了，一旦我想要从那间白色房间走出来，就分手。艾略特给我的婚礼请柬上有我前男友的名字，因为在他寄出时，我们还在一起，然而，我要独自出席婚礼——并为此感到骄傲——因为独自出席表示我还没安顿下来，我觉得安顿下来是一个人可以遇到的最糟糕的事。

在艾略特的婚礼前，我们谈话的那一天，我问艾略特，他想要什么。为什么他要娶那个他要娶的女人？他说，他们对于想要打造的生活有相同的看法，他们有相符的价值观，并且对类似财务这样的实际问题有同样的处理方式。对于 21 岁的我来说，那听起来似乎完全不浪漫：对于想要打造的生活有相同的看法。如今我 35 岁，回顾那段话，似乎是一切。

他们在优胜美地国家公园举行了婚礼，而我则最终令仪式延迟了半小时，因为我的伴娘紧身衣在我拉拉链的时候扯裂了。我未来的嫂嫂很有礼貌。她说，我们要把它弄好。我们做到了。虽然我告诉大家对拖延仪式感到很不好意思，但其实，私底下，我有一丝丝骄傲。我是一股力量，造成混乱、引起中断、做着与安顿下来完全相反的一切。我是不安定的，难以抑制，刚刚单身，令缝针穿崩。

事实上，婚礼很美。我记得看到我的哥哥和嫂嫂是何等幸福，意识到自己对于他人以及我自己的内心如何知之甚少。在婚宴上，他们请大家吃苹果派而非结婚蛋糕，因为他们俩都更喜欢派。又一个投契点。那晚，我喝了许多伏特加和霞多丽并开始哭泣，跟别人对话时不断提及我前男友的名字，好令所有人都知道独自前来是我的选择。我用我那双闪光的派对舞鞋的鞋头将烟蒂碾碎，碾进阳台上的红木板。从阳台上可以看到绿浪滚滚的草原在黄昏中变得黑黢黢的。如此美丽。我醉得如此离谱。

那时候，入夜的生活是这样强势存在的：视线模糊的夜晚，我面对着爱的困境——我碎了的心！我前男友碎了的心！——感觉到存在主义式的孤独，并喝下如此之多的绝对伏特加，以至于我开始跟所有人分享这种感受。然而，随着岁月流逝，生活开始变得不那么像是那样一种东西，可以结晶成电影中的瞬间——在厕所里哭泣，或是手里拿着还没熄灭的烟蒂做着手势，背后是渐渐变黑的夏夜天空。生活变得更像是某种日渐积累的、大段大段的平常时光：早上去上班，去学校接孩子，在沙发上和我小侄子一起听《老雷斯的故事》，我们的身体彼此靠近、彼此温暖，在他们生日那天要求吃派而非蛋糕。

艾略特结婚几年后，我为了到玻利维亚旅行 2 个月而向他借钱。他拒绝了。"我有足够的钱成行，"我积极地解释道，"我只需要回来后付房租的钱。"他还是拒绝了。我告诉他，我感觉备受评判。他说，除非我可以接受拒绝，不然就不应该开口请人帮忙。我开始哭泣——"你让我感到难过"，我小时候总是这样对我的哥哥们说——因为从某种意义上来说，我知道他是对的。与其说我是因为需要那些钱而哭，倒不如说我是因为让他失望了而哭。就像是一棵植物向着阳光生长一样，我一直以来都努力想要赢取他的表扬，恳请电话那头的声音给予我一些什么——并不只是爱，还有他的保证，保证说我值得拥有这份爱。

＊　　＊　　＊

马歇尔临终时，我父母离异已几乎有 20 年了。母亲给马歇尔写了一张卡片，并让我在他的病榻前读给他听。"感谢你感谢你感谢你感谢你。"她写道——第一个感谢是为我的父亲，另外三个感谢则是为他俩的三个孩子。在我内心原本充满悲伤的空洞处，她的话筑起了坚实的表层。"我一直都钦佩你敢于梦想。"她写道。他躺在床上的身躯看上去小得令人难以置信。我抚摸他的手臂并拉着他的手，却不忍触碰他的脸。

我的脚下是他的地下室，那里头满是他进行中的项目，都是疯狂和才华令人不安的结合：他用来做指甲锉的各种砂纸；写下了待办事宜的卡片索引——"给华纳议员发以巴关系解决方案""完成阿富汗退出方案"。我的阿姨告诉我，他可以让你看到一切事物中的惊奇之处，哪怕是一只小虫子或是一根野草。他们在他临终时朗诵的那首诗——"像海鸥那样，像鲸鱼那样"——的结尾并非海风刺骨，也不是吉卜赛人流浪的生活。结局是安息：而我唯一所求的就是有一个一起漫游的、开怀大笑的人，给我讲一个欢愉的离奇故事，/ 以及当我漫长的轮班结束时，能有静好的睡眠和甜美的梦。①

他去世后的那一天，我为大家做了早午餐：油炸蚝。把那发光的椭圆形肌肉放在手掌心，给它们裹上面包屑，让它们变成餐桌上的食

① 出自英国桂冠诗人约翰·梅斯菲尔德的《恋海》。

物。我想要发挥一点作用。我想给悲伤的人提供食物。这些蚝是我在拉帕汉诺克附近的一家加油站买的，柜台后面的那个男人卖给我一玻璃罐滑腻腻的蚝肉，然后又毫无原因地向我大声宣布，他想要来一罐根汁汽水和一块月亮派。世界似乎充满了欲望，并不总能得以解释，然而，有时候却可以通过令人吃惊的方式得到满足。

基尔妲吃着油炸蚝的时候告诉我，马歇尔会轻松地谈及他的早期人生——他的童年、他在空军服役的时光，但是，对其中的 30 年，他几乎只字未提：他第一个家庭的那 30 年。我父亲听到这些话时，脸上没有任何表情。后来，我在他的酒店房间里看到了一只空葡萄酒瓶，我想到了他坐在桌边的表情。那背后是什么呢？他的空酒瓶让我想起了祖母最后的那段日子里，我扔在邻居的回收垃圾桶里的所有空酒瓶。当时她和马歇尔离婚已有数十年，我住在她家，尽我的全力去照顾她，虽然做得并不完美。祖父是我们家族中除我之外唯一一个戒了酒的人，然而，我完全不了解戒酒对他而言意味着什么。他是否也直接从瓶子里喝气泡水？他是否也在一间闻起来像是有太多牙膏的公寓里待了很多天，回忆他那被搞砸的爱情？或许没有。他应该有他自己的更糟糕的旅程。

戒酒让我明白了很多，其中一点就是，我喜欢就自己那些再普通不过的异样夸大其词地讲故事。或许我把家族中的男人赶到了另外一个这样的故事里：一个小女孩渴望那些总是不在场的男人——那个飞行员、那个常旅客、电话线另一头的那个静默的声音。他们的躯体和注意力总是在别处。然而，这个故事比那更复杂。因为在某个时刻，我对渴望的状态本身产生了一种依赖。我不再渴望他们在我的身边；事实上，当男人们在我身边的时候，我往往不知道要如何与他们相处。就像几个月没见面后，我在父亲的公寓里度过了一个夜晚，一切都让人不自在。冰箱里没有可以作为学校午餐的东西，只有霞多丽。我只想回家。想念他比在他身边要容易些。

好几年后，我才发现了 saudade 的第二个定义。在这层意思里，

saudade 描述的并不是对任何特定事物的渴望，而是对渴望这种状态的渴望。就像评论家 F. D. 桑托斯写的那样："被渴望的并不是那个**所爱**或是那个'**归来**'。如今，**渴求渴求渴求本身**。"这种渴求并不知道在得到满足后应该如何。它无法承受白色房间里的近距离接触。它无法理解总是不在场的那些男人有时候又出现了的方式。它难以在画面里看到他们的存在。

事实上，我家族里的那些总是不在的男人在场的次数也不少。马歇尔建立了第二个家庭，且很爱他的女儿们。有时候他会跑去巴西，有时候又跑到地下室里去进行他的项目，但是 30 年来，他在切萨皮克湾的一座老木屋里建立起了属于他的生活。我的父亲常常不在，但也有很多次都在我身边——在母亲出城的时候为我做拉面和爆米花当晚餐，还有数年后当我进行心脏手术时，在医院的自助餐厅等着。如果说我总是放不下我那不安分的父亲和他不安分的父亲的故事，那么既然我的祖父已死，我就可以将他理解为超越神话、超越神格的人；或许我也可以将我的父亲理解为更复杂、更自相矛盾的人，也就是说：慈爱的、不完美的、一直在尽其所能的。或许我会开始看到，就在我渴望他的同时，他也一直在渴望我。

我们的祖父死后 2 天，艾略特和我早起到雨中去跑步。"我很喜欢在雨中跑步。"我告诉他，即使这并不是真的。我只是想成为喜欢在雨中跑步的人：坚忍、处变不惊。艾略特问我是否有防雨外套。我没有。他把他的给了我。我还是湿透了。我们都湿透了。他比我湿得更厉害。我们的鞋子踩在泥泞的道路和变黄的草地上，然后又踩在双车道的高架道路上，经过许多农村木屋，也完全湿透了。我下决心跑下去直到艾略特建议我们掉头，结果我们就一路跑了下去。艾略特定期参加马拉松，而我已经放弃了我的跑步计划，转而抽起了烟。当我们回到住处时，我问艾略特他觉得我们跑了有多远。他猜有 4 英里，而我则猜有 7 英里。永远都是这样：他总是自我贬损，并一直坚持下去；我则想要得到赞许，轻易就倦了。

不过，在回去之前，甚至是在掉头之前，我们先随着高架道路的岔路往奥米茄蛋白厂的方向走了过去。我们沿着沥青的小径穿过树林，直到我们找到那家工厂：一大片低矮的塔楼——里面可能有巨大的煮水缸——以及一排叉车，几条生了锈的船。"要是我们是来自另一家与其竞争的生鱼处理场的间谍会如何？"我问他，"我们要怎么把这个地方毁掉？"我们揣度着不同的计划：爬上有钢丝网眼的围栏，用某些腐烂的东西把一缸缸的鱼毁掉。我一直喜欢跟艾略特一起大笑，因为我们笑的方式不知怎的并没有因为我们生活的不同而有所改变。在这个世界上，艾略特是最先让我觉得极为滑稽的人之一。

在奥米茄工厂的边上，我们途经一个很小的机场。那里的草地有些稀疏，雨后变得湿而软。它并不是一个重要的机场。它更像是一个废弃的足球场。它更像是一片泥泞的草地，无意变成别的样子。谁知道谁曾经飞来过这里，或者为何？在这片草场上，一堆堆去了骨的鱼被运向空中；在这片草场上，那些有一天会成为祖父的人做了一些某一天他们会告诉孙辈的事情：抬着装满了大西洋鲱鱼或是文件的公文包，而这些文件他们或许会、或许不会寄给国会议员，或许会、或许不会拯救这个世界。这个世界会一直需要被拯救。我们一直奔跑。雨一直下。我们知道，天空会一直将人拉到云上去，又把他们送回地面。我们知道，生活是一次漫长的轮班，最终以一个梦结束：像海鸥、鲸鱼和刺骨的海风那样生活。

每个人都会跟我讲起马歇尔和天空。那是一个完美的比喻：他是一个待不住的飞行员。然而，在那一天，天空似乎太随和了。它让一切都失了重。盯着天空下方一个封闭的地方看，显得更为坦荡：在雨中，那座渔场里，那片围着铁丝网眼围栏的稀疏草地。

每当我想给祖父写一篇悼文的时候，它最终都变成了一封给我哥哥的感谢信。我想要告诉他：感谢你养了两个穿绒布睡衣的儿子。感谢你成了一个好父亲，并且拒绝借那笔钱给我——至少感谢你告诉我，我应该可以接受被拒绝。感谢你一直把婚姻经营得很好，并且不需要你的婚姻是一间你能一直在里面找到乐趣的白色房间。感谢你让我明白，安定下来不过是我跟自己讲述的有关别人生活的故事。感谢你在你年少而我年幼的时候，在我哭泣的时候哭泣，并且理解我为何没有在祖父的病榻前哭泣。感谢你把你的防雨外套、你的舞会照片和你的苹果派给我，以及在多年前，在我不知道如何度过长夜的时候，睡在我的下铺。

实之烟

戒酒 2 年后，我在赌城大道的一间酒吧里点上了一杯无酒精鸡尾酒。那是在一座三层楼高的鸡尾酒酒吧里，一盏由两百万颗水晶球制成的巨大枝形吊灯像闪亮的窗帘遮住了一个名为 1.5 楼的隐秘场所。在那里你可以点真正的酒，像是"禁果"或"无尽的音乐播放表"。我点的东西喝起来像是山莓雪糕。它被装在大都会鸡尾酒的酒杯里，杯沿上有一圈粗糖晶。

我被邀请飞来此地为一个写作计划开一场读书会。那是我第一次被邀请飞到一个什么地方——甚至那句法都充满了魅力，令人激动的被动语态。那似乎是在证明我是有人待见的。不过，它把我带到了这样一个城市：一切都和想要太多、太鲁莽有关，对于实现哪怕一小部分的幻想都不抱任何希望，因而贬低自己。在纽黑文，我正为结束一场 4 年的恋情而感到天旋地转，我依然视其为我的所有。我和戴夫的恋情占据了我的内心，并在那里钻了个洞，它会长久地赖在那里。可以说我当时并不明白，但其实我明白。我知道。每次我对别人说些什么的时候，都是在试着说给他听。

在读书会后，东道主说想要带我去赌城大道。我们都很年轻，谁都不觉得累，所有人都为有可能在这个城市的无尽盛典中获得一段猎奇的经历而感到兴奋。东道主都是些研究生，他们说，除非是带着访客，否则他们从来不去赌城大道，除了其中的一个女人，她曾经在那里当过鸡尾酒酒吧侍应生以填补助学金的不足。

就在那样的夜晚，戒酒依然像是一种剥夺。对我而言，跟陌生人在一起时，喝酒一直都是一种方式，可以让夜晚扩散成某种我们无法看到边界的东西。没有了它，我就像是被困在了一个看得到边的容器里。当某人建议一起去喝无酒精鸡尾酒时，我很反感。对于模拟喝醉的真实经历，我没有任何兴趣。不过，我转念又一想，何乐而不为呢？反正拉斯维加斯最真实的经历都是模拟的。

结果，我的无酒精鸡尾酒好喝极了。我在有两百万颗水晶球的地方喝着果汁。是夜初始。我们来到一家藏在老虎机后面的秘密比萨小店，它在内部的内部，远离所有窗户和钟。我们来到一间湿热的温室，里面黄金树的树干上结出了黄金。红灯笼的光芒在影子里闪烁。蜗牛是用玫瑰花做的。我们走过一块电子广告牌，上面写着"我们尊重你对于芦笋的看法，不过不敢苟同，顺祝你回程一路平安！"然而，我们还不准备回去。我们准备去贝拉吉奥喷泉。我们看着喷泉中的水随着《泰坦尼克号》主题曲的某个演奏版本起舞。那些被照亮的喷泉水柱触动了我内心深处的某个部分——我想要在别人觉得荒谬的东西里找到美。

东道主之一是个名叫乔的男人。他穿着低腰裤，相当帅气，一头金黄的鬈发，脸上永远是一副揶揄、困惑的表情。他问我，是否还有什么想去看看的。我告诉他，是有一样。我想买一套婴儿连体衣，送给一个最好的朋友，她马上要生了。她大概是我认识的最时髦的女人。她在曼哈顿东村有一间优雅的公寓、一条优雅的狗、一个优雅的主厨丈夫，他做着一手优雅的"农场到餐桌"的菜。我想要送她最俗气的婴儿连体衣。

"我认识一个地方。"乔说，说着便带我来到了全世界最大的纪念品商店。商店关门了。赌城的商店不应该关门的。他说："我还认识另外一个地方。"那个地方也没有我们想要找的。他说："这还没完。"

结果，唯一比找到连体衣更好的事就是找不到连体衣，因为我们得继续去找。在温和的冬日夜晚，在乔的吉普车里兜风，看着霓虹模糊并闪烁，就像用静脉吸毒，一点点地让人沉沦。你把它注射进血脉，开始感到兴奋。这一夜更像是我吸可卡因的第一天，之后的一切都不可企及。

我们缓缓驶过那一排通宵开放的婚礼教堂，它们介于赌城大道和市中心之间。我们经过了花儿小教堂、贝拉小教堂、恩赐大地婚礼教堂和幸运花婚礼教堂，以及最有声望、名字却平淡无奇的小白教堂——弗兰克·辛纳屈、迈克尔·乔丹和丽塔·海华丝都在那里结了婚，他们的魂灵得到身穿一袭金色闪光西装的猫王庇护，猫王以手写体承诺，"带着爱"。布兰妮·斯皮尔斯就是在凌晨3点开一辆租来的黄绿色豪华轿车来到这里，嫁给了她最好的朋友。"他们开怀大笑，但同时也笑中有泪，"小教堂的主人说，"我以为那是可以天长地久的一段婚姻。"他们在隔天下午签署了文件，宣布婚礼无效。在这里，现实似乎就是如此：你点了你想要的，然后，如果你不想要它了，你就还回去。你可以从巴黎切换到威尼斯，从卢克索切换到纽约，从马戏团切换到城堡。这就是不安分的结果，资本主义选择至上的准则。你可以结婚。然后，你还可以撤销它。

乔带我来到金砖酒店的游泳池，那里有一条封闭的玻璃水上滑梯，蜿蜒着穿过一个巨大的水族馆，水族馆里都是年迈的鲨鱼在它们的王国转悠，十分从容。我们调着情——在鲨鱼旁边，在酒店的过道里，在停车库里。如果调情的感觉是一种室内风景，那么它应该就是一个洞穴，像夜晚的拉斯维加斯一样：闪烁着各种可能性，就像扑向霓虹灯的飞蛾发出嘶嘶声。

我们最终在弗里蒙特街找到了我要买的婴儿连体衣，就在那40

英尺的巨型挥手牛仔霓虹招牌之下，这个牛仔霓虹的嘴唇间夹着一支霓虹的香烟。很久以前，这支巨型的霓虹香烟曾一度吐着真的烟。如今，弗里蒙特大街成了"弗里蒙特大街体验"：一条被一幅巨大、弯曲的 LED 屏幕笼罩的行人走道。这感觉像是赌场逻辑的自然延伸：令你远离窗户——远离日夜的节奏，远离天空的无边无际。如今，天空被彻底遮挡了。在我们的上方，陌生人在滑索上大喊大叫。

跟戴夫分手后，那是我第一次感觉有一些隐约的可能性，或许我还能跟别人坠入爱河。这种期待的感觉跟真正坠入爱河并不一样。它似乎更美妙。它不带什么风险。那就像是打开了一扇窗而不必探出去，面向天空。我在回去的路上一直在想，乔把他的吉普开到我的汽车旅馆时，是否会亲我。那感觉就像是回到了 16 岁。他没有亲我，但是我知道——他的那种没有，他的停顿——某一天，他会的。

1968 年，耶鲁建筑学院办了一个研讨班，议题为"向拉斯维加斯研究工作室学习"。设计这一研讨会的两位教授丹尼斯·斯科特·布朗和罗伯特·文图里认为，建筑已经变得太"具有社会强制性"，将既定的偏好强加于人，而不是基于原有的偏好而设计。他们认为，拉斯维加斯赌城大道抵制住了这种强制性，以"最纯粹和最强烈的"方式表现了消费者的欲求。他们的课程围绕着 10 天的拉斯维加斯之旅展开，参加的人要以"开放的心态和中立的态度进行调研"，以期寻找或许存在于某些城市形态中却被其他建筑师轻视的真相。

那是一次非同寻常的探索：几个耶鲁的教授和他们的学生刚从他们位于纽黑文的建筑学院那粗野主义的混凝土宫殿里出来，就出现在了赌城大道上。他们免费入住星尘酒店。他们受邀参加马戏团主题酒店的开幕式，穿着从当地的救世军慈善商店买来的荧光色二手衣。在他们寻求当地资金支持后，一条本地新闻以此为标题进行了报道："耶鲁教授称赞赌城大道，将获得 8 925 美元"。其含义很明确：这些高雅殿堂的使者不会无故屈尊赞扬低俗的东西。然而，文图里和斯科特·布朗并不觉得高雅和低俗是毫不搭界的。他们想要把"A&P 停车场"和"凡尔赛"放在同一句句子里。他们想要它们源自同一血统。学期进行到一半，学生们开始把这一课程称为"伟大的无产阶级文化火车"。

数十年后，我和他们有了一样的冲动，在品位大战中，将拉斯维加斯视为弱势的一方。说拉斯维加斯粗俗很容易，但无论如何，"粗俗"是什么呢？讽刺的是，它如今的意义和它在不列颠帝国时代的意义恰恰相反。当时，其意为精致或壮丽，意即 the real chiz① （乌尔都语的 chiz 是"东西"的意思）。如今，它却意指虚假、毫无微妙之处、太刻意的东西。拉斯维加斯的一切都太刻意了。然而，那就是虚假吗？我从来不那么看。如果虚假是违心地假扮成别人，那么拉斯维加斯一直都诚实得很坚决。它一直都假得很彻底。

拉斯维加斯明白。阴谋诡计无法逃避。你可以假装没在表演，或者你可以承认是在表演。不过，无论如何，你都一直在表演。

"我坦白，比起圣菲虚假的真实，我更喜欢拉斯维加斯真实的虚假。"艺术评论家戴夫·希基这样写道，"比起仿制的珍珠，更喜欢真正的人造钻石。"那一夜，在水晶吊灯酒吧，拉斯维加斯是一颗真正的人造钻石。它如此彻底地虚假，结果却变得极其诚实。即使用力过猛，它也一直忠于自己。当然，它是低俗并且荒谬的。当然，它缺乏品位。但是，让那些讲究品位的势利眼们见鬼去吧。为什么要因为拉斯维加斯公开承认早已随处可见的真相而鄙视它呢？整个世界都在给予无法实现的承诺，整个世界都在试图诈骗你。拉斯维加斯不过是对此公然承认罢了，还用造型招牌灯点缀它。对于我而言，拉斯维加斯像是城市规划的一个范例，令我想起我们路过的那个流浪汉，他手里的告示牌写着："何必撒谎？我想要喝啤酒。"

---

① 乌尔都语，意为真材实料。

或许我被这个城市吸引是因为我喜欢在别人觉得丑陋的东西中找到美好。我对贝拉吉奥喷泉的惊叹，似乎是想要补偿别人对它的憎恶。拉斯维加斯明白，你在某一个地方的某一刻，总会想要去上千个其他地方。因此，它把它们都堆在了一起：纽约-纽约和巴黎酒店、热带花园酒店、米拉奇赌场酒店。它那耀眼的霓虹布景是对集体渴望的一种表述。它承认我们这一生花了多少时间望着虚假的、不可能实现的愿景，它表明这种渴望不是一种幻觉，而是我们的核心法则之一。它构成了我们。

　　那个冬天我回到纽黑文后便开始跟乔通信。我们将各自的人生变成故事，并向彼此抛掷这些故事。他跟我讲起他在休店中闯进马戏团主题赌场，在空荡荡的走廊里玩免费的滑雪球。他告诉我，有一晚他在阳台上扔了一大堆空瓶子出去，把它们都打碎了。在康涅狄格州的暴风雪中，我想象着他那发光的城市。当我跟朋友们提起他时，我开始把他称为维加斯乔。这不算是看不上，而更像是承认我已经给他分配了角色，让他成为我人生故事下一章节中的一个角色。他是代表了劫后余生的希望的吉祥物。

　　我们说好了在波士顿超大型的年度作家大会上见面。往年我都很讨厌参加这个大会，但那一年我却满心憧憬。我挖雪三尺，挖出了我的车，并在结满冰的高架公路上摆尾行驶着。我们之间的可能性就像一种毒品，让我心潮澎湃，对其他一切都视而不见：连续不断的雨夹雪、黑色的冰、令我的轮胎打滑的公路。我把广播的音量调高："我以如此甜美的一无所有生活着。"乔一直发短信给我："不要送命！"他发短信问："你什么时候才能到？"

　　那一晚，我们订了一间房。酒店已经住满了参加作家大会的人，仅剩下那间总统套房。当时已经是晚上10点了，那间套房还空着，我们便以很低的价格拿到了它。套房很大，有三间房间，能看到波士顿市区光鲜的摩天大楼群的全景。套房里连床都没有，因为它一直是大公司举办鸡尾酒会的地方。套房里有一个吧台，还有组合式皮沙发。我们让酒店送上来一张有脚轮的矮床，以及一桶海鲜：蟹脚、生蚝、龙虾尾。我们没怎么睡。

是夜之后，我们便进入了我所熟悉的一种状态：迫切想要互诉衷肠的那种头晕目眩。一开始，我们向彼此大致交代了最后一段长期恋情的跌宕起伏。他写道，他开车来到索尔顿湖岸边的一座被废弃的城镇：空无一人的房子里堆满了盘子，一群白色的鹈鹕。他写道："敬不乏味的健康。"那是我曾经在一篇文章里用过的句子，写的是一个作家一度担心自己戒酒后会变得乏味。我在想，我是不是生来就是要坠入爱河的。有时候，我担心我的存在更多地是为了**爱上**别人，而不是**爱着**别人。然而，不是所有人都担心这一点么？此题无解。你只能不断地再爱上别人，一次又一次，并且希望有那么一次，它可以长存，以兹证明。

从波士顿回来几个月后，我来到了耶鲁建筑图书馆，想要找一本名为《日落大街上的每一栋楼》的书。这本书出版于 1966 年，作者是埃德·鲁斯查，里面折叠起来的一页页像是手风琴，全部打开来有 25 英尺长。正像书名所承诺的，这本书记录了日落大街上多希尼道和新月路之间的每一栋楼：汽车旅馆、仿造的都铎小屋、一间名叫"美体小铺滑稽歌舞杂剧"的大棚屋、一间小一些的名叫"大海女巫"的棚屋、一间名叫"长毛绒小狗"的咖啡店。这本书对耶鲁的拉斯维加斯研讨班起到了启发作用。文图里和斯科特·布朗在 1968 年把他们的学生带到拉斯维加斯，在驶过赌城大道的时候，他们在车顶盖上装了一台照相机，就像鲁斯查两年前在日落大街上所做的那样。

我被鲁斯查著作的预想吸引，就像我被拉斯维加斯研讨班的预想吸引一样：两者都针对别人看来极其丑陋、杂乱无章的小摊小贩，想在其中找到美。它就在我的血脉里涌动。我这一辈子都被告知我看起来不像是一个洛杉矶人，然而我这一辈子一直是个洛杉矶人。我越经常被告知我不像洛杉矶人，就越想要为此辩解。外人喜欢把洛杉矶说成一个浅俗或虚伪的地方，然而我却觉得这里的沿路商业街有种奇特的美好：阳光照耀在尘土飞扬的街道上，棕榈树在烟雾缭绕的日落下展现出轮廓。

鲁斯查的书让我想把4英里长的赌城大道从南到北走一遍，并记录下一切。我会找到集体幻想的蓝图。这件事开始的时候就像是伦理上的抵押品调查工作。我要从被别人称为破坏因素的东西中打捞出意义。不过，我这是要骗谁呢？我想找个理由去看维加斯乔。

我制订了一个计划。我的一个朋友将在7月初在宰恩国家公园结婚，那儿离拉斯维加斯只有3小时的车程。我会提早7天去，跟乔一起到赌城大道走一走。随后，他会跟我一起去参加她的婚礼。

婚礼几周前，维加斯乔告诉我他床上有臭虫。他正试图通过在110华氏度①的天气里开电热器并打开所有的窗户来消灭它们。我知道那行不通。你得有专业测温的方法。然而，他和臭虫的漫长斗争拖得越久，我就越怀疑他可能颇享受这场斗争。一旦我看出臭虫成了他的长期问题，便在火烈鸟酒店订了一间49美元的房间。在我去拉斯维加斯的几天前，维加斯乔给我发了一张照片，照片里他的大腿上有三个血迹已干的咬痕，这三点在他雪白的肌肤上刚好连成了一线。臭虫往往喜欢留下这样的三个咬痕，网络上称之为"早餐、午餐和晚餐"。那张照片令我反感——与其说是那张照片本身，倒不如说是它所代表的界限的突破。我们不再是一起看着舞动的喷泉充满惊奇的陌生人，也不是从五十层楼的高处俯瞰波士顿、刚刚坠入爱河的恋人。如今，我们在谈论的是虫患。他的话令我发痒，仿佛他的那些臭虫可以横穿美国来到我的砖屋里。我不确定还想跟他如此亲密。

在麦卡伦机场的行李转盘外，我一踏进乔的吉普，就觉得一切努

① 110华氏度，合43摄氏度。

力都难以支撑我们对彼此的期望：4个月的短信交流和白日梦都基于一起在鲨鱼池旁度过的一夜，以及在一幢被办公大楼晶莹的灯光包围的摩天大楼度过的另一夜。所有的热情都基于两个精心呈现的个体之间的亲密，而实际上，这两个个体都一片混乱。然而，眼前又是另外一番景象：沙漠里酷热的夜晚，他的气味，在好几个月没有见面只能互通信息的情况下，坐在他的副驾驶位上试着和他对话。我试图回忆我们第一次在他的吉普里度过的夜晚，但那回忆不过像一顶闪着光的雨篷，我已经把那一夜变成了个人神话：我明白我会从分手当中走出来的那一夜。我一进他的车就开始想，我独自参加朋友的婚礼是否会更好些。

我们驱车在天堂路上行驶，这条路就像前面那排大酒店荒废的后院。路边有些店卖赌场发牌人的制服和脱衣舞女郎的服装。路上满是梦想的边缘掉下来的碎石。一张告示牌在叩问："在一间酒店里受了伤？"并建议登陆 www.injuredinahotel.com。一幅输精管切除术的广告夸耀说"不用动刀，不用打针，就在 www.ez-snip.com"。在机场，我无意中听到一个男人告诉一个陌生人，他在与癌症抗争。"他们取出了我的膀胱，并用我一段 15 英寸长的小肠做了一个新的膀胱给我，"他这么说，"现在一切都很好。"

我一直在想象吉普后座的臭虫，它们团起小小的身体挤进我行李箱的拉链隔层和口袋的裂缝里。我大概明白了，乔的臭虫成了他在现实中有缺陷的人性的某种精神化身：他身上一切无法被雕琢并从一个适合的距离欣赏的部分，一切不完美或脆弱或挣扎着的、试图找到合适的抑郁症药的部分。

他跟我在火烈鸟酒店度过了一夜。我们一起躺在一张双人大床上，这张床让人联想到某些故事——情人之间一次偷偷的幽会，陌生人一起喝醉的一晚，一个结婚纪念日——但我们的故事又是另一种。我们的身体完全没有接触。

*　　*　　*

当我最终走在赌城大道时看到的是：帕拉佐皇宫、威尼斯人、米拉奇。金银岛、永利、安可。^① 马戏团主题酒店。纽约-纽约。曼德雷湾。远处的猫头鹰。电子动画制作的一个亚特兰蒂斯城，每个钟点都被喷涌的水流淹没。在里维埃拉赌场酒店一间有腐坏爆米花气味的会议室里举行了一次匿名戒酒会，有个男人说，作为一名电音 DJ，很难保持清醒。还有什么呢？杰夫·昆斯的郁金香和专门保护它们的保安。画有海豚的瑜伽广告牌。一个名叫兑换处^②的奖品领取亭，被我拍了下来，当作推特上的个人背景。

我看见一个流浪汉坐在一座天主教堂三角形的阴影里。他问我相信哪一个上帝，又说他想让我看看他的伤疤，但不想让我因此做噩梦。我看到一排嘉年华游戏机旁挂着拐杖的一位父亲，他的轮椅里堆满了为孩子赢得的绒毛玩具：一个机器人、一根香蕉。我看见一个穿着 T 恤衫的脱衣舞女郎，T 恤上写着"我支持单身母亲"，又无意中听到一位妈妈告诉她的儿子："这个银行太愚蠢了，我们还得去另一家分行。"一个从卢克索酒店走出来的男人对日光充满怀疑，问他的朋友："我们为什么要到外面来？"走出赌场大门，即使在树荫下也有 110 华氏度。一处干涸了的喷泉努力为自己辩护道："因为旱灾。"即使幻想也有其局限。

拉斯维加斯看起来不再像是一颗人造钻石，受到自以为高雅的势利眼的不公平对待。它就是一台专门用来赚钱的机器，其粗俗是资本主义事业的极致。其利润掩映在重重流光溢彩里，那是数百万个无法实现的承诺：每一个灯泡、每一块牛排、每一只鲨鱼缸里的每一条鲨鱼。即使我赞赏那个流浪汉的诚实，他的告示牌讲出了真话——"何

---

① 皆为赌场名。
② 原文为 Redemption Center，redemption 也有救赎之意。

必撒谎？我想要喝啤酒。"——我也完全不想为这个令他失业的经济体系辩护。然而，我又凭什么代四周二十万间酒店房间里的陌生人喊出他们子虚乌有的意识，说他们不明白自己的困境？所有人都一直在输钱，却觉得他们过得很开心，这到底意味着什么？

2003 年，在米拉奇酒店的舞台上，"西格弗里德和罗伊"①的一头白虎袭击了罗伊。在那之后，罗伊一直告诉大家，那只名叫蒙特科尔的老虎并非有意伤害他。蒙特科尔只是想要保护他。一开始现场的观众并不知道这次袭击不在表演计划之内。一个 10 岁的英国男孩把自己的脸埋进妈妈的手臂。"我试着告诉他，没事的，那不是真的，因为这本应是一场魔术表演。"她告诉一名记者。在那之后的几天里，她的儿子一直说："妈妈，你说那不是真的。"在一切本应是虚假的地方，真实的出现反而成了诺言的背叛、交易的逆转、计划的失败。

住在火烈鸟酒店的那几天里，我每天都起得很早，赶着修改一部书稿。陌生人享用客房送餐服务后留下的脏盘子堆在客房走道数日都没人管：留有乳汁软糖酱的果仁巧克力蛋糕圣代冰激凌，吃剩的冰激凌融化成一摊薄膜状的东西。点那份圣代的人是否从中得到了满足？我猜想所有人都和我一样，因为这种大起大落的心情而失望受伤。

早上 6 点半在赌场大堂排队买咖啡时，跟我站在一起的都是彻夜未眠的人。整个大堂都弥漫着椰子味防晒霜和香烟的味道。队伍里的一个男人——神志恍惚、筋疲力尽——充满同情地望着我。"祝你好运。"他温和地说，一边轻轻碰了碰我的胳膊肘。我拿着咖啡，来到炎热的火烈鸟花园里，空气中有一股鸟群和鸟屎的臭味。我看见一个女人在抽烟——这么热，这么早，在一群火烈鸟中间，那令我感到难过。又过了一会儿，我才缓过神来，我自己也在抽烟。

① 西格弗里德和罗伊，拉斯维加斯最著名的魔术师组合，由西格弗里德·菲施巴赫尔和罗伊·霍恩组成。

我在酒店的游泳池旁赶着修改文稿。烈日下，一个穿皮衣的男人在一排塑料躺椅当中看见了一个穿皮衣的女人。"你是一头**野兽**！"他叫嚷道。"给我来一杯苏打水。"一个13岁的男孩穿着一件长及膝盖的T恤，上面印着两个方框，分别写着"有对象"和"单身"，"单身"的那个方框里打了勾。人们用二十一点 ① 里的手数来衡量所有东西的价格："我可能六手之后就会输掉。"泳池关闭时间到了，池边的人开始不爽起来。一个男人把他的充气沙滩球往一个救生员身上扔。在这个把一天24小时狂欢宣扬为仅次于永生的城市，每一次关门都是一次微小的死亡。

　　乔下班后带我来到凯撒宫殿酒店的广场商店后面，那是一家火锅餐馆。一切都同时来得太猛——在巧克力火锅里蘸过的巧克力饼干——还不够。乔每每在我句子说到一半时就插话进来，让我有些恼火。他的药让他没有胃口，那也让我有些恼火。我很容易恼火。他在说着一些关于虚无主义的话，一切的意义是如何主观、被构建且没有核心，然而我并没有全神贯注在听。我在看火锅下面的火焰从粉色固体酒精里卷曲着冒出来。我靠得很近，以至于我的头发都快烧着了。侍应生看在眼里，对我笑了笑。他说，每天都有这样的事发生。我跟乔说，或许他终究不该跟我一起去参加婚礼。一切来得太猛、太快。我无法对他说出口的是："你曾是一个念想。如今你却就在眼前。"他告诉我，他正在写一本小说，故事说的是在一个平行宇宙里，所有的拉斯维加斯酒店都被改造成了监狱。我把乔假想成了维加斯乔，但他其实是个活生生的人。他风趣、帅气且善良，但他也有他的挣扎，他也是**真实**的——他有需要，他对他人没有把握——而跟他在一起时，我总有一种无法排解的郁闷，期待着那个念想的人，而不是这个眼前的人。

① 二十一点，一种源自法国的纸牌游戏，又称"黑杰克"，是内华达州非常流行的赌博游戏。

在作为拉斯维加斯研讨班成果的那本书里，文图里和斯科特·布朗提出，商业街上的招牌比建筑物本身更重要："前面的招牌是一种庸俗的夸张展示；后面的建筑物是一种简朴的必需品。"这种信仰也是异地恋的白日梦逻辑。或许这些白日梦、这些招牌自有道理，甚至是美好的，然而，这种信仰的建立却恰恰与接近和栖居背离。也就是说，下了高架、停下来后，我却不知道如何在所选择的楼里住下来。乔是虚无的香烟头上真实的烟，然而我却没做好准备接受另一个人全部的人性。我们一直远隔万里，已不能在一起了。

第二天晚上，在我朋友的告别单身派对上——就在威尼斯人酒店十五楼的一间套房里，往下看是黄绿色的大运河——其他女人逐个描述另一半惹人恼的习惯并传着一杯杯廉价的香槟来喝。当时的我已不再喝香槟了，也没有另一半惹我恼。天黑之后，我们从天花板上画着云的威尼斯人酒店溜达出去，走进拉斯维加斯的夜色，戴着我们发光的皇冠头饰，经过路边下水道上面看起来像是被绑在一起的血淋淋的一堆破布。

我们在神剑酒店闪闪发光的迪斯科灯光下看男舞者表演歌舞剧《澳洲惊雷》。剧里一个消防员、一个建筑工人、一个医生、一个士兵和一个挤奶人一层层脱掉他们的制服，秀出发光的六块腹肌。涂满婴儿油的躯体在黑暗的闪光灯下模糊了"只是讽刺地存在"和"就是存在"之间的界限。主持人的二头肌上有一块巨大的戒酒刺青——"上帝令我清醒"，他让一个老妇隔着他发光的皮裤捧起他的睾丸。

当我们沿着赌城大道准备走回去的时候，一辆载满女人的SUV在我们身边停了下来。她们之中的一位把头伸出窗户，问："哪个是新娘？"我们指向了她——那个戴着最大皇冠头饰以及头巾的。然后，车上所有的女人都开始大叫："别结婚！"在飞驰而去之前，她们说："我们都离婚了！"

我再次来到拉斯维加斯的时候，是为了在那里结婚。那不过是15 个月之后。我搬到了纽约，爱上了一个在拉斯维加斯长大的男人，他的父母都是典当商。所有他遇到的人都很惊讶，他居然是在拉斯维加斯长大的——居然有人会在那里长大。不过，他真的是在那里长大的。他的童年是在父母铺子的后院里度过的，听着气愤的顾客把他们叫作"肮脏的犹太人"，看着他们一辈子都每周上班 7 天，为的就是让四个孩子获得比自己更多的机会。

　　对于查尔斯而言，拉斯维加斯并不是一个巨大的隐喻，象征着那些不可能实现的梦或是其破灭。它是周六早上的卡通片，以及 7-11 便利店买来的思冰乐在无情的沙漠阳光下融化。它是高中时打的篮球，用的场地正是当年奔跑的叛逆者 ① 打非正式比赛的地方。那时候，这支内华达大学校队由传奇的"鲨鱼塔克"执教，每当他紧张的时候都会咬湿毛巾。拉斯维加斯是查尔斯和他的父亲一边开上 15 号州际公路，一边用广播收听凯撒宫殿酒店职业拳击赛赛事的地方。那是他在后院用纸带围出自己的拳击擂台的地方——这个孩子受到他世界里的这些东西的启发，因为这就是他所认识的世界。

　　查尔斯和我在曼哈顿中心的一个工作空间相遇——我们都在那里写作。我们认识是因为他上前来问我如何翻译我的文身。他自己有十一处文身，最新的一个是他 5 岁女儿的名字，横刻在他前臂的蓝色十字架上。他向她保证，一旦她会写自己的名字，他就会将它永远地印刻在自己的皮肤上。之后，我会明白，他一直都信守诺言。

　　在我们相识前，我就读过他的作品了。数年前，我读到了他的第一本书，那是一本有关拉斯维加斯的长篇小说，我爱书中对失败者的温柔刻画：睡在街头的出走少年，活在漫画里的笨拙大男孩，被顾客嘲笑的典当商人。他自己的故事已经在我们共有的文学世界里广为流传了：他的妻子在他们的女儿莉莉只有 6 个月大的时候就被确诊患有

① 奔跑的叛逆者，内华达大学拉斯维加斯分校的篮球队。

167

白血病，莉莉 3 岁不到的时候，她便去世了。

我和查尔斯第一次聊天，一聊就是好几个小时。就像有人说的那样，感觉我们可以一直讲下去。不过，我们没法真的一直讲下去——查尔斯 5 点得到课后学校接莉莉。在第一次对话中，我跟他讲到了我几个月前到怀俄明州参加一个写作计划时参与的一个仪式：在月圆之夜，每个人都带着空钱袋、钱包，去到一片开阔的草原，向宇宙祈求某样特定的东西。我祈求的是，希望自己不那么在意世俗的成功。当时，这一诉求似乎非常有觉悟。排在我后面的那个男人想要的是一辆摩托车。查尔斯笑了，正如我（带着一丝紧张）希望的那样。当我问查尔斯他觉得莉莉会在月圆仪式上祈求什么时，他说她或许会想要一座塑料冰雪城堡。然后，他停顿了一下，又说："老实说，她会想要一个妈妈。"

这就是典型的查尔斯：愿意直截了当地讲出真话，嘲弄痛苦，因为他如此彻底地经历了痛苦，深深懂得人生在满目疮痍的同时，也满是塑料冰雪城堡。他问我们是否能很快再次见面，并在我们工作空间的共享厨房进行我们自己的月圆仪式。我告诉他，如果他能找到一轮圆月，我就会带上空钱袋。我们再次见面是在咖啡机旁的小餐桌边，他把他和莉莉一起做的一幅示意图钉在了墙上：用棕色绘图纸剪出来的三座高低错落的山峰，上面是一轮黄色的月亮。

第一次约会，查尔斯带我去了一家意大利餐馆吃饭，那顿饭有七道菜，但我们不得不跳过前两道，这样他才能在向保姆承诺的时间前回家。第二次约会是在白天，莉莉还在学校。一整个上午，我们都在我的公寓里亲热，之后便从我家街区尽头的小酒吧买了火鸡三明治，来到东部大道旁的草地上吃起来，佐以塑料瓶装的柠檬汽水和一盒他儿时很喜欢的炸鸡华夫薄脆饼。第三次约会是开车去卡茨基尔山，当时莉莉住到了祖母家。我临时订到一间住宿兼早餐旅馆，我们的房间里到处放着动物的相片，还有西格弗里德和罗伊的照片，照片里的他们还没有经历咬伤事故，还笑容满面。在卡茨基尔山的日子里，我们总在早晨踏上土路，它因为春天冰雪消融而变得泥泞不堪，我们一直走到一家小小的公路餐馆，吃鸡蛋和培根，培根咸到刺痛我嘴里的小伤口。那一次旅行途中，我们在最微小的事物中找到了快乐。我们在加油站买到了最好的零食：甘草糖和酸樱桃。我们面对着墙上的白化病老虎惊叹不已。我们可以连续 10 分钟就同一个笑话重复来回扯，然后在一天之后，还能就这个笑话再扯一阵。查尔斯对于困难直言不讳，他也是我所见过的最风趣的人。

某种程度上，我们在一起的最初几个月——我们充满激情地坠入爱河——跟我过去的那些恋情一样。然而，我对它更有信心。从一开始，我们的爱就植根于日常生活：散落一地的布娃娃、自制糕点义卖、孩子的失控行为、半夜三更你来到洗手间还没开灯就踩到了地上的橡胶玩具……所有这一切。我们的爱并没有受到彻底放纵的驱使，而是因为种种限制更充满了激情。那并不是为了吸引精心美化过的彼此，而是一起度过那些平凡的日子，它们构成了全部的我们：支离破碎的、被压垮了的、还在努力的。我们的故事并不是随心所欲地订下摩天大楼里的套房，而是在日常生活中找到点滴的快感——在他狭小的廉租公寓里的一个红色蒲团上醒来，第一件事就是在 4 英尺高的塑料娃娃屋的阴影下拥吻彼此。

抽象地说，我们的爱似乎被牵绊住了，被责任和痛苦、被抚养一个孩子的需要，以及失去另一半那狭长的阴影而牵绊住了。然而，在所有的困难之下，还隐藏着另一真相：一种感受爱的经历，它完全与我一直以来憧憬的爱情剧本截然不同。这种爱就是夜半坐在一个蒲团上，盖着一条很小的毯子，发出阵阵笑声。这种爱就在哈得孙河附近的一间汽车旅馆的钟点房里，房间的天花板是一块镜子，家里有个保姆在带孩子。这种爱就在那些要到课后学校接孩子的日子、带上紧身连衣裤去芭蕾舞课的日子、到他们最喜欢的小餐馆吃巧克力味煎饼和金枪鱼烤三明治的周六早晨，以及在其中渐渐成形的共同语言。

我突然从单身生活——独自一人弓着背抽着烟，因为白日梦和自怜自艾而迷失——纵身一跃进入了肩负责任和亲密义务的人生。仿佛我在《人生游戏》那香蕉黄的小路上拐进了一条捷径——《人生游戏》是我们经常在起居室的地毯上一起玩的游戏，莉莉把那块地毯称为"洒雪毯，洒落毯"。仿佛我直接跳到了游戏棋盘上的家庭部分，而不是在我自己小小的廉价车里停留，为我自己的便宜宝宝转动廉价的车轮。相反，我直接跳进了别人的廉价车。现在，维系着我整个生活的行李箱就挤在他满满当当的起居室的一角。

查尔斯和我在一起6个月都不到就决定私奔到拉斯维加斯。不论你怎么看，那都是鲁莽的。我完全不知道成为母亲意味着什么，更不用提成为一个失去自己亲生母亲的孩子的母亲了。然而，查尔斯相信我可以为了这种生活挺身而出，而我也想要为这种生活挺身而出——为了他，为了莉莉，也为了我自己。我相信他，因为每当我看着他，我就看到一个为他所爱的人挺身而出的男人，即使他已经历数年不可想象的痛苦。我们要用我们那奇异的婚礼、我们秘密的欢愉承诺投入我们那非比寻常的寻常生活——由实在的日子堆砌成的、被责任刻画的生活。

我们在小白教堂结了婚，就在那颗发光的心之下，人造草坪的另一头。莉莉当晚在堂姐家留宿。我们来到收银台前——经过那辆粉色的凯迪拉克，经过爱的隧道以及免下车服务窗口——并说："登记我们结婚吧！"女收银员说我们得先去市政厅领取许可证。我当这是什么？大概是一站式购物吧，特别是在那么一个广泛宣传其24小时免下车窗口的地方。我问那位收银员，有多少人一旦发现他们得先去市政大厅就没有再来过。她想了片刻，说："大约有五成？"

在差不多快到11点的时候，我们拿着许可证回来了，没有买鲜花套装，也没有聘请假扮猫王的演员。我们没有租那辆粉色的凯迪拉克。我们没有在爱的教堂、水晶教堂或凉亭举行我们的仪式。我们没有开着租来的车在爱的隧道那画满小天使的天花板下驶过。我们采取了最传统的方式，在最初的那间教堂里举行了仪式。举行仪式的时候，看不到的录音机播放着"笨蛋才冲动去爱"①。教堂的后墙看起来像是一条加了衬芯、套上了白色丝绸罩的被子。雕塑的小天使手持快要落下来的白色假花束。彩色玻璃窗上画着玫瑰、心和白鸽。这一切都没什么不对劲的。一切都奇怪地、不可思议地恰到好处。如果我要彻底投身某个自己全然不了解的世界，完全不知道那里的地形如何，那么在一个怪异得如此彻底的地方做这件事似乎恰如其分。那似乎是一种解脱，就像是承认我始终无法预言自己的人生将会发生些什么。

仪式结束时，我们眼里都噙着泪。摄影师就是我们的见证人。某某神父引用了尼采的话："让婚姻破裂的，不是爱的缺乏，而是友谊的缺乏。"他并没有引用尼采的另一段话："热恋中的我们不应该做任何会影响我们一生的决定。"

我们在热恋中。我穿着查尔斯在那年夏天作为生日礼物送我的一袭蓝白色长裙，它看起来像是团团云朵。我的红色指甲油有点剥落。我试着给我俩以及墙上画着的两只乌龟拍一张自拍——这两只乌龟正伸长褶皱的脖子，以便它们小小的头可以相互触碰。

我们回到下榻的金砖酒店，在酒店大堂买了些纸杯蛋糕。我们点了客房送餐牛排。我告诉查尔斯，我一度觉得水族馆里的鲨鱼是奇迹和可能性的象征。他说这个鲨鱼缸的位置就是他祖父的第一间当铺当年的所在地。我们想要去三楼的无边泳池游泳，但到的时候却被告知5分钟后，也就是午夜12点，泳池将关闭。是一个看起来大约16岁的男孩这样告诉我们的。"但是我们刚刚结婚！"我们说。他似乎不以为然。也许他每晚都听到这样的话。

第二年，我们会在树林里举行婚礼，捎带为一群欢乐的孩子办一场寻宝游戏。那天会像是一张明信片：我们所有的至爱亲朋和他们的小孩在发光的河流里蹚水而行。然而，在那一夜，我们只有那座小白教堂的荒诞，我们烧晕了头的梦境变成了现实，某某神父让我们的爱

---

① 出自猫王歌曲《情不自禁》。

变得神圣。那一夜只有我俩。它只属于我俩。

　　生活的定义之一或许就是故事线永远都在被改换。我们把为自己写好的剧本交出来，换得的是我们的真实人生。这就是拉斯维加斯教会我的——它对我起到的作用。我为贝拉吉奥喷泉边那一夜的坠入爱河写下了一个故事，拉斯维加斯彻底吞噬了这个故事，并让我走进了另外一个故事：嫁给一个鳏夫，并跟他一起抚养女儿的故事，回到拉斯维加斯意味着拜访公婆一家并面对现实的故事。它意味着更多地在市中心而不是赌城大道上转悠。

　　在那个拉斯维加斯，我们带着莉莉和她堂姐黛尔梦到马戏团主题酒店玩电玩游戏，那里的奖品兑换处不再是一幅充满嘲讽意味的推特背景，而是一个真实存在的地方，在那里我恳求柜台后面的女人——在四个巴西杂技演员旋转的身体下面，莉莉弄丢了放屁坐垫，我恳请她再给我们一个。在那个拉斯维加斯，我们在"爱它冰冻奶黄"店的停车场里吃圆筒冰激凌，两个女孩假装拿着槲寄生枝条①放在我俩的上方，直到我们亲吻为止。我们在开往米德湖的路上迷了路，一直没找到那片湖水：我们走错的那条高速公路周围，荒漠开始变暗，而后座的两个女孩也开始觉得闷了。

　　在那个拉斯维加斯，莉莉和我看着陌生人在熙熙攘攘的弗里蒙特街上空的滑索上飞行——弗里蒙特街上满是乞丐和街头艺人，他们把自己刷成银色，一举一动像机器人一样，赌场都打足空调，应对夏日的热浪——我说："有一天，我们也要这样做。"莉莉的小身躯紧紧依偎着我，因为害怕和渴望而颤抖。在云霄塔底附近，我们一连好几个小时都在等拖车司机来——我们的车被一个名叫沃尔夫冈·汉堡的德国游客租来的车擦了。那辆车的有色玻璃窗上贴满了爱的涂鸦：一颗巨大的粉色心中间写着"W. 汉堡"。他来这里是为了庆祝结婚 24 周

① 按照西方习俗，在槲寄生枝条下站着的人可以相互亲吻。

年。拉斯维加斯从来不会编造这种故事，它只是邀请我带上甜甜圈，到我婆婆的当铺去看她。当铺的橱窗里放满了绿松石珠宝、骰子时钟和战争时期的旧奖牌，当铺内墙以她父亲一度下注的赛马骑师的丝绸制服点缀，后院里挂着的皮衣下面有一只巨大的猫，它和善地巡走在那块破旧的地毯上。在那个拉斯维加斯，莉莉和我一直看着别人滑索飞行，看了 5 年后，我们终于也上去了：白色的城堡在右边，一直走，直到清晨降临。

刚开始，对我而言，拉斯维加斯如此多的快乐关乎可能性，关乎想要和渴望，关乎想象什么可以发生。与维加斯乔在一起的快乐全都关乎期待。它是摆尾行驶在冬天的道路上，试着去波士顿见他，在摩天大楼顶层的房间里共度一晚，然后在暴风雪的日子在我的单间公寓里想象水果盘似的霓虹灯。第一晚我们没有亲吻更好，因为那样我还可以想象那个吻会是什么样的。

多年来，我一直在渴望，一直在一种并不算真正拥有爱的状态中去爱，一直在做白日梦，并陷进电影画面般的幻想的豪华家具中。然而，跟查尔斯在一起的最初那几年让我明白了婚姻是另一种东西。它是由日常的快乐构成的，比幻想的快乐更难以实现也更厚重。婚姻不是可能性的快乐。它是来自实实在在生活、实实在在拥有的更复杂的满足感。它不是从摩天大楼顶层，而是从云霄塔底看风景，一边还在试着搞清楚沃尔夫冈·汉堡所说的租赁保险是怎么回事。它是明白那颗喷画出来的心表明了他数十年不渝的爱，但那些年并不缺乏渴望，相反，渴望一直在被重新激起、变着法子以不同的样貌出现。

婚姻不是跟新恋人讲你最动听的故事；它是询问你的丈夫这一天过得怎么样，而在听他的回答时不会表情呆滞。婚姻不是在凌晨 1 点走过鲨鱼缸，满心小鹿乱撞，猜想是否会与新恋人接吻：一种未知的味道，一个未知的身体；它是在早上 9 点走过鲨鱼缸，为你 6 岁的继女寻找她前夜丢失的木胡桃夹子盆栽。婚姻不是数月的幻想；它是年复一年地擦冰箱。在很长一段时间里，我曾一直很敬佩那些能够担起责任的人——我的朋友们、我的母亲、我的哥哥和其他参加戒酒会的人，但是敬佩别人如何生活是一回事，真的这样生活是另一回事：不要等着爱停留，仿佛爱能自我成全，而是每天都为维护它而活着——明白它无法承诺任何天长地久，唯永远在变。

婚姻是尽管那一车的女人都告诉你不要结婚，尽管你或许某一天会成为她们中的一员，你还是结了。婚姻是当海市蜃楼蒸腾而去，看到前方朴素的沥青。它是你不断努力想要相信的一切，却给了你无法想象的一切：在坠入爱河那最初的激情之后，经历其他各种类型的爱。你或许永远不会到达米德湖，但是你永远都拥有这旅程本身——夕阳炙烤高架公路的那一种光，可以把车点燃，光线让你睁不开眼，夜已不知不觉就在眼前。

幽灵的女儿

　　我的继女在 6 岁的时候告诉我,《灰姑娘》中她最喜欢的角色是那个邪恶的继母。这并不全然令人讶异。跟小朋友玩的时候,莉莉常常喜欢扮演孤儿并写下一长串的家务:洗完(洗碗);托地(拖地);喂(鱼)。她和她的一个朋友喜欢喝一种被她们称为"胡椒水"的饮料——就是普通的自来水,但她们假装这些水已被残忍的孤儿监护人变得无法饮用。或许上演自己被虐待的戏码很刺激,让她可以掌控她所想象的无助局面。或许她只是想找个正当的理由,把水倒在地上。当我问莉莉,为何灰姑娘的继母是她最喜欢的角色时,她靠近我悄声地,像是在告诉我一个秘密似的说:"我觉得她好看。"

　　虽然很残忍,但邪恶的继母往往被定义为最具有想象力和决心的童话人物。她用尽仅有的小手段对父系制度发起抗争:她的魔镜、她的虚荣、她的骄傲。她在狡猾和恶毒方面是个艺术家,但好歹也是个艺术家。她不单是眼睁睁地看着事态发展,还有所行动,只不过她的行动并不像是个母亲应有的所作所为。那是她的动力,和她腐坏的心。

　　很大程度上,黑暗而残忍、通常围绕着失去而展开的童话故事最贴近莉莉的人生。她的母亲在与白血病抗争 2 年半后，在她 3 岁不到时就去世了。2 年后，莉莉有了她自己的继母——或许不是个恶毒的继母，但是个害怕恶毒的继母。

我在想，当听到童话故事里的孩子失去她所失去的东西时，莉莉是否会感到一丝安慰。故事里的孩子跟她学校里、芭蕾课上大多数妈妈还健在的孩子不一样。又或许，她和故事中的女主角有如此多的相似之处，更危险地加深了她对故事的信服程度。或许它剥落了她们带有保护性的幻想故事的外皮，令她们的"胡椒水"变得太真实，让她们离危险太近。当我给她读一些女儿没有了母亲的老童话时，我担心自己正在往她失去母亲的伤口上撒盐。当我给她读一些有关继母的老童话时，我担心我正在描绘一个恶毒版的自己。

刚成为继母时，我很渴望有人作伴。我并不认识多少继母，特别是像我这样当上继母的：完全地、压倒性地，没有其他母亲角色存在。我们一家人活在失去的后果之中，而非决裂——死亡，而非离异。这曾经是成为继母的正常方式，而"继母"① 这个词本身就带着悲伤。古英语中 steop 意为"失去"，词源学画出了一幅阴冷的人像："继母鲜少为良"——1290 年的一段记录是这样的。1598 年的一段文字则如下："可以认定，所有继母都痛恨继女。"

这些童话故事显然充满杀伤力。《白雪公主》中邪恶的皇后在魔镜宣称白雪公主最为美丽后，下令秘密谋杀其继女。《汉塞尔与格蕾特尔》中的继母把继子和继女带到森林里，就因为家里不够吃的了。灰姑娘坐在火炉的煤灰旁，从扁豆堆里拣出豌豆。她一身炉灰，这让恶毒的继母相当满意——她想以炉灰让灰姑娘彻底失去光彩，因为她深受这种光彩照人的威胁。仿佛继母总是不可避免地会腐坏——那不仅是一个邪恶的女人在扮演一个角色，而是这个角色会令所有女人变得邪恶。"继母之幸"是手指倒刺的另一个名称，仿佛意指某样东西

① 英语原文为 stepmother。

会引起疼痛是因为它没有正确地附上，看似是替代性的爱最终只会带来痛苦。

恶毒继母留下了狭长而原始的阴影。5年前我搬入靠近格拉梅西公园的一居室廉租公寓时，也走进了这一角色的阴影之中。我搜寻从前的故事，以此寻求陪伴——出于对这些故事所诋毁的继母的同情——并抵制其叙述，不让自己被它们的黑暗吞噬。

最初，我和查尔斯（莉莉的父亲）之间的恋情就像是童话故事要我们相信的那种爱：包容一切并充满惊喜，这个世界上居然会有他的存在，仅此一点就足以令我惊奇。我为了我们之间的爱而无怨无悔地彻底放下了自己原有的生活。我们的幸福存在于一千个平凡的瞬间：雨中的初吻，路边小餐馆里的双面煎半熟蛋，深更半夜看《美国忍者武士》①重播时，他讲了个傻笑话，我们俩笑到流泪。然而，我们之间的爱也包含了为人父母的艺术和艰辛，我们的幸福都在偷来的时光里降临：幸亏保姆多待了半小时，我们才有了那个初吻；莉莉到孟菲斯跟祖母住在一起，才成全了我们那次说走就走的自驾游，才有了路边小餐馆里的煎蛋；深夜里，我们得捂着嘴巴大笑才不至于把隔壁房间的莉莉吵醒。这感觉不太像是妥协，倒更像是越野，改道转向我从未想象过的地带。

我将跟莉莉一起度过的第一晚视为一次测验，即使查尔斯已试着暗中协助我：他计划好我们从莉莉喜欢的意大利面餐馆买外卖，然后当晚一起看她最喜欢的电影——那是一部关于一对公主姐妹花的动画片，两姐妹中的一个用手一指就可以将一切变成冰。那个下午，我跑到时代广场的迪士尼商店搜寻礼物——我从来没去过这样的地方，更没想到自己会去这样的地方。我讨厌收买莉莉、用塑料换取喜爱的想法，然而我紧张极了。塑料玩具感觉像是保险。

① 美国体育竞技类真人秀。

177

当我询问在哪里可以找到《冰雪奇缘》的玩具时，店员怜悯地看了我一眼。我突然开始怀疑自己：难道那不是迪士尼的动画片么？我发问的时候，店员笑了，解释说："我们只是卖断了货。全世界都缺货。"

她说的是真的。店里都卖空了，甚至连皇冠头饰都没了。或者说，店里有很多皇冠头饰，但都不是莉莉想要的那种。我扫视四周的货架：贝尔的东西、睡美人的东西、茉莉公主的东西①。莉莉肯定还喜欢别的动画片吧？其他公主？有那么一刻，我甚至准备把**每个**公主的东西都买一样，以确保万全。我模糊地意识到自己内心的那一点点慌张正是资本主义的养料。同时，我的手机已经拨通了位于布朗克斯的一家玩具反斗城的电话。离开商店的时候，我看到被扔在货架某个角落的一样东西。它看起来很冬天。它用冰蓝色纸板包装：一架雪橇。

我甚至无法向你描述我如何松了一口气。我感到彻底胜利了。雪橇还配有一个公主，以及貌似是个王子的人物（后来我才知道那是一个萨米族的采冰人）。这套玩具里还包括了一只麋鹿（它的名字叫斯文）！甚至还有一根给麋鹿吃的塑料胡萝卜。我小心翼翼地揣着盒子来到了收银台。我扫视了一遍身边的其他家长。谁知道他们之中有多少人想要买这盒玩具。

我欢欣鼓舞地给查尔斯打电话。我跟他讲述了整个故事：店员的大笑，"全世界都缺货"，惊慌中的拨电，以及如何蒙恩般突然瞥见那只冰蓝色纸板盒子。

"你赢了！"他说，接着又停了下来。我听得出来，他在决定是否要说什么。"那个公主，"他问道，"她的头发是什么颜色的？"

我得看一下。"棕色的？"我说，"有点泛红的？"

"干得好，"他停顿一下后这么说，"你最棒了。"

---

① 贝尔，《美女与野兽》中的女主角。茉莉公主，《阿拉丁》中的女主角。

不过，我听得出来，那一下停顿意味着我买错了公主。查尔斯并没有批评我；他只是知道一个公主的意义有多重大而已。过去 2 年间，他既当爸又当妈，都快被公主掩埋了。错的公主也意味着不稳定的因果关系。为人父母，你可以做好一切应该做的事情，却仍然事与愿违，因为你在跟一个变化无常的小人儿共处，她不带任何使用说明书。失败的可能就像那低垂在地平线上的、即将下雨的天空。

精神分析学家布鲁诺·贝特尔海姆在其著作《童话的魅力》中，就童话故事如何帮助我们解决问题提出了一个优美的论点：孩子们通过童话故事，在一个远离他们真实生活的、让他们放心的世界里，面对本能的恐惧（比如遭父母抛弃）并想象叛逆的行为（比如违抗权威）。被施了魔法的森林和城堡荒唐得如此明显，其境地如此极端，以至于孩子们无须因为其中的动荡而感到不安。我在想这是否也适用于莉莉，她所失去的往往与童话情节更为相符，而非与她周遭的人与事。有些故事帮助我们讲述内心的畏惧，有些故事则加深了我们的畏惧。两者之间的界限很模糊。

在一封于 1897 年写给发行量很大的美国生活杂志《展望》编辑的信中，来信者抱怨给小孩读《灰姑娘》的后果："结果，或者说给人的印象就是，将继母纳入了邪恶事物的人生清单。"然而，在我们家里，与其说《灰姑娘》将继母纳入了邪恶清单，不如说这个故事以一种在其他情形下不可能实现的开放性，提出了一个问题：继母是否邪恶？莉莉往往用童话中的某个恶毒继母形象将我们之间的关系和我们所读到的内容区分开来。"你跟她不一样。"她会说。当讲到《灰姑娘》中她欣赏的那个继母时，她会很慷慨："无论如何，你还是比她好看。"

或许，将那个继母说成她最喜欢的角色是莉莉掌握自己恐惧的源泉并控制这种恐惧的方式。或许这是另一种孤儿扮演游戏。她是否担心我会变得残忍？她是否在狠狠地爱我，这样我就不会变得残忍？我在想，这个故事是否让她看到了我们投射在一面黑暗镜子中的变形的影子，投射了我们之间纽带的更邪恶版本的这个故事是否会让她更喜欢我们之间的关系——或是让她可以接受其中或许难以接受的东西。我在大众传媒上看到的刻薄继父母的可怕版本让我莫名感到安心——至少我不像他们那样残忍。那是一种道德上的幸灾乐祸。

从很多角度看来，我家族成员的故事和我们的故事相去甚远。在童话故事里，那个父王往往是受骗的、后知后觉的。他相信了一个不应该相信的女人，他的信任或说他的欲望让他的女儿备受虐待。查尔斯只在一点上与童话里的父亲相似：他从一开始就信任我。在我还不相信自己的时候，他就已经相信我可以成为一个母亲。他开诚布公地谈到为人父母的难处，那让人觉得在爱和困难——**爱就是困难**——之中，生活的可能性更大了。日复一日地早起，挑三条候选的裙子，倒上谷物早餐，在早餐被洒了之后再倒一遍，努力将头发绑成辫子，按时送孩子上学，按时接孩子放学，晚餐蒸西兰花。他了解这一切意味着什么。学会区别动画片里带翅膀的小马和带角的小马和带翅膀**以及**角的小马（有翼独角兽），他了解其中的重大意义。他知道做这一切事情的滋味，以及第二天醒来再做一遍的滋味。

我和莉莉的关系也跟我们从童话中继承的故事——残酷和叛逆的故事——有所不同，甚至也不像是离婚时代大众传媒报道的典型故事：孩子轻蔑地拒绝继母，更爱其生母，血浓于水的那个母亲。我们的故事无关拒绝；它关乎纯粹的、原始的、令人无法抗拒的需要。我永远都不可能替代她的妈妈，但是我在她身边。我可以给予。我们在撰写属于我们自己的故事——基于六号火车上上百次短短的对话，基于为莉莉涂指甲油并试着不弄花她的小指，基于告诉她发脾气的时候做深呼吸，因为我自己也要做深呼吸。我们的故事始于那第一晚，就在电影里那可恶的雪怪突然出现在一座冰山上，几乎要把小小的麋鹿吞掉的时候，我感到她小小的、热乎乎的手来拉我的手。

那一晚，我们在快要睡觉的时候唱起了歌，她飞跑过来，拍拍被子。她的母亲生病的那几年，曾经在同一张床上午休。查尔斯曾经在这张床上方的墙壁上弄了个洞——他跟保险公司打完电话后，一发怒便将玩具火车扔向了墙壁。如今这个洞被一张英语字母表海报盖了起来。"你躺在这儿，"莉莉告诉我，"你就躺在妈妈的位置。"

如果邪恶的继母像是早已存在的原型，那么其最纯粹、最黑暗的化身便是《白雪公主》中的邪恶皇后。在格林兄弟1857年版的故事中，她因为嫉妒而发疯，让一个猎人挖出继女的心脏，带回来给她。这一袭击失败后（猎人都心软了），继母的敌对情绪又变成了虚假的慷慨。她假扮成一个要饭的丑老太婆，来到继女跟前，并给白雪公主貌似有益或营养丰富的东西：一套胸衣、一把梳子、一只苹果。这些正是母亲或许会给女儿的东西——有营养的东西，或是把女性自我呵护的那一套代代相传——然而，继母给白雪公主这三样东西却是为了最终害死她。白雪公主带着这些东西来到了她的新家，在那里七个小矮人给了她机会，恰恰让她成为继母从来不是的"好母亲"。白雪公主为他们做饭、打扫，还照料着他们。她所彰显的美德正是她继母所缺乏的母性。

这个邪恶的继母在我们所讲述的《白雪公主》中已如此为人熟知，以至于当我在一个早期版本中发现并没有继母这个角色时，感到十分惊讶。在那个版本里，白雪公主的母亲没有死，她活着，却想害死白雪公主。这是格林兄弟修改其作品的模式：在出版于1812年的第一版和出版于1857年的最终版之间，他们把好几个故事中的母亲改成了继母。继母的形象实际上成了一个载体，承载那些因为太过负面而难以直接安放在母亲身上的情感（矛盾、嫉妒、憎恨），以及那些因为太过困难而无法直接安排在亲生母女关系中的孩子对母亲的体验（残忍、敌对、拒绝给予）。继母的形象——瘦削、棱角分明、尖刻——就像蛇的毒液，为保全理想母亲那健康的身躯而从一处不被承认的伤口抽出。

贝特尔海姆认为:"当真实的母亲并不完美,这不仅是保全完美母亲形象的一种手段,还允许人们在迁怒于这个邪恶'继母'的同时,不至于危及那个被视作另外一个人的真正母亲的名誉。"心理学家 D. W. 威尼科特阐述得更简单:"如果有两个母亲,一个已经去世了的生母和一个继母,你看不到孩子是如何轻易就能从对立中获得解脱,认定一个是完美的而另一个则是可恶的吗?"换言之,童话故事中继母的阴暗形象反映了每个母亲身上某些真实本性的掠夺性原型:她对自己孩子的感情以及孩子对她的感情中的复杂性。

即使莉莉没有将母亲的角色分为完美的缺席和邪恶的存在两类,我自己也这么看——将其视为一种超自然的精确分工。我想象她的生母可以给予她我无法每次都做到的一切:耐心、快慰、怜爱。她会在莉莉发脾气的时候与她同在,就像一位咨询师跟我们模糊交代的那样。她的生母不会用多到荒谬的塑料玩具收买她。她不会因为需要花 1 个半小时才能哄孩子入睡而恼怒,且即使恼怒也可以用自己无条件的爱来平衡这种恼怒,而我则还在寻找那种无条件的爱。我知道,这种自我鞭笞很荒唐——即使"真正"的父母也不是完美的——但这能轻易带来某种自嘲。威尼科特发现,一个女人在试图给另一个女人的孩子当妈妈的时候,"她或许很容易发现自己受自己的想象驱使,成为女巫,而非仙女婆婆"。

在一项名为《有毒的苹果》的研究中,心理学家(兼继母)伊丽莎白·丘奇以一个问题为核心分析了她对 104 位继母进行的访谈:这些女人如何面对她们所要扮演的邪恶原型?她报告说,"虽然她们的经历与童话中继母的经历相反",但"面对童话中的继母施展巨大魔力的境地,她们感到无能为力",她们依然"倾向于把自己和邪恶继母的形象联系起来"。她称之为她们的"有毒的苹果"。她们因为感到憎恨或妒忌而觉得自己是"邪恶的",而她们对于自身这种"邪恶"的恐惧又令她们不敢跟别人交流这种情感,令她们因为产生了这些情感而备感耻辱。

* * *

　　民间故事往往把继母描绘成黑暗母亲的标志性化身——一个背离了传统文化观念的女人。然而，在美国，继母的历史更为复杂。正如《我无法叫她母亲：美国大众文化中的继母形象，1750—1960 年》一书中历史学家莱斯莉·林登瑙尔提出的论点，在美国，继母形象的起源可以上溯至女巫。林登瑙尔设想这一 18 世纪的大众想象类似于清教徒将一系列糟糕特质——恶意、自私、冷漠、缺乏母性——归因于女巫，并且开始把这些特质归结到继母身上。"两者都在违反自然规律、反叛上帝的情况下，败坏了品德高尚的母亲最核心的品质。"林登瑙尔观察到，"另外，女巫和女巫般的继母往往被控伤害**其他女人**的孩子。"

　　继母成了替罪羊，为长久以来妇女具有威胁性的特质背负责任：女性自主、女性创造力、女性躁动、母性矛盾。到了 18 世纪晚期，继母成了常见的坏人形象，出现在了语法书里。一个男孩甚至在过世继母的**坟墓外**被伤害了：她的墓碑掉在了他的头上。继母独有的邪恶行为——伪装成关怀的残暴所带来的欺骗——扩充了殖民地的修辞，英国的统治被比作"继母之严厉"，就像 1774 年的一份小册子写的那样。在 1773 年的《女士杂志》中有一篇文章，就在美国革命前夕，一位继女就自己的命运被继母掌握着而悲叹："不仅没有温柔的母性关怀……我现在眼前除了不满、坏脾气以及厚颜无耻的人，还有什么？"继母狡猾地将束缚包装成了关爱。

　　然而，美国大众的想象并未一直将继母视为邪恶的女人。如果她是 18 世纪以美色骗取男人钱财的女人——一个当今世界的女巫——那么，她也是 19 世纪中叶的圣人，心甘情愿地拜倒于自己内心的母性冲动。在进步时代，她就是一种证明：好的母亲并不关乎圣人般的本能，而更关乎理性、观察以及理智的自我完善。你并不非要有血缘关系——甚至是天生的养育冲动——你只消**投入角色**。

当我就其研究访问林登瑙尔时，她告诉我，她在发现这些游移不定时相当讶异，特别是当她发现几十年前曾经诋毁继母的杂志如今将她们描绘成品德高尚的母亲时。她最终发现了其中的规律。似乎每当小家庭沦陷时，继母就会得到救赎：紧接着南北战争之后，或是在20世纪早期当离婚成为一大社会现象时。继母成了某种"避风港"，林登瑙尔告诉我："有个继母总比完全没有母亲好。"

"美国继母"的黄金时代——其美德的巅峰——出现在19世纪下半叶的南北战争期间及过后。当时，感伤小说和女性杂志里到处都是圣人般的继母，殷切地照顾着失去了生母而认她们做继母的孩子们。在夏洛特·扬1862年的小说《年轻的继母；或者说，错误编年史》中，主人公阿尔比尼娅是一个善心泛滥的女人，就等着碰到那些有足够的需求（也就是有悲痛）要她付出善心的人。阿尔比尼娅的兄弟姐妹担心她嫁给一个有孩子的鳏夫会成为卖了身的仆人，然而小说却向我们保证"她充满能量，喜爱孩子，这让她欣然接受了这一选择带给她的养育之责"。当她的新丈夫把她带回家时，他为所求于她的一切而道歉。"当我看着你，以及我给你的这个家，我觉得我很自私。"然而，她不允许他道歉。"这份职责就是我一直想要的，"她回答说，"要是我能做什么让你不那么悲痛就好了。"跟孩子们一起，阿尔比尼娅不仅说出了而且真切地**感觉**到了一切：她感到很抱歉，他们要认她作妈妈，而非他们的生母；他们可以叫她母亲，但是他们并非必须这样做。虽然这部小说的副标题是"错误编年史"，阿尔比尼娅似乎没有犯过任何错。

当我看到这部小说的题词——"失败却仍欣喜"——时，感觉那既像是谎言，又像是不可能完成的要务。事实上，圣人般的继母所说的一切听起来不过像是精心编织的、看似是自贬的炫耀。她知道她将永远是被放在第二位的——或是第三位！第四位！或第十位！——但她并不在乎。一点也不在乎。她只想发挥一些作用。我以为自己在发现这些品德高尚的继母时会高兴，结果我却觉得她们几乎令人无法接受——比童话故事里那些邪恶的继母难以接受多了。我那"有毒的苹果"并不是邪恶的继母，而是与其典型相反的那个圣人，她的内在美德像是最残酷的镜子，永远会让我看到比我无私的人。这些故事忘却了这种关系在结构上的困难重重，不然就是坚持认为美德可以克服一切困难。这也就是为什么童话故事比感伤小说更宽容。它们可以包容黑暗。在另一个故事中找到黑暗，比害怕黑暗只属于你自己，让人感觉不那么寂寞得多。

当我失去耐心、当我去哄骗、当我想要逃掉的时候，我惩罚了自己。当我怨恨莉莉总是在夜里跑到我们的床上来——而且那其实不是一张床，而是我们从起居室里搬过来的一张床垫——时，我惩罚了自己。对于每一种感觉，我都会自忖：一个真正的母亲会有这种感觉吗？让人感到难过的并不是"她**不会**"的确定性，而是不确定性本身：我怎么才能知道呢？

最初，我想象我应该是在一群陌生人中时，最像一个"真正"的母亲，因为这群陌生人没有理由怀疑我不是。然而，通常是在一群陌生人中间，我才最觉得自己像是个骗子。最早的时候，有一天，我和莉莉来到一台名叫"冰激凌先生"的冰激凌车前——这些车像地雷一样布满了纽约。我问莉莉她想要什么，她指了指上面最大的那个洒满了彩糖的双球冰激凌。我说："好！"仿佛我依然置身于那间迪士尼门店，依然为找到那套雪橇而兴奋，依然准备好用任何必要的手段、任何必要的麋鹿、任何必要的冰激凌，当一名及格的母亲。

那个双球冰激凌大到莉莉几乎拿不住。"用两只手"，几个月后我就知道可以这样说了，但当时我还不会。我无意中听到排在我后面的女人问她的朋友："什么样的家长会给孩子那么多冰激凌？"我因羞耻而脸红。**这位家长**。也就是说：完全不算是个家长。我害怕转过身去，却也同时很想转过身，以一句"什么样的母亲？一个想要替代死去的生母的继母"让那个陌生人感到羞愧，怼回她所代表的那个母性的超我。然而，我没有这样做，只是抓了一叠纸巾，并主动提出帮莉莉把她的冰激凌拿回我们的桌边，这样它就不会中途掉在地上了。

作为一名继母，我常常觉得自己像是一个冒名顶替者，或者说我会感受到处于最熟悉的故事情节界限以外的那种独有的孤寂。我没有怀孕过，没有分娩过，没有感受过身体里涌动着依恋的荷尔蒙。每天早晨醒来，我都会看到一个叫我妈妈却同时也想念着她生母的女儿。莉莉最喜欢的娃娃之一是一个名叫斯班缇娅①的哥特式人物，头发是挑染的紫色，束着万能钥匙腰链。包装盒上是这样宣传她的："幽灵的女儿"。

我常常说我们的处境是"异常的"。然而，就像许多种异常那样，它不仅是一把双刃剑——同时是孤寂和骄傲的源泉——还是一种妄想。"很多人都是继父母。"我的母亲曾经这么跟我说，显然，她是对的。皮尤研究中心近期的一项调查研究显示，四成美国人都有至少一段继父母／子女关系。12%的女性是继母。我可以向你保证，她们之中几乎所有人都会不时觉得自己是个骗子或失败者。

在一篇关于继父母的文章中，威尼科特宣扬了"非成功故事"的价值。他甚至想象了让一群"不成功的继父母"聚集一堂的好处。"我觉得这样一次会面或许会颇有成果，"他写道，"参会的都将是一些普通人。"读到那段话时，我愣住了，心中充满了渴望。我想参加这样一场会面，跟那些普通人坐在一起——听他们讲述用冰激凌收买孩子的故事、每天都会有的不耐烦、他们的不如意和不诚实、他们在情急之下买的雪橇。

伊丽莎白·丘奇在其研究《有毒的苹果》中讨论研究方法的那一节里承认，她在访谈之前就向访谈对象透露了她自己也是一位继母。有时在一场访谈结束后，她会描述自己的经历。她的许多访谈对象都

---

① 斯班缇娅（Spectra Vondergeist），美国动漫《精灵高中》里的角色，是学校记者，也兼任"血腥公报"博主。

坦承，她们跟她说的一些事是从来没有跟别人讲过的。我可以理解这一点——出于某种原因，她们觉得身边有一个同为继母的人就像是得到了某种许可，终于可以都说出来了。这有点像是想象中的、不成功的继父母们的会面，仿佛他们都在教堂地下室参加一场匿名戒酒会，在他们独有的微小的成功和频繁的失败中找到他们值得拥有的安慰：没有血缘关系，却是亲人。

决定将继母唤作母亲，或决定不叫她母亲，通常是继母的故事里充满戏剧性的关键情节。它往往是接纳或拒绝的高潮一刻。在一则于1870 年刊登在《迪凯特共和主义者》杂志上的、名为《我的继母》的故事中，一个小女孩以怀疑的态度对待她的新继母。当她的继母请她弹一首钢琴曲，想借此博得她的信任和好感时，女孩决定弹奏的是《我坐在我母亲的坟墓旁哭泣》。然而，您瞧，这位继母还是不屈不挠。她不仅赞赏女孩弹奏得很动人，还告诉女孩自己小的时候**也**失去了母亲，**也**一度很喜欢那首歌。这个故事最后的结局令人欢欣鼓舞，女儿终于叫她母亲了，那是一种颠倒的命名——孩子给父母命名，它拉开了两者之间"最完美的自信"的序幕。

在莉莉这儿，叫我母亲并不是什么结局。我和查尔斯在拉斯维加斯的婚礼教堂结婚后的第二天，莉莉几乎立刻就问我，是否可以叫我妈妈。显然，她一直在等着问这个问题，而我也被她的渴望感动——仿佛我们来到了电影片尾的字幕时间，环绕我们的背景音乐达到了高潮。

然而，我们的名字没有出现在片尾字幕中。我们才刚刚开始。我害怕极了。接下来会发生什么？接下来发生的是：开车途经 7-11 便利店时停下来买零食，莉莉抓着我的袖子说她在刚去过的镭射枪战生日会上喝了一杯"成人饮料"，感觉有点不舒服。她不希望我告诉她的爸爸。这就像是宇宙发出了第一次母性测试。她喝醉了么？我应该怎么办？如果我允许自己被唤作妈妈，我必须做好准备，承担镭射枪战生日会的后果。查尔斯最终猜测她喝了几口冰红茶。

我不那么像是"争取到了"母亲这个称号——就像许多感伤故事中描绘的那样，那是对表现良好且颠覆了旧时代恶毒继母典型的奖赏——更像是套进了一个已经剪裁好的人偶里，这个人偶代表着一个小女孩的渴望。我像是走进了1900年那个名为《制造妈妈》的故事。在那个故事里，6岁的萨曼莎为裁缝的人体模特披上一层层旧布，给自己做了一个替身妈妈。莉莉似乎已经给予了我一种深深的、直接的信任——未经我争取，出于她的需要——而如今我不得不弄清楚，如何肩负这种信任，不辜负它。

一旦我穿上"继母"那套文化典型的破旧服装，我便习惯了别人对我的生活所提出的种种说法。所有人在对我们的家庭一无所知的情况下，都有一定的看法。一个女人说，我们的处境比与一个糟糕的前妻竞争相对轻松些；另一个女人说，我将永远与莉莉记忆中那个完美的生母竞争。我为一本杂志写了一篇有关我们全家旅行的文章，编辑想让我再渲染一番："旅途是否遭遇不顺？"她在我草稿的页边空白处写道，"你希望从这场旅行中获得什么？更紧密的家庭关系？一次放下悲伤的机会？还是……？？把我们的心弦再拉紧一点。"当这位编辑想象我们的家庭时，她觉得我们充满悲伤，要不就是受到抵触情绪影响。我最喜欢的是她的"还是……？？"，那听起来很真实。并不是所有关于我们家的说法都是错误的；更多的时候，它们大都是对的，至少能让我产生一些共鸣。不知怎的，那更让人惊慌——陌生人对我如此了解。

然而，每一种说法又都不尽完整。真相远远超越任何单一的说法，或者说，这些说法的对立面似乎也是成立的。我很少会想说："不，完全不是那样的。"我通常想说："是，它是那样的。也是这样的，还是这样的，以及这样的。"有时候，那些假设本身——它们令我们所遇到的每个人都内心翻腾——让当继母这件事像是在一间手术室里，当着一屋子陌生人，去爱一个人。我确信我一直在被剖析，关于如何完整或是富有同情心地出演我的母性角色。

最终，我只在两个童话故事里找到了好继母，她们都来自冰岛。在其中一个故事中，一个名叫希敏约格的女人帮助继子实现了他去世的生母托梦带给他的预言，从而让他走出了失去母亲的悲哀：他要解救一个因为中了咒语而变成食人巨兽的公主。当王子凯旋，皇室正准备将希敏约格烧死，因为所有人都确信，她要为王子的失踪负责。她的无我令人动容。她为了帮助继子获得必要的自由，不惜让自己陷入困境，而我呢，则急着证明自己是个好继母——想要**看起来**像是一个好继母或许反而无法让我当一个好继母。或许我想要获得母亲的荣誉多于我想要做个母亲。相反，希敏约格却为了帮助继子破除他必须破除的咒语而甘愿被视为女巫。

另一个好继母便是希尔杜。她的丈夫在他的第一任皇后去世后，发誓不会再娶，因为他害怕女儿会受到虐待。"所有的继母都是恶毒的，"他这样告诉弟弟，"而我不想伤害英吉比约格。"他是童话中的国王，早就吸收了童话中的智慧。他知道继母是怎么回事。然而，他还是爱上了希尔杜。不过，她说她不会嫁给他，除非他让她在婚礼之前跟他的女儿单独在一起住3年。正是因为她愿意花时间和心血单独建立和他女儿之间的关系，点燃其烈火，他们的婚姻才成了可能。

莉莉和我所共有的最接近于一座冰岛城堡的东西，便是一系列遍布曼哈顿的盥洗室。盥洗室是只属于我们两个人的空间：那间用旧报纸当墙纸的，那间她坚称人们过去只有辫子而没有手的，那间位于一家赛百味门店里、有个混凝土拖把池的，她很喜欢那里，因为她觉得那个水槽"又酷又简约"。

盥洗室是属于我们的空间，就像星期三是属于我们的日子——我会在那一天去学校接她，带她去那家介于第三大道和第二十大道之间的、有很多警察光顾的唐恩都乐甜甜圈店，然后赶时间带她去上芭蕾课，把她塞进那条贴满人造钻石的紧身连衣裤，并像一个哀求者一样跪在她的紧身衣前，给她的发髻夹上发夹。刚开始，我觉得能把她带到芭蕾课上且只迟到了 2 分钟，应该可以得一枚奥林匹克奖牌了。最终，我意识到我身边都是和我一样的母亲，而且她们还比我早了 2 分钟，她们梳的发髻还更利落。在我看来极其困难的一切不过是普通家长每天都在做的事情。

不过，那些下午是有意义的，因为它们属于我和莉莉。有一天——那是在莉莉、查尔斯和我第一次搬进一间属于我们三个人的新公寓前几个月——在一家位于苏豪区的纸杯蛋糕店的盥洗室里，莉莉指着墙壁说：粉色和棕色，用蕾丝图案装饰。她告诉我，她想要我们的新房间像那里一样。她都计划好了。在新的地方，爸爸会住一间房间，而莉莉和我则住另一间房间。我们的房间将如此玲珑可爱，她说。她不确定是否能让男生进去。那就是希尔杜所知道的：我们需要一些只属于我们两个人的东西。

几个月后，当我在那间新公寓里给莉莉读苏斯博士的《霍顿孵蛋》时，我感到喉咙口卡住了。大象霍顿答应坐在蛋上，以便不负责任的鸟妈妈梅吉去棕榈海滩度假。梅吉没回来，但是霍顿并不放弃。他一连几天、几周、几个月都坐在素不相识的梅吉的蛋上。"我说到做到，"他反复说，"大象是忠诚的，百分之百如此！"

当那只鸟蛋终于孵出来时，蛋壳里钻出来的是一只既像鸟又像大象的动物：眼睛发亮、有着弯曲的小象鼻子和一对顶端是红色的羽翼的小宝宝。她极小的象鼻子让我想到莉莉的手势——它们如何变得像我的那样夸张又毫无意义——以及她如何开始像我那样制订任务一览表，以便把做完的事情划掉。然而，她也在卧室里放了一张各大行星的海报，因为她的生母热爱外太空，她也会骄傲地说，她的生母总是"埋头看书"，就像她的外婆跟她说的，她生母一直都是那样。

对于我来说，思考成为继母意味着什么，并不在于相关的统计数据——"超过 10% 的美国女人都可能会有相同的经历！"——而在于

190

继母这一身份要求我们质疑那些对爱的本质和家庭的定义所做的预设。家庭比生物学涵盖的多得多，而爱则比本能涵盖的多得多。爱是努力和渴望——并不是一个轻易或立刻就产生依恋的情感故事，而是生命交汇的复杂的幸福：装在彩虹小马午餐盒里的火腿和鳄梨酱三明治，或是夜半的成长烦恼和满是呕吐物的汽车座椅。它是陪伴的日子。我们所继承的小象鼻子以及所进入的故事，它们成了我们的一部分——通过子宫、蛋壳或陪伴，通过意志力本身。然而，蛋里孵化出来的却极少是我们所预期的：出现的孩子，或是出生的父母。那个母亲不是一个圣人。她不是一个女巫。她只是一个普通女人。有一天，她找到了一架雪橇，而那是在她被告知什么都卖完了以后。那就是故事的开始。

心碎博物馆

在失恋博物馆里，挂在墙上、压在玻璃台下面、陈列在基座上的，都是一系列平常物品：电烤箱，儿童脚踏车，手工制作的调制解调器，厕纸架，呈阳性的妊娠试验棒，呈阳性的吸毒测试棒，久经风霜的斧子。它们来自台北、卢布尔雅那、科罗拉多、马尼拉。所有物品都是捐赠而来，每一件都有故事："她离开的 14 天里，我每天都会用斧子砍掉一件她的家具。"

在博物馆礼品店里，"糟糕记忆橡皮擦"是最受欢迎的物品之一。那的确是一种橡皮，还分了好几种颜色。然而，实际上，这家博物馆的本质恰恰与橡皮相反。每一件物品都在强调有什么是**曾经存在的**，而不是试着令它消失。向这家博物馆做出捐赠，既让人放下过往，又赋予其永恒：你把它从家里清了出去，又令它不朽。"她是一家杂货店的区域买手，而那就意味着我得以品尝一些很好的样品。"一只枫糖海盐味爆米花盒子的文字说明是这样的："我想念她、她的狗，以及那些样品，并且无法忍受将这盒花哨的微波炉爆米花留在我家里。"捐赠人无法忍受把它留在家里，又舍不得把它扔掉。他想要把它放在基座上，把它当作一个结束了的时代的遗物。

谈及分手，我们都喜欢用一些通用的，有关清除、解放和驱邪的描述：我们应该把那些回忆从脑袋里彻底抹去，将自己从其掌控中解放出来。然而，这家博物馆认为我们和过去——即使它破碎了，背叛了我们——的关系没那么简单，它既带有引力，又令人厌恶。

展品1：蛤壳项链
意大利，佛罗伦萨

这是一条朴素的项链：一个极小的、带棕色条纹的蛤壳，系在一根黑皮线上。这个贝壳是从意大利的一片沙滩上捡来的，上面以牙钻钻了两个洞，再串到线上。当时为我做这条项链的人是一个来自佛罗伦萨的牙科生。他在上课时偷偷地做了这条项链，而那节课本在教怎么做假齿冠。我曾经天天戴着那条项链，直到有一天，我不再戴它。

当我来到克罗地亚的萨格勒布参观这家博物馆——它在上城的边缘地带占据了一栋巴洛克风格的小楼——时，我是孤身一人，不过几乎所有其他参观者都是跟另一半一起来的。大厅里都是在等待妻子或女朋友的男人，女士们看展的时间更久。我想象着这些情侣沉浸在幸灾乐祸和恐惧之中：这不是我们。这可能会是我们。我看到访客留言本里有人写道"我应该结束我的恋情，但我大概不会这么做"，并摸了摸我自己的婚戒——作为证据、慰藉——却也不由自主地把这枚戒指想象成又一个展品。

在飞往萨格勒布前，我给朋友们打了一圈电话——"你会给这间博物馆捐赠什么物品？"——并得到了我之前无法想象的叙述：一只被牙科生钻了洞的蛤壳、一只吉他钢滑音管、一张购物清单、四条黑裙子、一根人发、一支芒果蜡烛、一只阴茎状的瓢、拉赫马尼诺夫第三号钢琴协奏曲的乐谱。一个朋友描绘了她前男友小时候所钟爱的一本儿童绘本里的插图，图中有一排灰老鼠，它们的脑袋上方都有同样颜色的表示内心活动的气球，仿佛它们都在做着同样的梦。朋友们在描述这些物品时，都用了表示彻底结束的过去式："我们做着同样的梦的那个时候。"这些物品是那些梦的遗迹，就像博物馆的展品是陌生人梦的遗迹一样——试图强调这些梦还留下了些什么。

行走在这家博物馆里，感觉没那么像是窥阴狂，而更像是参与了进去。陌生人希望他们的人生得到见证，而另一些陌生人则希望为他们见证。展览笔记引用了罗兰·巴特的话："所有的激情都终有其受众……要是没有最终的剧场，就没有多情的牺牲品。"我觉得自己有一种离奇的重要性，仿佛我的关注为那些捐赠了物品的陌生人作出了证明，证明他们挫败的爱应该得到关注。这里有一种民主的氛围。它认定每个人的故事都是值得去讲，也值得去听的。捐赠物品的人与参观的人之间并没有什么明显的界线。任何一个参观者——只要他失恋了，并且有厕纸架——只要贡献了一件物品，就可以成为一位作者。

一小瓶旅行装护发素旁边的文字描述了一个名叫戴夫的男人，他受 W 先生和太太的"欢迎"，成了他们开放式婚姻的一部分。W 太太和戴夫在他的小屋里共度周末后，留下了这瓶护发素，但之后，当她和 W 先生丧生于车祸，戴夫"无法在任何公共场所哀悼"。这段文字说明里的一些话似乎就是冲着我说的："你正在为戴夫提供他所需要的公共场所。"

展品 2：购物清单
新泽西，普林斯顿

我一到 20 岁就开始了长达 7 年的、极为认真的恋情，却在 27 岁时失恋了，并且没有再谈恋爱。单身 10 年的我已经搬了四次家，拿到一个博士学位，有了一份工作，体重增加了 40 磅。当时我正在整理一箱已经穿不下的旧衣服，把手伸进一条缩了水的牛仔短裤的后口袋时，发现了一张纸条，那是令我心碎的前男友写下的购物清单："电池、大。黑色垃圾袋、替代型。汰渍（小号）漂白、青。洋葱。"①我突然想起了他对句号的不必要使用——很奇怪的，每一封邮件，每一封信，他总是在签了名以后，以那个终止标点符号来结尾。

失恋博物馆始于一次分手。奥林卡·维斯蒂卡和德瑞森·克鲁比斯克在2003年分手后，发现双方就如何分割那些物品进行了一连串艰难的对话。就像奥林卡说的那样："那种失落的感觉……是我们唯一还可以跟彼此分享的。"一晚，他俩坐在厨房餐桌旁，想象着有这样一场展览，展出所有分手——就像他们自己的分手一样——残留下来的遗骸。当他们最终在3年后举办这个展览时，一号展品就是从他们当时同居的住处拿来的：那只被他们称为蜜糖小兔的机械发条兔。

10年之后，他们分手的故事成了这家博物馆的起源神话之一。一天早上，奥林卡喝着咖啡这样对我说："这件事奇怪极了。那天，在博物馆外，我正准备从自己的车上走下来，这时听到一个导游向一群游客介绍那只小兔子。他说：'这始于一个玩笑！'"奥林卡想告诉那个导游，这并不是玩笑，最初的那些对话令人非常痛苦，但她意识到自己的分手故事已经成了公共财产，只能由得别人去传讲、理解。人们从中选取他们想要的内容。

搬离两人同居的公寓2年后，德瑞森给奥林卡打电话，建议将他们的分手装置艺术提交给萨格勒布当地艺术节。他们在第一年落选，但在第二年入选了——只有2周时间来规划这一装置艺术，还被告知他们将无法拿到展览馆里面的位置。他们从亚得里亚海边的港口城市里耶卡运了一只集装箱到萨格勒布，并在之后的2周内收集物品来装满这只集装箱。最初，他们担心找不到足够的物品，但每个听到这一想法的人都说："我或许可以拿出点什么。"

---

① "大"（lg.）、"青"（g.）、替代型（alt.）的原文皆为词语短缩形式，带有短缩符"."，此处以中文的"。"代替，以与后文提及的"我"的联想呼应。——编者注

奥林卡在班耶拉契奇广场的钟楼下跟一个女人见了面，那个女人是跟她的丈夫一起来的，带来的却是一本写满了她前任名字的日记；奥林卡在酒吧里跟一个年长的男人见了面，他是个受过伤的兽医，从购物袋里拉出一条假腿，并向她讲述了一个帮他在20世纪90年代早期搞到这假肢的社工的故事。那时候，巴尔干战争导致假肢断货。他说，这条假肢比他们俩的恋情维持的时间更久，因为它是"用更结实的东西做的"。

4年之后，奥林卡和德瑞森最终找到了可以永久展出这些物品的地方。那里一片狼藉：一座彻底让人绝望的18世纪皇宫的第一层，就坐落在缆索铁道的顶端。"我们有一点疯狂，"奥林卡告诉我，"我们目光短浅。就像你坠入爱河的时候那样。"德瑞森搞定了地板并刷了墙，修好了砖拱。他修得太棒了，以至于人们总是问奥林卡："你确定要跟这个人分手么？"

这就是博物馆的构想那美好的讽刺之处：一家基于他们的分手创建的博物馆最终成全了奥林卡和德瑞森之间长久的伙伴关系。从博物馆的咖啡店可以看见玻璃盒里的那只机械兔子——它是备受关注的吉祥物和博物馆守护神。奥林卡告诉我："人们以为那只兔子是我们的展品，但其实，这家博物馆——它所成为的一切——才是我们的展品。"

展品3：一本亨利·戴维·梭罗的《瓦尔登湖》
罗马尼亚，布加勒斯特

R和我都在我俩开始谈恋爱的时候读起了《瓦尔登湖》。喜欢《瓦尔登湖》需要一定的孤寂，而我们的恋情就是一个载体，让我们把各自的孤独存放其中而互不侵犯，就像水和油一样。我们住在一起却决定分房睡，并都在睡前阅读《瓦尔登湖》。那是我们的象征：我们的身躯被那堵墙区隔在两间房间里，然而我们的头脑却在思考同样的东西。分手的时候，我俩都还没有

196

看完那本书。无论如何，我们都继续读了下去。

这家博物馆的每一段文字说明都超乎我的想象。看起来像是乌诺纸牌的一套牌不仅仅是简单的乌诺纸牌。一个美国士兵计划把它送给异地恋的女友，她是一个澳洲士兵的遗孀，自己也是一名军人，抚养着两个小孩——然而，当他俩最终都完成了任务，他来到澳洲见刚从阿富汗飞回来的她时，她却告诉他，她还无法给予承诺。数年后，他偶然间来到这家博物馆，发现里面都是失落的爱的残留物，便决定捐赠那套他们一直没玩过的乌诺纸牌。他这些年来都带着它。

有些展品会召唤出波澜壮阔的历史戏剧，比如在战火中逃离萨拉热窝的 13 岁男孩写的一封情书。那是一封写给艾尔玛——一个跟他在同一车队，坐在他旁边那辆车上的女孩——的信，他却没有勇气把信给她，而是拿出了他最喜欢的涅槃乐队的磁带，因为她忘了带自己的音乐。

然而，让我最感动的却是那些平常的物品。它们的平常表明，每个爱情故事——即使是最熟悉的、最在意料之中的、最缺乏戏剧性的——都是可以放在博物馆里的。博物馆的前馆长伊万娜·德鲁泽提克将它们理解为是从珍宝柜演变过来的："既然发现了最微小的、触及最深远的东西，选择标准便不再是寻求极端之物，而是试图捕捉处于中间地带的展品。"

通过这些平常的物品可以看到，分手的影响之所以大是因为它充斥在日常生活的平庸之中，就像恋情本身那样：每一次跑腿，每一次恼人的闹钟叫，每一次深夜在网飞①上追剧。一旦爱情走了，它就随处可见。它是个幽灵，即使不在，也似乎在日常生活中随处可见。一个男人把他的一张张购物清单撒遍你的过往，那里面夹杂着个人的秘密信号和没有理由的句号，其明确性有些悲情："大。黑色垃圾袋"

① 网飞（Netflix），会员订阅制流媒体播放平台。

让人想起垃圾袋太小的时候，或是"青。洋葱"，那是某一种炖鱼所必需的原料，而那道炖鱼又是在某个夏日潮湿的傍晚才会做的。这些展品都是情侣之间私下交流的语汇，我永远都无法彻底理解——被打破的锅、塑料桶——或是已经不复存在的、两个人的文明遗迹。

有些物品感觉不那么像是过去的遗迹，而更像是来自未经历过的未来的历史文物。一块几乎碎掉的姜饼曲奇，那是在芝加哥十月啤酒节一个令人晕眩的下午跟一个已经订了婚的男人调情而留下的腐坏了的颂词。他第二天发了一条短信说："我开不了口，因为你是一个很好的女孩，但是……请你不要再打电话或者发短信给我了，因为我怕那样只会惹麻烦。"它看起来如此无关紧要——偶然的相遇和轻蔑的短信，你不会觉得这样的东西可以不朽。然而，它却成了不朽的珍藏。那个十月啤酒节如此重要，以至于一个女人将一块姜饼曲奇收藏多年，直至曲奇上的糖霜结成了白乎乎的、破碎的痂，而这些痂正代表了这座博物馆本身的精髓——对"一日激情"的隐隐悲哀的重视、对那些看似不值得纪念之事的依恋、对从未发生过的事的哀悼。那也正是任何分手都会有的一部分：为一段已经死去却依然萦绕在心的恋情，一段假想的、也许可以成真的恋情而伤怀。某个士兵的一只羊毛袜旁，配有这样一段说明，来自他20年的恋人："我跟他生了两个孩子，而我们从来没有好好真正对过话。我一直以为，有一天，我们会开始对话的。"

博物馆里有这样一本日记，是一个女人在她爱人躁郁症发作时写的。里面满是像箴言一样被重复的句子："我正保持开放的心态"和"我活在当下"。这些句子被一遍一遍地写下来。正是这些句子的司空见惯让我动容。它们并没有什么绝妙之处。它们只是很有必要。

展品4：粘了一根头发的信封
捷克共和国，卡尔维纳

1993年，我大学毕业，在波兰和捷克边境的一个煤矿小镇教了一年的英语。那是一个压抑的、被污染了的城镇。在那里，我感到了从未有过、以后也没再经历的寂寞。离开那里前的那个夏天，我在索尔兹伯里海滩公园遇到了一个名叫柯林的苏格兰男孩。他在那里开摩天轮。那个夏天后，我们就开始互通书信。有时候，他的一封信是唯一可以支撑我度过一天的东西。他长着我所喜爱的红褐色鬈发。有一次，当那熟悉的航空邮件蓝色信封来到我的信箱，我发现他在用胶带封上信封时把一根鬈发粘在了胶带上：他身体的一部分、他的 DNA，有一天将由他的孩子们继承。在他以相当懦弱的方式抛弃我——就是不再写信了——之后，我依然每天查看信箱然后哭泣，回到我悲伤的公寓再哭泣，看看那只粘着他的鬈发的信封继续哭。

"这家博物馆一直都比我们快两步。"奥林卡这样告诉我。她解释说，它从一开始就有自身的意志，一种超越她和德瑞森的推动力。仿佛这些故事早就已经在等他们了——就像空气中的湿气，天空就要下雨了。在他们的集装箱展览后，奥林卡和德瑞森马上接到了日本一档问答节目的电话，节目组想在他们的博物馆里拍一集节目。然而，博物馆并不存在。从头开始就是那样的：人们相信那样东西，**想要那样东西**，即使在它还不存在的时候。

第一次在集装箱内办展之后的 10 年里，这家博物馆先后以多种形式出现：萨格勒布和洛杉矶的永久装置艺术展品，一家由数千照片和故事构成的虚拟博物馆，以及登陆全世界各地的四十六个快闪展览——从布宜诺斯艾利斯到博伊西、从新加坡到伊斯坦布尔、从开普敦到韩国某市、从阿姆斯特丹红灯区的老教堂到布鲁塞尔的欧洲议会，都是就地取材，就像一家传统手工杂货铺，装满了当地的心碎经历。

奥林卡跟我讲起了有关各地展览的逸事：墨西哥城的展览第一天就收到了两百多项捐赠品。韩国的展览满是在展览不久前死于渡轮事故的高中学生的物品。法国的捐赠者往往喜欢在他们的文字说明中用第三人称，而美国人的叙述通常以显眼的第一人称为标志——全美惯用的"我"。美国的策展人在谈论他们的展览时，也更多地会去用第一人称："我的收藏""我收到的捐赠"。她和德瑞森试图不那样讲话。在好几年后，他们才将他俩分手的背景故事列入大众对这家博物馆的讨论之中。他们总是觉得，这个展览远远超越了他们的个人痛苦。

这些展品将个人的历史公之于众，但它们也赋予过去一种尊严。每当回忆把我们带回过去时，它最终会为其翻篇：以回忆和再现、美化和辩白代替已失却的爱侣。它依然不过是一盒爆米花或是一只电烤箱，一件在1997年的某一夜因为突然下雨而湿透了的连帽运动衫。

那一周，我在萨格勒布参观了另一场展览，有关1991年塞尔维亚蒙泰那格林人对杜布罗夫尼克的袭击。展览上的这些物品最为震撼人心：不是那些灰暗的石头城堡爆出团团烟火的巨幅照片，而是形状像迷你黑色菠萝的小手榴弹，以及一家人用一片击中他们家的炮弹壳碎片做的粗糙十字架。一个士兵的粉色手电放在一片弹片旁边，一块方纱布上沾着他的血，一张照片上，他躺在医院病床上，一只眼睛被绷带蒙住了，胸口放着念珠。他的名字叫安特·普利兹。那些单词对我而言没有意义，然而那片弹片——它一直住在他的身体里。

展品5：四条黑裙子
纽约，布鲁克林

我将向这家博物馆捐赠挂在我衣柜里的四条黑裙子：一件衬衫式连衣裙、一件背心裙、一件有棱纹的高领连衣裙，以及一件A字真丝裙。其中有两条是我的前男友给我的，另外两条是我自己买的，然而它们都出自我人生的那个时期。那时候，我想象着自己可以通过穿某种制服而成为自己想要成为的人。我以为——我俩都以为——我的非女性化、我对服饰的毫无兴趣、我总体而言的不时髦，都可以通过我变身为那种穿着黑衣服、发表尖锐评论、写畅销书的文学派对常客而解决。我们分手前的两个月，那个男人对我说："我只是在等，看你是否能成名，因为那样的话，我或许就会爱上你了。"那句话太伤人了，想要诚实却如此笨拙。然而，我还是能理解，从某种意义上来说，这就是我一直在承诺他的——我们一起构造的一个公共自我的幻想。我将向这家博物馆捐赠这些裙子，不过还是会穿它们。一直会穿。只不过，我也会穿别的裙子——紫色的、碎花的、有几何图案的、粉色的。

小时候，在父母分居前，我相信离婚跟结婚一样是个仪式，只不过与其相反：一对新人走在教堂的红毯上，紧握双手，然后，一旦到达圣坛，他们就放开彼此的手，分道扬镳。一个家族朋友离婚后，我问她："你离婚离得开心么？"那像是个礼貌的问题。一场婚姻的结束像是重要到需要让仪式来见证。

当行为艺术家玛丽娜·阿布拉莫维奇和她的男友乌莱决定结束他们长达12年的恋情时，他们以爬完整座长城来为这段关系画上句点。"人们总是在恋情开始时做出很多努力，却在恋情结束时吝于付出。"阿布拉莫维奇这样解释。1988年3月30日，她从长城东端的黄海渤海湾开始走，而乌莱则从长城西端的戈壁滩开始走。他们两人各自走了90天，加起来大约走了1 500英里，直到在长城的中点相遇，彼此拥抱并说了再见。将近30年之后，在斯德哥尔摩一场阿布拉莫维奇的回顾展上，两块播放着录像的屏幕展现了他们各自旅程中的景象：一块屏幕上，阿布拉莫维奇正走在冰雪覆盖的硬泥地上，途经一群骆驼，而另一块屏幕上，乌莱则挂着一根拐杖在绿色的山丘上行走。录像带在循环播放，在我看来，这很美——在他们分手几十年后，在屏幕上，这两个爱人依然在不停地走向彼此。

如果每一段关系都是一场合作——两个人共同创造要跟对方在一起的自己——那么这场合作有时会让人觉得像是暴政，逼自己成为某个样子，而且有时候它感觉像是分娩，创造出一个新的自己。有时候，露出来的彗星尾巴——你穿的裙子、你试过的唇膏、你买了但是一直没读的书、你假装喜欢的乐队——似乎像是破碎的镣铐，却有时依然是美丽的：犹如戏服改装而来的一条裙子，成了某个周六夜晚的丝绸之肌。

实际上，在开始恋爱前，我就早已对分手极其着迷了。我成长的家庭多次见证了离婚和再婚：我祖父母和外祖父母都离过婚，我母亲的祖父母离了两次，我的父母都结了三次婚，我的长兄40岁时离婚了。离婚不那么像是离经叛道之事，而更像是恋爱周期中不可避免的阶段。

然而，在我的家庭中，过往的伴侣给人的印象很少是心存报复或怀恨在心的。我母亲的第一任丈夫是个瘦而高的嬉皮士，他的眼神仁慈至极，还曾经给我买过一只捕梦网①。我敬爱的姑姑的第一任丈夫是个艺术家，他在沙滩上收集干枯的棕榈叶制作面具。这些男人令我着迷，不仅因为他们携带着妈妈和姑姑的我所不知道的过去，还因为他们的未来充满了幽灵似的各种可能。我的父母在离婚17年后变得如此亲密，担任主教执事的母亲竟主持了父亲的第三次婚礼。

也就是说：成长环境令我相信，一段关系很可能会结束，但我也坚信，即使在一段关系结束后，它依然会是你的一部分，而且这未必是件坏事。当我问母亲她会给这家博物馆捐赠什么物品时，她选了在旧金山买的一件衬衣。那是在我出生前数年跟她所爱的那个女人一起买的，当时她还没遇见我父亲。

成长环境令我有这样一种意识：一段破碎关系的意义远胜于其破碎。过去发生的一切不会因为关系的结束而作废。有关这段关系的回忆——其中的快乐和摩擦、它带出的那个自我——并没有消失，即使这个世界并不总能容纳它们。太多地谈及前任被视为某种病态的象

---

① 捕梦网（dream catcher），一种美洲原住民的吉祥物，传说能困住噩梦，只让美梦通过。

征。持续一夫一妻制的信条让你相信，每一段关系都是不完美的试验，只是在为那段最终修成正果的关系做准备。在这一模型中，总有离婚发生的家庭是失败的家庭。然而，我的成长环境则让我对离婚有不同的看法：每一个自我都是其所爱的积累，就像俄罗斯套娃将所有那些过去的关系装在里面一样。

展品6：佩斯利花纹衬衫
加利福尼亚，旧金山

那是1967年的某时。我们在海特-阿什伯里区的露天铺子买了佩斯利花纹衬衫。那是我们刚刚开始恋爱时春风沉醉的日子；我更是难以自拔，因为那是我的第一段同性恋情。我们的衬衣几乎相同，却不尽然：我的是迷幻粉，而她的则是紫色。我俩第一次穿上它们肯定是在杰斐逊飞机乐队的演唱会上。不过，这件衬衣还承载着它未曾到过的地方的回忆：在欧洲背包旅行、收割庄稼的一年；在普罗旺斯带领采摘橄榄的农民进行抗议游行；在死亡谷露营，我们在那里同时看到一边太阳落下，而另一边月亮升起。那感觉真好，让人充满希望。直到有一天，它变了。我一直没明白我们为什么分手，不过那可能跟我想要孩子有关。我最后一次见到她是在1975年华盛顿的游行上。那是很久以前的事了，但我还是留着那件佩斯利衬衫。它让我想起曾经的自己。

小时候，我特别喜欢一本叫《格罗弗和"整个世界所有一切博物馆"》的书。在"整个世界所有一切博物馆"里，格罗弗参观了"你在天空之屋见到的东西"，以及长满了"细长的用来写字的东西"的一间展厅——有一根胡萝卜被错误地放在了那里。他将这根胡萝卜交还到了原本空荡荡的"胡萝卜厅"正中优雅的大理石底座上。就在格罗弗快要参观完展品时，他感到疑惑："他们把其他的一切都放哪儿了?"就在那时,他来到了一扇木门前,门上写着:"其他的一切"。当然了,当他打开那扇门时,那不过是出口。

当我离开失恋博物馆时,萨格勒布街上的一切都像是潜在的展品,曾经是或未来可能成为一段恋情一部分的物件:在蕾丝窗帘前咧着嘴笑的花园守护神石像;窗台上用紫色黏土做成的表面不平整的球;靠近缆索铁道顶端的橙色塑料烟灰缸;斯特罗斯玛特露天烧烤架上的香肠上戳出来的每一根牙签;在哈布兰格瓦·尤利卡街上的金属格栅里堵着的每一个烟蒂;一个老男人小腿上暴露的有苹果那么大的痂,他骑着摩托车,后座的老女人紧紧揽住他的腰,或许有一天,她会期许自己曾经把那块痂收藏起来,以此记住他。萨格勒布万里无云的那一天就像是一颗遥远的定时炸弹,会带来心碎。

在伦琴公园,我看到一个男人和一个女人分享一袋爆米花。我想,是否会有那么一天,在一切都瓦解后,他们还会记得这一天的配饰,就像泥土样本似的:她的墨镜、他的球鞋。我想象他们的爆米花被放在基座上,聚光灯照着它——"一袋爆米花;克罗地亚,萨格勒布"——以另一个女人,或男人,或另一年的故事作为文字说明,它如何让光彩暗淡成平常。

我可以想象自己用一份没完没了的编目记载过去的恋情留下的鬼魂般的物品:在位于炸豆丸子店上面的公寓里的蒲团上吃的一品脱巧克力冰激凌;在林肯街和匹克街交叉路口的汤米快餐店吃的一盘软乎乎的辣味薯条;一小瓶红眼病药水;T恤上二十种不同的味道;肮脏破旧的洗脸盆上,像茶叶一样撒得到处都是的碎胡子;在和我以为要嫁的那个男人同居处的厨房里放着的那一台三只轮子的洗碗机。然而或许更深层的问题不在于这些物品本身——那份编目上有些什么——而在于我为何这么喜欢记录它们。对于那种疼痛,那种怀念旧爱的蚀刻入骨,那种怀旧的调调,我为何乐此不疲?

我和第一任男友分手时,我们都还是大一学生,在美国的两端,天各一方。从那以后,我就开始对分手所带来的悲伤产生了一种奇特的依恋。我并没有追忆电话里我们那些生硬的对话，而是在波士顿寒冷的夜晚抽起了香烟，想念在洛杉矶坠入爱河的情形：海边温暖的夜晚，在救生塔上亲吻。那种悲伤似乎比我们之间的关系更为纯洁，我似乎更喜欢怀念那个男人而非真的跟他在一起。然而，还不止于此：那悲伤本身成了一种支柱，比他更令我需要的支柱。

展品 7：吉他钢滑音管
西弗吉尼亚，费耶特维尔

我所拥有的最有杀伤力的失恋物品是一根 20 世纪 20 年代的吉他钢滑音管。它是一根滑音棒，即不过是一根镀铬钢管或铜管，原本的生产戳记因为长期使用已消失不见。我那个极具音乐天赋又往往会做出一些有破坏性的事情来的前任把它送给了我（大约是在搞破坏时）。我想，它或许一度是他最珍贵的物品。我们在一起 6 年，那时我还很年轻，那段恋情以我跑到受虐女性救助所告终。然而，我实在舍不得扔掉这根滑音管，而且我总是想起那些向我涌来的蓝调：他的，通过他传递给我的。不过，它似乎更属于他，而非我——我的手指摸着它的边缘总有些怪怪的感觉——如果他想要拿回去的话，我会乐于奉还。

奥林卡相信"忧伤被不公平地驱逐到公共空间之外"，并且告诉我，她哀悼忧伤，它被驱逐到贫民窟，被脸书上个人状态更新里的诡异乐观取代。一根吉他滑音管可以让人想到那些蓝调——"他的，通过他传递给我的"，一座博物馆也可以让人想到那些蓝调，强调我们需要给它们提供空间。奥林卡一直想象她的博物馆是一座"忧伤得以安放的民间小庙"，在那里悲伤可以被理解为某种并非一定要去掉的东西。她不喜欢别人夸赞她的博物馆的"疗效"——那强调悲伤需要医治。

在我的人生中，有 15 年——从第一次分手，到最后一次分手——

我的信念几乎与此相反：悲伤是高于现实的，它是一家情感的酿酒厂，可以带出最强大也最纯真的我。然而那一周，当我走在萨格勒布的街上时，我已结婚2年半且怀孕2个月了。我没有寻找抽烟和感受寂寥的地方，没有用无滤嘴的欧洲香烟将我的内心掏出来。我在寻找新鲜水果，那或许可以满足我突如其来的胃口：从露天集市买来的一纸袋樱桃，或是熟透了的蟠桃，我的牙齿一咬破它们的皮，果汁就淌到了我身上。

一旦恋情失去了最初那种无所顾忌的情爱和无拘无束的激情状态，我就难以继续下去。我觉得，在那种最初的光芒过去之后，一切都很灰暗，且充满妥协。然而，结婚意味着坚守另一种美：其绵绵不绝、深深浅浅的美，让爱经年累月地层层演变，于婚姻所有的困难与潦草中显现亲密，在这段关系中待得足够久，直至个中辛苦都成了护身符，告诉自己：它有另一面。

回到萨格勒布的酒店房间里，我的手机响了，有人发短信给我。一个朋友在科罗拉多机场等待她刚爱上的那个男人的班机；另一个朋友则说："我们刚刚分手。你在吗？只是不想一个人过周末。"

世界总是同时在经历开始和结束。伊卡洛斯①从天上掉下来的时候，也有人在Tinder②上往右刷。

在爱达荷州博伊西的失恋博物馆快闪展览上，一个男人捐赠了一台电话答录机，里面存了一则前女友叫他"混蛋"的留言，紧接着又是一则来自父亲的留言，谈论天气这样的平常话题。这就是心碎：你如此心痛，而世界上的其他人依然在留意阵雨。你的前任无法忍受你在世界上的存在，而你的哥哥则想问你前夜是否看了纽约尼克斯的比赛。这家博物馆的吸引力也在于：想要陪伴，想要将回到单身的经历

---

① 伊卡洛斯，希腊神话中代达罗斯的儿子，与代达罗斯使用蜡和羽毛造的翼逃离克里特岛时，他因飞得太高，双翼上的蜡遭太阳融化跌落水中丧生，被埋葬在一个海岛上。
② Tinder，约会应用程序，往右刷表示喜欢。

变成朋友间分享的经验。"我们刚刚分手。你在吗？只是不想一个人过周末。"

法国观念艺术家索菲·卡勒如此阐释她 2007 年的装置艺术《照顾好你自己》的构想："我收到一封邮件，说一切都结束了。我不知道要如何回应……那封邮件以'照顾好你自己'结尾。因此，我照做了。"对于卡勒而言，"照顾好自己"意味着请 107 位女性来解释他的信："帮我分析它、评论它，用它起舞，拿它歌唱。剖析它。耗尽它。理解它。"她的展览汇合了她们的各种反应。一位"词法学研究者"指出，这封分手信的语法中缺少能动性。一位校对者注意到了其中的重复。一位律师认为她的前任是在欺骗她。一位犯罪学家诊断他"骄傲、自恋且自负"。

见证别人的分手并请别人见证我的分手是我人生中所有深厚友谊的一部分。那是彼此亲近的读者、预言家、茶叶占卜的解读者和另类叙述论者之间合作的艺术："亲爱的，我能不能求你帮我看看这个？"一个朋友把刚刚跟她分手的男人写的邮件转发给我时，这样写道，"我真的无法确定自己现在不是个歇斯底里的女人……可否请你以旁观的慧眼来看一下这段话，好让我得到彻底的解脱。对你无比感恩。"将分手作为朋友间的交流内容倒不是为了宣扬自己的风流韵事，而是在面对故事结局时不想孤单一人。你作为主角从故事里被踢了出来，成了一位读者，从语法上分析残骸。无须独自读这些话让人感觉好多了。

展品 8：一塑料包开心果
艾奥瓦城

戴夫和我在一起 4 年。我们跨城市搬来搬去。我们冒着暴风雨，驾着 U-Haul 的一辆搬家卡车横穿宾夕法尼亚，又在 2 年之后再来一遍，不过这一次方向相反。宾夕法尼亚之大令我们讶异；不知怎的，它的大令我们讶异了两次。那时，我全心全意地爱着戴夫，就像一块湿布被绞干了一样。在我们同居的第一间公寓里——我们的关系开始出现问题，经常吵架——我们开始注意到厨房里有灰色的蛾子笨拙地飞来飞去。当我们把它们往墙壁上猛拍时，它们的内脏在苍白的油漆上留下了银色的痕迹。我们一直追杀它们，一直争吵，一直希望如果我们杀死了足够多的蛾子，如果我们吵得足够多，我们就可以最终摆脱它们。几个月后我们才发现这些蛾子是哪里来的：食品储藏柜里，有一袋放了很久的开心果，袋子里面厚厚地积着一层白色的网，那是它们的卵。我们把那包开心果扔了。我一直希望我们可以发现类似那包开心果的东西——我们所有争吵的核心，其终极来源——这样我们就可以不再争吵了。

我在快 30 岁的时候和戴夫分了手。它比任何一次分手都更重要，更旷日持久——分手本身及其余殃。在一起时，戴夫和我花了很多工夫想搞明白，我俩是否适合在一起，而我以为分手可以令我们从那种来回拉扯中解脱出来。并非如此。我们分手，又和好，又分手，然后谈婚论嫁。我们的分离成了我的恋人，就像戴夫曾经是我的恋人那样。纵使我们分手了，他却仿佛还在似的，我走到哪里，他就跟到哪里。

我们往往将我们的纠结描绘成对着我们私语的声音。然而，我觉得戴夫是幽灵般的耳朵，那个我总是想向他私语的人。在我们分手后的好几年里，从某种程度上，我所有的念头都是因他而起的。我有一张清单，上面写着我想要告诉他却无法告诉他的事情——大多是不重要的日常小事：暴风雪来临的时候，在内层和外层窗户之间积的雪；我如何在暴风雪之后把自己的车从雪堆里挖出来，两个律师因为我把车停在了他们的车位上而对我大吼大叫；在没有他的情况下，我在我们当地的小餐馆吃的烤西柚，上头有一层烤焦的糖，而他很喜欢西柚；在他不在的情况下，我约会或想约会的男人。"我希望这里有个男人来触摸我，"我写道，"这样我就可以放下这张清单，不再写信给你。"

回忆就像暴雨中的宾夕法尼亚一样涌向我。每次我以为他不再爱我了，我已经迈过他，结果都发现还是没有放下。我可以想走多远就走多远，但我只会更深切地感受到失去他的那种痛。我看起来没事，因为我总是这样对朋友们说，而且也常常真的这么觉得，仿佛我的感受被放在了别处，锁了起来，而为了保护我自己，那把钥匙被拿走了。然而，有时候，在夜里，当我孤身一人时，我会醒来拼命寻找那把钥匙——去打开那扇门，走进那个被锁起来的地方。或许他会在那里等我。

被太阳灼伤后，我开始脱皮。蜕下来的皮肤像是手指之间一段段干了的胶带那样细长的卷片。我想：这是他触碰过的皮肤。我荒谬的哀悼。没有缘由。我的皮肤像是碎纸一样不断脱落，碎片般掉在我的衣服上、我那辆小小的丰田汽车里。哪里都有他，他的尘土。

在机场排队等候时，我看着一对蓝眼睛的夫妻打情骂俏。谁得先换领护照？他先！不，她先！他用他舒服的颈枕拍她。他们有情侣的皮镶边圆筒包，上头还有情侣的镀银行李牌。那段日子里，我将所有情侣都视如犯罪现场，想要仔细寻找线索或是可以偷师的诀窍。他们是怎么选择相配的行李的？他们怎么能排着队而不争吵？将共有的姓刻在银色行李牌上是什么感觉？我想象他们的生活很浅俗，我想要感觉自己更高雅。然而，即使有了那样微不足道的安慰，我还是不禁感到疑惑：他们拥有了什么我们没有的？他们可以做到什么我们做不到的？

"或许失恋最困难之处在于 / 看着每一年都像每一天那样重复，"安妮·卡尔森写道，"仿佛我可以放下我的手 / 伸进时间并把它舀起 / 四月的热天那蓝色和绿色的菱形 / 一年以前在另一个国家。"当我放下我握起的手掌，伸进我与戴夫的过去，所有被记住的瞬间都变得僵硬，成了某种比原本更干净也快乐得更纯粹的东西。怀旧重新收拾了回忆的房间：它铺了床，在衣柜上放了一花瓶的花，打开窗帘，让太阳照射进来。要说出这句话变得越来越难：在那里生活很痛苦。坚持的声音变得模糊：它是痛苦的。因为我们想念它。我们想念它的困难之处。我们想念它的一切。

在我们第一次亲吻的那一夜，我告诉戴夫："之前我不觉得自己活着。现在我感觉到了。"

展品9：一瓶水晶百事可乐
纽约，皇后区

在跟原本要定终身的男人分手后，我遇到了一个住在皇后区的律师。他好得出人意料。他带我去参加阿斯托里亚当地酒吧的竞猜之夜。他带我去他靠近时代广场的律所办公室参加圣诞派对。他带我去纽约上州周边儿时住所附近的夹克酒吧，我们在那里吃汉堡，玩保龄游戏机。我知道他并不是"那个人"，但也怀疑自己不再相信"那个人"了——倒不是因为我从来没遇见过他，而是因为我们遇见了，如今却结束了。那个律师总让我开怀大笑。他让我感觉很自在。我们吃家常美食。周末的早晨，我们用覆盆子和白巧克力碎片做薄煎饼并看电影。他发现了《隐秘庙宇的传说》在重播，那是一档我们在儿时都很喜欢的傻乎乎的游戏节目。他把在网上找到的一瓶十年前的水晶百事可乐送给了我。那是我小时候最喜欢的汽水，已经停产多年。他简直令人惊叹，但是我一直对他——或者说对那——有些视而不见，因为我从来没有相信过"我们"。我们之间没有什么让我觉得富有挑战。他的忠诚开始让我觉得有点幽闭恐怖。仿佛他轻而易举地就让我明白，我活在爱里——理解爱为何——是何等挣扎。

和戴夫分手9个月后，我开始跟一个与他截然相反的人约会，至少我是跟自己这么交代的。他不是诗人，而是律师，在纽约中城的律所上班。我们之间没有爆发性的争吵，或许因为我并没有把自己的心交到他的手上——他的电子邮件收件箱里、他的 U-Haul 卡车里、他的厨房里——保管。然而，在一段始终无果的关系中挣扎了好几年后，我和这个律师之间的关系让我得到了持续的、真正的喜悦，一种小鹿乱撞的感觉。这表明，我一直想要从伴侣身上得到的东西——超凡魅力、难以言说——并不一定是我最需要的东西。

从很多层面上来说，我们之间的关系都是我和戴夫之间那不断发展的故事的另一章，其后记的一部分。当我和那个律师分手时，感觉不那么像是一种新的悲伤，而是又回到了我旧有的那种悲伤里，怀念我一直在怀念的那个人。几个月后，我遇到了我最终要嫁的那个男人。

在离开克罗地亚前，我想到要带上那个律师送给我的水晶百事可乐，将它作为我结婚前最后一次分手的纪念物捐赠给失恋博物馆。然而，我一直没把它放进行李箱。我为什么想把它放在家里的书架上呢？或许是因为我想要给予那个送我这份礼物的人一种承认，因为我们在一起时，我并没有给他足够的认可。将他给我的最后礼物保留着，是事后给予他认可的一种方式。

我参观失恋博物馆时一直在想象所有那些**没有**被捐赠出来的物品，所有那些人们不忍心拿出来的东西就像是躲在数千件（逾三千件）藏品背后的幽灵。我想到了朋友们跟我描述的那些物品——蛤壳项链、购物清单、信封上粘着的一根人发、四条黑裙子以及吉他钢滑音管——有些丢了，有些被束之高阁，有些改头换面，成为新生活的一部分。

老实说，留着那瓶水晶百事可乐并不只是为了向那个把它送给我的男人，或者说我们所共同拥有的过去致意，还因为我喜欢对悲伤和关系的瓦解回眸一瞥，提醒自己心碎那种纯粹的、极其吸引人的感觉。如今，我的人生鲜少与孤独的悲伤或者破裂的心碎那极致的状态有关，更多的是每天醒来确保自己会履行承诺。在萨格勒布的日子，我用 Skype 跟丈夫打视频电话，用电邮给继女发一段"早安"视频。如今的日子就是喂饱我肚子里的胎儿：伊斯特里亚式意大利面加松露，厚厚的奶油覆盖的面条；海鲷鱼和洋蓟；一种名叫家庭派的东西；一种名叫维生素沙拉的东西。

　　如今的生活鲜少濒临情绪的崩溃，而更多的是坚持、回归，并且应付过去；鲜少跟分手的大戏有关，更多的是每天忙于养家糊口。我之所以保留着那瓶水晶百事可乐，是因为它是我生命中那 15 年的纪念。在那 15 年里，我一直在开始和结束的周期中度过，每一个周期都是自我发现、再创造和转变情绪的机会，在一系列可能实现的自我中感受到无限的可能性。我之所以保留着那瓶水晶百事可乐，是因为我想要一个提醒，有一个自己曾经像火山一般变化无常——大悲大喜——且因为我想要为那些最终没有实现的人生，那些本来可以实现的人生，留下某种证据。

催生

当你还只有罂粟籽那么大的时候，我坐在波士顿一间酒店房间的厕所里，用从芬威公园附近一家药房的老头那里买来的验孕棒做尿检。我把那根塑料棒放在冰冷的地砖上，等待它告诉我，你是否已经存在。我太希望你存在了。已经一年了，我总是收到助孕应用程序发来的那些欢欣鼓舞的邮件，问我有没有在时机恰当的夜晚做爱，也总是在见红的时候心一沉：在办公室、在家、在北莫罗湾寒风凛冽的海滩边满地是沙的厕所里。每一块红锈般的污渍都抹去了我之前几周一直在想象的故事——我将在**这**一周发现自己怀孕了。我的身体一直在提醒我，它在主宰这个故事。结果，你就出现了。

一周之后，我坐在一家电影院里，看着银幕上一架宇宙飞船的食堂里，外星人从人类宿主身上孵化出来。他们那发光的黑色躯体撑破肋骨并从撕裂的皮肤中爆出来。一个恶毒的机器人一直想着要帮他们活下来。当队长问他"你相信什么？"时，机器人只是说："创造。"紧接着，队长自己的胸膛也被撑破了，露出里面寄生的婴儿：可怕，像甲壳虫一样黑，刚刚出生。

我第一次产检时，护士让我站到秤上。好几年来，那是我第一次称体重。我在强迫性饮食失调后就没再称过体重，为的是与那段日子诀别。站在秤上，**想**看到自己增了重，这是一个全新的我。有关当母亲的老生常谈之一就是，那会令你成为一个全新的自己。然而那似乎太简单了，我一直不太相信。我一直更相信另一定论——无论你走到哪里，你还是你。

在大一时，我每天早上都会走进宿舍衣柜，站到我藏在那里的体重秤上去。让自己挨饿是件令人尴尬的事，因此我将称量体重的仪式搬到了黑暗之处、别人看不到的地方，塞到我那层层叠叠发霉的冬衣里头。我在 13 岁青春期加速生长后，就一直显得比别人高大。长得高本应令人备感自信，但我觉得自己过高了。我一直都太高大了，也一直都如此笨拙安静，对不起我所占有的那么多空间。

禁食后我就发现，通常当我试着这样告诉别人——"我觉得自己不应该占用这么多空间"——他们要么就完全理解，要么就全然不解。另外，能完全理解的，几乎都是女人。

那些饥饿的日子充斥着健怡可乐、香烟和 Naspter① 上的感伤恋歌，每天只有一个苹果和一小份苏打饼干。在寒冬的夜晚走很长的路去健身房再走回宿舍，看不清前路，我的眼角浮现的是无数小黑点。我的手脚总是冰凉的，我的皮肤总是苍白的，仿佛我体内没有足够的血液似的。

15 年之后，怀孕期间，我的牙床总是出血。一位医生告诉我，那是因为我的身体在通过增加血液循环——比平时多出 4 磅——满足胎儿的器官需要。这额外的血令我浮肿。它给了我热量。我的血脉成了发烧的高架路，流淌着的是那黏稠的红色热糖浆，它以必要的流量涌动。

① Naspter，网上数字音乐服务供应商。

当你还只有扁豆那么大的时候，我飞到萨格勒布，为一家杂志社撰写一篇文章。就在飞机倾斜着飞过格陵兰时，我吃了一大包芝士饼干，并思忖是否你的大脑或者你的心脏就在这一周形成。我想象着一颗由芝士饼干做成的心脏在我的身体里、在你的身体里跳动。第一妊娠期的大多数时间里，我都感到惊奇和害怕：为一个微小的生命在我的身体里形成而感到惊讶，非常害怕我会莫名伤害到你。如果你死了而我却不知道怎么办？我像着了迷似的在网上搜索"未发生出血的流产"。我一直把手放在腹部，想确保你还在。你是我的一束细胞，是令我变成母亲的那颗柔软内核。当我知道你会是个女孩时，我哭了，仿佛你突然变得清晰可见。那个代词是在你周围形成的一个躯体。我就是在你周围形成的一个躯体。

　　当我告诉我妈我要飞去克罗地亚时，她让我考虑是否能留在家里。"放轻松。"她说。然而，她还告诉我，她怀我大哥 5 个月的时候，她曾在意大利巴里游过了一整个海湾。一个年长的意大利男人为她担心，划着船一路跟着她。

　　在飞往萨格勒布的飞机上，先是我们前一排的一个宝宝哭了，接着坐在我们后面的另一个宝宝哭了。我想要告诉你，我知道你也会是这样一个哭泣的宝宝。我想要告诉你，这个世界充满了故事：那几个戴着手编犹太圆顶小帽的男人令我们的起飞延迟了 1 个小时，就因为他们不能坐在女人旁边；坐在过道另一头的男人吃完铝箔包装的匈牙利红烩牛肉后，给自己打了一剂血糖针，看着沉闷的蓝色屏幕上的飞机图标在大西洋上飞过。谁知道他在做什么梦呢？他在飞向亲爱的谁呢？我想要告诉你，宝宝，我此生见过了不起的东西。你还不算是个宝宝。你还只是一种可能性。然而，我想要告诉你，你将要见到的每一个人内心都有一个无限大的世界。那是我唯一可以凭良心向你许下的承诺。

　　在让自己挨饿的那段时间里，我记了两本日记。其中一本记录着我每天摄入的卡路里，另一本则描绘了我想象自己享用的食物。一本笔记本里记下了我的现实，另一本则记下了我的幻想。我假想中的那些盛宴都是由餐厅菜单拼凑出来的，充满了因渴望而起的对微小细节的注意：不仅仅是芝士焗通心粉，还是**四种**芝士焗通心粉；不仅仅是汉堡包，还是夹着融化的切打芝士和煎蛋的汉堡包；融化的热巧克力熔岩蛋糕，周围要有一摊冰激凌。禁食让我幻想另一种生活的可能性：我什么都不用干，只是吃。我不想正常地吃；我想不停地吃。结束进食有其可怕之处，仿佛我必须要面对我还没有被满足的事实。

在那些日子里，我往嘴里塞着滚烫的、冒烟的、空洞的甜食：黑咖啡、香烟、薄荷味口香糖。我为自己迫切地想要吃喝而感到羞耻。欲望是占据空间的一种方式，但是想要占据太多空间就很窘迫了——就像有太多的我存在，或是爱上一个不爱我的男人。只渴望那些东西而不让自己去碰就没那么窘迫了。因此，我就逐渐适应了渴望而不得到满足的状态。我变得宁可饿也不吃，宁可极度渴望也不要每天享受。

然而，多年后，当我怀孕时，从前那个骨瘦如柴的女孩的鬼魂就像蛇皮一样蜕了下来。我开始吃起超大的巧克力豆麦芬蛋糕。在公寓附近的咖啡店里，我舔着手指上的杏仁羊角面包的油脂，听一个服务员问另一个服务员："你知道那个女孩和布鲁诺在约会吗？"她眯起眼睛看着手机。"我知道她怀孕了，但是……见了鬼，她都吃了些什么？海洛因吗？"

五六个月后，我小腹的隆起才显现出来。在那之前，人们会说："你看起来**完全**不像是怀孕了！"他们把那当作一种夸赞。女性的身体总是因为保持苗条、让即使是合理的显怀都无法被察觉而得到赞扬。

当你像蓝莓那么大的时候，我吃遍了萨格勒布，在露天街市手捧极小的草莓。回到酒店，拨通客房服务电话，点了一大块巧克力蛋糕，又因为在等蛋糕的时候太饿了，塞了一块士力架巧克力下去。我的双手总是黏糊糊的。我觉得自己像是野狗野猫。我的饥饿状态与我一度身处的境地全然不同。

就在你从青柠长到鳄梨那么大的那段时间里，我吃了无数泡菜，因为我爱它们被牙齿咬断时爆出的咸味。我端着碗直接喝融化了的冰激凌。那是一种彻底被满足的渴望。那是一种找到了归宿的渴望。"渴望"这个词的起源本身就跟怀孕有关。一部1899年的词典将这个词定义为"怀孕女性奇怪的、往往是异想天开的欲求"。

当你像芒果那么大的时候，我飞到路易斯维尔做演讲。我早餐吃了一大碗燕麦，却还是很饿，于是决定去吃早午餐，却在去吃早午餐的路上饿得不行，先来了点点心：一块希腊菠菜派，包着它的纸袋上沾了一摊摊岛屿般的油渍。我吃上早午餐的时候，已经饿到无法决定是要吃炒蛋和饼干，还是冒着油泡的香肠串，或是撒满糖霜的柠檬味煎薄饼，结果就各来了一份。

这种无限的许可像是让某个预言成了真：我在17岁时记录下来的那些想象中的菜单。吃得到了彻底的许可，因为我在为别人吃。我从来没像这样吃过，像我为你吃这样。

以苏打饼干和苹果片为生的那段日子里，我有好几年是无经的。那令我骄傲。没有经期在我心里像是一只秘密的奖杯。血从我的躯体里流出来像是另一种多余。不流血是一种充满吸引力的抑制。那也的的确确就意味着失去了生殖力。让身体瘦下来的同时，我仿佛也彻底击溃了自己的体魄。禁食证实了我的孤寂、自我憎恶、我与世界的疏离以及我无望地欲与之接近，它是那么强烈；一种存在感——既太多，又不够。

当我在24岁怀孕时，我的经期已经恢复正常好几年了。我看到验孕棒上泄露秘密的那个叉叉，汹涌而来的感觉并不是我所想象的恐惧或者谨慎，而是惊奇。我正怀着这个小小的、可能成为人的生命。

即使我理智地明白我会去堕胎，我依然能感觉到心里那种骤然升起的敬畏。那种敬畏在我内心深处播种下了什么，一根拴绳。它说："有一天你会回来的。"

唯有在堕胎后，我才开始注意到大街上的婴儿，他们坐在推车里，小脸蛋看着我。他们有我的电话号码。那不是遗憾。那是期待。我被深深地吸引了。我并不想去抱别人的婴儿，却知道我最终会想要抱自己的婴儿——想要看到她在我面前、在我旁边、在我远方苏醒，想要因为一个来自我但却**不是**我的生物感受惊喜和困惑。

堕胎十多年后，我备孕的那一年里，朋友瑞秋告诉我，她如何看着新生的儿子得了发热性惊厥。她对于自己恐惧的描述对我而言闻所未闻。那不是我可以完全理解的。我一直不愿相信，为人父母会让你有一种从未感受过的、深切的爱，而我想生孩子，也有部分原因是这样就可以反驳这种信念，就可以这样说：这种爱并不是更深的，不过是有所不同罢了。然而，另一部分的我也明白，我可能会成为另一个这样说的声音：没有任何爱比它更深。

我最终怀孕了，而之前的等待令我更心怀感激。我的身体原来可以轻易拒绝这一小团器官的，却决定要留住它。我体内能有这样另一组心跳完全不是理所当然的。在第一次超声波检查后，我坐上了地铁，看着周围的每一位乘客，想：你曾经蜷曲在另一人的身体里。

你长到芜菁那么大了，然后是西柚、花菜。我想用快乐缔造你：夏日的暴雨以及阵阵欢笑，女人们无休无止的对话声。一夜，我跟朋友凯尔光着身子在泳池里游泳，泳池边的桉树在热风中婆娑，而你在我的腹中踢啊踢，仿佛在里面掀起阵阵波浪。我跟科琳一起驱车来到山上一幢坐落在邮局上面的、摇摇欲坠的老房子里，摇摆的树拍打着我们的窗户。借着落地灯的光，我们吃着鸡蛋，蛋黄是亮黄色的。她在水槽里留下了一堆碎蛋壳，就像我们同住的时候那样，那是我们俩都因分手而心碎后。

在洛杉矶，你的外祖母收留了一名喀麦隆难民。我能说什么呢？这一点也不令人吃惊。这令我握紧拳头充满渴望，多想让你和你的外祖母在这个世界上共度千年，一点都不夸张。我在怀孕期间对我母亲的渴望就像我对水果、第二条士力架巧克力棒、炒鸡蛋、香肠串和柠檬味薄煎饼的渴望。那是个无底洞。她告诉我，她还记得在医生的诊所，当他跟她说我会是个女孩时，她正看着窗外树枝上的积雪，仿佛她所有的渴望都集聚在这些树枝上——美得失真，却无比平常。

我想把我对你父亲的最好的爱献给你——在我怀上你的那个夏天，我们如何在康涅狄格州北部的一座小镇上租了栋房子，躺在白色的大床上，聆听火车呼啸而过，雨滴拍打着小溪，想象雨水落在街对面热狗档的蓝色柏油帆布上。我们在路边摊吃汉堡包，在克林姆山的湖水里游泳，并且差点因为不是那里的会员而被十几岁的救生员赶出来。我们还不太够格享受那深而蓝的水，那郁郁葱葱的两岸和闪烁着阳光的木头浮标。我们也曾轻声说出互相憎恨的话，也在夜里争吵。然而，我想让你想象这样一幅画面：我们互相开着玩笑，我们的笑声交织在一起。我希望你知道，你的创造源于三分熟的肉食和傍晚的光线。

最终，我得到了治疗。看到某份医疗表格上写下的诊断——"饮食失调"，让我有一种莫名的、一波接一波的兴奋感。仿佛终于有一个正式的名称来描述我的感受——那种缺陷和错位的感觉，仿佛那些字眼在那些看不见的、伤人的、不清晰的信号周围建造了一个看得见的容器。那让我感觉完整了。

为我做出诊断的心理医师对那种完整毫无兴趣。当我告诉她我觉得孤单——我大概不是第一个这样跟她说的大学生——时，她说："是的，但让你自己挨饿又怎么能帮助你**解决**那个问题呢？"她说得对。不过，我并没有想要解决那个问题，只是在阐述它，或许甚至是在放大它。然而，要怎么将这些自我毁灭的冲动转化成理智的行动者的语汇呢？我无法用一种合理的原因为这种失调提供理据，就像在缺课时无法拿出一张父母写的请假条一样。

在那之后的 15 年里，我一直在寻找那张请假条。我一直试图向那位医生解释我自己，一直试图通过列举这一失调的起因而涤荡其带来的耻辱：我的寂寞、我的抑郁、我的控制欲。所有这些原因都是真实的，却并不足矣。几年后，关于我的酗酒，我也是这么说的，而且我也开始更宽泛地这样看待人类的动机：我们从来不会只为了一个原因而做某件事。

我第一次写关于饮食失调的事是在得到治疗的 6 年之后。我以为如果我将它说成某种自私、虚荣和自我放纵的东西，就可以通过自省进行补救，就像说足够多遍"万福玛丽亚"就能令自己的罪孽得到原谅。我依然认为失调需要得到原谅。

当我把一开始混乱的草稿交到写作工作坊时，另一名研究生在讨论过程中举起手问，有没有这么一样东西，叫作太过诚实。"我觉得很难去喜欢这篇文章的叙述者。"他说。我觉得他的说法很有趣："这篇文章的叙述者"，仿佛她是一个我们可以拿来说长道短的陌生人。那是我第一堂非虚构课，且我还不习惯移位的规则——所有人都假装我们并非在同时评论彼此的生活。课后，那个觉得很难去喜欢我这样一个叙述者的男生问我是否想一起去喝一杯。我心里想，去你的吧，但是实际上，我说："好啊。"你越不喜欢我，我就越想要让你喜欢我。

似乎怀孕让我最终以一个更高贵的自己取代了"这篇文章的叙述者"，用一个没有破坏自己的身体反而用这身体缔造另一个她将来要照料的生命的女人，取代一个沉迷于个人痛苦的、病怏怏的、难以让人喜欢的女生。内心一个固执的声音依然确信，饮食失调一直都只跟"我"有关，跟把自己削成那高高的铁轨的模样有关。如今，怀孕又给了我一种新的重力来源：那个"你"。街上的陌生人总是对我微笑。

在我去的那家妇科诊所，你一旦怀了孕，就会被往上送到二楼。

我不再去一楼的那些妇科病房了，而是走上中庭的楼梯，去做超声波、服用产前维生素，不用再做那些淋病测试，也不用再服避孕药。仿佛在某个电子游戏里，我又进入了下一关，或是赢得了来世的入场券。

你长到椰子那么大时，我爬地铁站楼梯的时候会大声喘。我的肚子就像是随身携带的一件 20 磅重的行李。我的韧带绷得紧紧的，咔咔作响，疼得我倒抽气。每天晚上，我的双腿都会有一种令人坐立不安到发疯的感觉，我的医生将其称为"躁动双腿综合征"。有一晚，在看电影时，我一直无法控制自己，反复交叉双腿，就是坐不定。因此，我走出剧院，到厕所隔间里坐了 10 分钟。我的双腿抽搐着，绷紧着，仿佛受到了谁的控制，仿佛肚子里的小生命已经在掌控一切了。

我得了感冒，前后拖了 3 个月之久。其间，我的母亲责骂我没有调整生活节奏。她说："我知道你不愿意打乱计划，但总有你无法选择的时候。你总要去分娩的。到时，你的计划就会被打乱。"那正是我最害怕的——被打乱。那也是我最为渴望的。

从某种程度上来说，对于我第三妊娠期的种种不适，我心怀感恩。那令我感觉自己尽到了职责。在刚怀孕的那几个月里，我完全没有晨吐，那就像是在丧礼上没哭出来一样。怀孕不就应该让我觉得自己溃不成军吗？我不就应该感到疼痛吗？那不就是夏娃原初的惩罚吗？"我将令你更加痛苦并更多次受孕；你将在痛苦中分娩。"

我有点渴望那种痛，以此证明我已经是一个受苦已久的好母亲了；同时，我又想拒绝承认困苦是挚爱的唯一证明。我一直迫切地想要相信"怀孕就意味着转变"的说法，它承诺毁掉那个把受苦等同于重要性的自己，并换来一个完全不同的女人——愉快地看着秤上的数字上升、善待自己、关注她的孩子，并将自己一心一意地投入无冲突的卡路里和有美德的感激之情中。

然而结果是，怀孕并不是一种彻底的洗心革面，而是把所有过去的自己都装起来的一个容器。我并没能彻底摆脱我的过去。对跟我说"你完全不像是怀了孕"的那些人翻白眼是容易的，而承认当我听到那种话时有些骄傲要难一些。当我的医生斥责我在 1 个月内增重 5 磅（而非 4 磅！），说她很荒谬是容易的，而承认我在那一刻确实因为她的话而感到羞愧要难一些。承认每当医生对我的肚子"有点小"表示担忧时我都偷偷激动，这要难一些。我非常想要戒掉这种骄傲。我担心它正妨碍你的成长，也就是说那提炼出了一种更深层次的惧怕——我会把我和自己身体之间的破碎关系传给你，你会像继承一种黑暗的遗产一样继承它。

　　当你变得像菠萝那么大时，我制订了一个分娩计划。这是我分娩课程的一部分，但它也是一种预言：在分娩发生前，就讲述它的过程。

　　分娩课程的老师得意洋洋地指着一个塑料的骨盆模型。她说："人们以为这里没那么多空间让婴儿的头过去，但其实这里有很多空间。"我眯着眼看着那骨盆。没那么多空间。

　　从某种意义上说，我们都奔着那种痛而去。它不仅仅跟受苦有关：它关乎知识。你在经历过那种痛之前，是不可能真正懂它的。那种难以名状激发了我。"你将在痛苦中分娩。"那种痛是对于偷吃禁果、想要知晓的惩罚。如今，这种疼痛本身成了一种知识。很快，我就会成为一个有分娩故事的人了。只是，我不知道那个故事是什么样子的。当然，我明白，没有任何担保。任何人都可能会需要做剖腹手术。它投下的阴影到处可见。它是你想要避开的。定向推动——**娩出**——让生孩子变得真实。那是我所接受的一条固有的公式。

　　在写分娩计划时，我把自己最有力的预言留给了那"黄金一小时"。那是他们对产后第一小时——你的新身体靠在我身上时——的叫法。这个说法本身听起来就像是敲响的钟。我被告知，如果我想要那黄金一小时，就必须坚持这一点："我想要立即与她进行不被打扰的肌肤接触，直到完成第一次喂奶。"我在计划里这样写道。那就像是施了魔法。我将把你带到世界上。你会贴着我的肌肤呼吸。你会想要吃奶。

当你长到比哈密瓜大一些但比西瓜小一些时，新的一年带来了暴风雪。那是我预产期前 3 周。我的医生担心你还是太小，因此她又安排了一次超声波检查。我步履艰难地在雪地里走着，来到她曼哈顿的办公室，身穿一件拉不上拉链的大衣，双手捧着像是裹起来的球一样的肚子，仿佛在说："我的，我的，我的。"四周的冰雪更加深了我的所有感。它是本能的。

在医生的办公室里，她说，暴风雪带着一丝玄机——有些人相信他们会令女人的羊水更易破，那跟气压下降有关。那像是在粮仓里一个接生婆或许会跟另一个接生婆说的悄悄话。我在凌晨 3 点醒来，下了床，那热乎乎的东西冲了出来。我母亲的第一次分娩——我的大哥——也是这么开始的。那像是《圣经》一样，我告诉自己："仿佛有其母，必有其女。"此中有令人愉悦的对称。

我分娩课程的老师建议，羊水在半夜里破掉以后我应该设法再睡回去，因为我需要休息。我并没有睡回去。我甚至无法想象自己怎么能再睡回去。另外，我的羊水似乎还在漏。我坐在马桶上，把手提电脑搁在大腿上，一边感觉着羊水流出，一边修改一篇有关女性暴怒的文章。当我把文章发给编辑时，我在最后加了一句："又及：我临盆了。"等到第二天下午，我们搭出租车去医院，我的身体每隔几分钟就像扭成结一样疼痛。当时，出租车正开上东河边那段风景壮丽的高架路，沿岸是码头和篮球场以及发光的、高耸的摩天大楼。

那种痛意味着我的身体知道，为了把你带到这个世界上来，它需要怎么做。而我则为此感激我的身体，因为我的头脑并不知道要怎么做。如今，我的头脑已沦为身体谦卑的仆人，用其最粗俗、真实的语言请求着："请这样做吧。我想要这个胜过其他一切。"

到达医院之后，从傍晚到深夜，我一直在分娩。我床铺上方的屏幕显示着两条线：我的宫缩和你的心跳。医生开始有些担心，因为每当第一条线突然大幅上冲时，第二条线就会大幅下探。那不应该发生的。你的心跳总会反弹回来，医生说。但是，我们得阻止它减速。它应该介于 160 和 110 之间。"别掉下来，"我试图用意志力驱使那张心电图，"别掉下来。"我警惕地盯着屏幕。仿佛我纯粹是在用意志力让你的心跳保持在危险线之上。对于意志力的信仰是我所熟悉的另一个经验，我在禁食的日子里的信条之一。

等你的心跳稳定下来，那仿佛是我们——你和我——齐心协力的结果，好像你听到我大声地呼唤你，好像你感受到了我执着的坚持：你会没事的，会像脚下的地板一样坚实地来到这个世界。堕胎后的那几晚，我的腹中有种热乎乎的、打了结一般的感觉，而宫缩就是那种感觉的爆炸版。然而，那种痛正像所有人描述的那样：无法描述。有人曾经告诉我，想象自己躺在沙滩上，每一次宫缩便是一阵洗刷我的疼痛的波浪，而在这一波过去、下一波来临之前，我要做的就是尽可能地吸收阳光的温暖。然而，在那间产房里，没有什么让人感觉像是波浪、沙或太阳的。我要求打一针硬膜外麻醉：那就是一架可以直接把我从海滩带走的直升机。在我说出"我想打麻醉"后，大概过了10 000分钟，我才打上那一针。

我刚怀孕的时候，我的丈夫告诉我，他的第一任妻子曾下定决心要顺产。他说："你呢，我想象那会是，'把你所有的药都拿出来给我吧'。"我义愤填膺却难以争辩。那个下定决心顺产的母亲的故事似乎比立刻要求注射所有药的母亲的故事更高贵，就像怀孕的女人的故事比禁食的女人的故事更高贵一样。坚持过分掌握控制权，不让身体自然生长或是太过不适，总有些小气、自私或懦弱的感觉。

大约是凌晨 2 点——羊水破后近 24 小时，再加上几个小时麻醉后的甜美晕眩——一位我不认识的护士走了进来。"看起来胎儿心率有问题。"她的语调听起来带着责问，仿佛我一直隐瞒着这一信息。

"她的心率怎么了？"我问。我还以为你和我令它恢复正常了。然而，当我看向屏幕时，它连110都不到，而且还在下降。

另一位护士进来了。"你需要帮手吗？"她问，而第一个护士说："我绝对需要帮手。"

"你为什么需要这么多帮手？"我想问，但我不想让此时正在忙碌的她们分神。又有几位护士进来了。她们告诉我，她们需要更准确地测量你的心跳。她们在我的身体里插了一根小棍子。她们叫我转向一边，再换到另一边。她们又把那根小棍子插了进去。她们叫我站起来。

"我们找不到它。"第一个护士说，她的声音里多了几分急切，而我想问的是："是它消失了，还是你听不到它？"这是我唯一的问题。

后来，医生来了。她告诉我，她们看到了不想看到的事情。她说："你胎儿的心率一直在下降，而且它没再反弹。"

之后的一切发生得很快：房间里来了十个人，又变成十五个人，他们把我滚到轮床上，我的双腿依然因为麻醉而瘫痪。你的父亲抓紧了我的手。一个声音喊了出来："现在是六十多！"另一个声音："现在是五十多！"我知道他们所说的是你的心率。后来，他们跑着把躺在轮床上的我推向走道另一头。一位护士在我的医生奔跑的时候为她戴上了手术帽。

在手术间，一个男人拧了一下我的肚子，问我是否能感觉到他在拧我。我说能。他似乎有点恼怒。我说他们可以就这样继续，给我开刀。他在我的静脉注射管里放了些药，之后再拧我的时候，我就没有任何感觉了。我的医生说，我会感觉到压迫，而不是疼痛。一切都将发生在蓝色布帘的另一边，我身体的其余部分都在那儿。

我的丈夫坐在手术桌旁边的凳子上。他戴着蓝色的手术帽，忧心忡忡。我看着他的脸，像看着一面镜子，试图解读你的命运。直到我听到医生的嗓音说："你好，小可爱。"我才知道他们为我做了剖腹，并在那里找到了等待出世的你。

每一个出生的故事都是双重的出生故事：孩子出生了，而母亲也出生了——以她如何将她的孩子带到这个世界上的故事为框架，由分娩过程以及之后的叙述方式来定型。我那被折起来的分娩计划仍然放在住院行李袋里。它是一个最终没有发生的故事。

与计划截然不同的是，一群医生用一块蓝色布帘将我的头脑和我的子宫分离。另一个女人的手伸了进去，把你拉了出来。我的身体从合作者变成了敌人。它不再分娩；它失败了。它需要被剖开。这个过程需要由他人施以援手，因为我自己做不了。我并不是说，这是剖腹产的真相。我只是说，这是我的真实感受。我觉得被背叛了。

我一直听别人以凯旋来讲述分娩，然而生下你的过程让我学会了极度谦卑。我的故事被中断了。我的身体被扰乱了。你降临了，让我看到痛苦并没有成为我最伟大的老师。你降临了，让我看到自己从来都没有掌握控制权。生下你并不因为我的身体承受了痛苦，或是因为它没有承受足够的痛苦而重要。它很重要，因为你来时发着光，如此困惑而完美。你依然是我的一部分。你超越了我。

如果厌食像衣柜那样狭小而密不透风，那么生育则像天空一样宽广。它随着生命的未知延展，这个生命存在于从我身体里诞生的这个身躯。

你出生后的那第一个小时，我依然躺在轮床上，问是否能抱你。你的父亲提醒我，我依然在进行手术。他说得对。我的腹腔依然是打开的。我的身体依然因为所有麻醉药物而抽动着——这些药物先是麻醉了我身体里那些运转正常的，后来又麻醉了那些出了岔子的。

我不知道我会连续好几个小时这样抖动。我只知道你的父亲指向房间的一角，他们在将一只小包袱放进保育箱。一条小腿伸了出来，小极了。我的整个身体都在震颤，我多么想要抱抱你。我一直说："她还好吗？她还好吗？"医生的手依然在我的肚子里，重新摆放好我的器官——压迫，而非疼痛；压迫，而非疼痛——然后，你的哭声响彻了整间房间。你哭得那么大声，我听到了自己的喊声："我的天。"

你就在那儿：一次降临，一声哭喊，另一个世界的开始。

致谢

　　一如既往，将感谢致以我不知疲倦、磨人而又才华横溢的编辑本·乔治。感谢我的勇士和战友金·奥。感谢迈克尔·塔肯斯，他在他的作品中投入的灵魂与热情每一次都让我振奋。深深感谢我在利特尔和布朗出版公司以及怀利出版公司的团队：里根·阿瑟、利兹·加里加、帕梅拉·马歇尔、克雷格·扬、艾拉·布达、布兰登·凯利、玛丽·穆达卡、格雷格·库利克、香农·亨尼西、辛西娅·萨阿德、阿伦·法洛、阿历克斯·克里斯蒂和卢克·英格拉姆。还有海外的编辑们，尤其是马克斯·波特、安妮·梅多斯和卡斯滕·克雷德尔。一路走来，我有幸与一群严谨而灵感四溢的杂志编辑们合作，写下了这一系列专题文章，他们是：查理·霍曼斯、詹姆斯·马库斯、丹尼丝·威尔斯、罗杰·霍奇、布拉德·利什蒂、吉纳维芙·史密斯、汤姆·卢茨、德克·理查森和艾莉森·赖特。

　　感谢我伟大的朋友们，他们有些帮我审读了初稿，有些则帮助我挨过了人生的难关。同样还有我挚爱的家人，谢谢你们。我如此幸运，如此心怀感恩。

著作权合同登记号桂图登字：20 - 2021 - 118 号

图书在版编目（CIP）数据

52 蓝／（美）莱斯莉·贾米森著；高语冰译. —桂林：广西师范大学出版社，2022.1
书名原文：Make It Scream，Make It Burn
ISBN 978 - 7 - 5598 - 4029 - 5

Ⅰ．①5… Ⅱ．①莱… ②高… Ⅲ．①故事 - 作品集 - 美国 - 现代 Ⅳ．①I712.45

中国版本图书馆 CIP 数据核字（2021）第 161338 号

52 蓝
52 LAN

出 品 人：刘广汉
策划编辑：尹晓冬　宋书晔
责任编辑：刘孝霞
执行编辑：宋书晔
装帧设计：李婷婷　王鸣豪
营销编辑：姚春苗

广西师范大学出版社出版发行

（广西桂林市五里店路9号　　邮政编码：541004）
（网址：http：//www.bbtpress.com）
出版人：黄轩庄
全国新华书店经销
销售热线：021 - 65200318　021 - 31260822 - 898
山东新华印务有限公司印刷
（济南市高新区世纪大道 2366 号　邮政编码：250104）
开本：650mm×960mm　　1/16
印张：14.75　　　　　字数：200 千字
2022 年 1 月第 1 版　　2022 年 1 月第 1 次印刷
定价：56.00 元

如发现印装质量问题，影响阅读，请与出版社发行部门联系调换。